ایک بت

(پراسرار / آسیبی ناول)

سلامت علی مہدی

© Farha Sadia

Aik Bot (Horror Novel)
by: Salamat Ali Mehdi
Edition: October '2022
Publisher: Farha Sadia, Hyderabad, India.
Printer: Taemeer Publications, Hyderabad.

ISBN 978-93-5701-503-5

مصنف یا ناشر کی پیشگی اجازت کے بغیر اس کتاب کا کوئی بھی حصہ کسی بھی شکل میں بشمول ویب سائٹ پر اَپ لوڈنگ کے لیے استعمال نہ کیا جائے۔ نیز اس کتاب پر کسی بھی قسم کے تنازع کو نمٹانے کا اختیار صرف حیدرآباد (تلنگانہ) کی عدلیہ کو ہوگا۔

© فرح سعدیہ

کتاب : **ایک بُت** (ناول)
مصنف : **سلامت علی مہدی**
صنف : ناول
ناشر : فرح سعدیہ (حیدرآباد، انڈیا)
زیر اہتمام : تعمیر ویب ڈیولپمنٹ، حیدرآباد
کمپوزنگ / ترتیب / تہذیب : مکرم نیاز
سالِ اشاعت : ۲۰۲۲ء
تعداد : (پرنٹ آن ڈیمانڈ)
طابع : تعمیر پبلی کیشنز، حیدرآباد ۔ ۲۴
صفحات : ۱۷۶
سرورق ڈیزائن : مکرم نیاز
سرورق مصوری و خطاطی : جگدیش پنچ (ماہنامہ 'بانو')

فہرست

پیش لفظ	مکرم نیاز	7
سلامت علی مہدی: زود نویس ناول نگار	حفیظ نعمانی	9
سلامت علی مہدی: ایک خوش بیان قلمکار	عابد سہیل	25

ناول : ایک بُت

باب(۱)	کنویں کا بُت	42
باب(۲)	۔۔۔اور بُت زندہ ہو گیا!	53
باب(۳)	تہہ خانے کا خزانہ	68
باب(۴)	دو بھوت ایک کہانی	75
باب(۵)	محبت کا انجام	84
باب(۶)	بُت کا انتقام	94
باب(۷)	قتل اور گرفتاری	105
باب(۸)	قتل یا خودکشی؟	116
باب(۹)	دلہن اور نادیدہ وجود	127
باب(۱۰)	روح کی شرط	137
باب(۱۱)	جیل سے فرار	146
باب(۱۲)	روحوں کا ملن	163

انتساب

ماہنامہ "بانو" کے نام
بیسویں صدی کی چھٹی دہائی کے دوران
جس کے شماروں میں یہ ناول قسط وار شائع ہوتا رہا

پیش لفظ

مکرم نیاز

یہ بات اردو کا ہر قاری جانتا ہے کہ اردو کی مقبولیت میں پاپولر لٹریچر یعنی مقبول عام ادب کا رول نمایاں اور اہم رہا ہے۔ اور یہ امر بھی بالکل سچ ہے کہ اگر مقبول عام ادب، اردو زبان کو شاہی دربار اور خالص ادبی مراکز سے نکال کر عوام تک نہ پہنچاتا تو یہ زبان صرف محلوں، کتب خانوں اور دانش گاہوں میں قید ہو کر رہ جاتی۔ماہنامہ "آج کل" کے مدیر محبوب الرحمٰن فاروقی نے اپنے ایک اداریے میں یہ بات بالکل سچ اور برحق لکھی تھی کہ:

"ایک زمانہ وہ تھا کہ اردو میں ادب کے قاری پیدا کرنے کے لیے، اس کے ذوق و شوق کو بڑھاوا دینے کے لیے اس طرح کی کتابوں کی بہتات تھی جنہیں اگرچہ ادب کے زمرے میں آج بھی شامل نہیں کیا جاتا لیکن جو ادبی ذوق کی نشو نما میں معاون ہوئیں اور جنہیں عرفِ عام میں پاپولر لٹریچر کہا جاتا تھا۔ یہ پاپولر لٹریچر زینہ کے طور پر کام کرتے تھے، منزل بہ منزل ادبی ذوق کو جلا دیتے تھے۔ آج کے دور میں سب سے بڑا مسئلہ اس پاپولر لٹریچر کا عنقا ہونا ہے"۔

ایک حقیقت یہ بھی ہے کہ اردو کا سارا مقبولِ عام ادب ایک پلڑے میں اور ابن صفی کے ناول دوسرے پلڑے میں رکھے جائیں تو ابن صفی کا پلڑا ہی بھاری رہے گا۔ دوسری حقیقت یہ ہے کہ ابن صفی کی وفات کے بعد اردو کے مقبول عام ادب کو گویا گہن ہی لگ گیا۔ یہ الگ بات ہے کہ آج انٹرنیٹ اور سوشل میڈیا کی بدولت ابن صفی کی تخلیقات کا ہر سطح پر احیا کرنے کے کام میں اردو کی نئی نسل مصروف بہ کار ہے۔ مگر اس منظرنامے کا دوسرا تلخ رخ یہ ہے کہ دیگر مقبول عام مصنفین کی تخلیقات کے احیا کی جانب نہ کسی کی توجہ ہے اور نہ کوئی ان ناموں کو یاد ہی کرتا ہے مثلاً: گلشن نندہ، عادل رشید، بدنام رفیعی، دت بھارتی، رئیس احمد جعفری، سعید امرت، رانو، اظہار اثر، سراج انور اور **سلامت علی مہدی** وغیرہ۔ آخرالذکر قلمکار سلامت علی مہدی، نے پراسرار اور ہیبت ناک ناول لکھ کر بے پناہ شہرت حاصل کی تھی۔ وہ خود اپنے ایک

پراسرار اور ہیبت ناک ناول کے دیباچہ میں لکھتے ہیں کہ:

ہیبت ناک ناولوں کا سلسلہ کوئی نئی بات نہیں۔ اردو ادب میں یہ سلسلہ مغرب سے آیا اور ہیبت ناک ناولوں کے بعض ترجمے اردو میں بے حد پسند کیے گئے۔ مغربی ادب میں تو اس موضوع پر بے شمار ناول لکھے گئے اور ایک زمانے میں بہت پسند بھی کیے گئے، لیکن اب مغربی ادب میں اس موضوع پر سناٹا طاری ہے اور مغرب کے ناول نگاروں کا قلم بالکل خاموش ہو گیا ہے، غالباً اس لیے کہ وہ روح کے مقابلے میں مادہ کو زیادہ طاقت ور سمجھنے لگے ہیں۔

سلامت علی مہدی ایک زود نویس قلمکار تھے اور بیسویں صدی کی چھٹی اور ساتویں دہائی کی اردو دنیا میں ان کے قلم کا طوطی بولتا تھا۔ جب وہ ادارۂ شمع (نئی دہلی) کے نئے رسالے "شبستاں" سے بحیثیت مدیر وابستہ ہوئے تو 'شبستاں' کی خریداری 'شمع' جیسے مقبولِ عام رسالے سے بھی بڑھ گئی تھی۔ اسی طرح جب ادارۂ شمع ہی کے خواتین کے رسالے "بانو" میں ان کے پراسرار اور ہیبت ناک قسط وار ناول مثلاً: ایک بت، ایک بلی، ایک کھوپڑی، ایک روح شائع ہونے لگے تو 'بانو' کی مانگ بھی 'شمع' سے زیادہ بڑھ گئی تھی۔

سلامت علی مہدی کی سلسلہ وار پراسرار کہانی "ایک بت" ماہنامہ 'بانو' کے شمارہ نومبر ۱۹۶۸ء سے نومبر ۱۹۶۹ء تک شائع ہوئی تھی۔ جسے راقم الحروف نے اپنے ویب پورٹل "تعمیر نیوز" پر اردو یونیکوڈ تحریر میں چند برس قبل پیش کیا تھا۔ اب یہی ناول کتابی شکل میں تعمیر پبلیکیشنز کی جانب سے پیش خدمت ہے۔ موقر مصنف کے فن و شخصیت سے متعلق آج کی نسل کو آگاہی فراہم کرنے کی خاطر حفیظ نعمانی اور عابد سہیل کے دو انتہائی یادگار اور دلچسپ خاکے بھی اسی کتاب میں شامل کیے گئے ہیں۔

۱۱/ اکتوبر ۲۰۲۲ء

حیدرآباد دکن (انڈیا)

سلامت علی مہدی: زود نویس ناول نگار

حفیظ نعمانی

ہم لوگ جب لکھنؤ مستقل رہنے کے لئے آئے تو لکھنؤ میں اخبار فروخت کرنے والے ہاکروں کی آواز سنی کہ آگیا "ہمدم"، حق"، "حقیقت"، "تنویر" اور "قومی آواز"۔ یہ آواز ہمارے لئے اس لئے نئ تھی کہ بریلی سے تو کوئی اخبار نکلتا نہیں تھا اور جو اردو اخبار دہلی سے جنگ، تیج، ملاپ، انجام اور لکھنؤ سے نکلنے والا تنویر آتے تھے تو وہ کتب خانہ کے چوراہے پر ملتے تھے اور پڑھنے والے وہیں سے لے آتے تھے۔ لکھنؤ میں دیکھا تو ایک کے پیچھے ایک ہاکر ایک ہی آواز لگاتے گذر رہے ہیں اور ان میں بھی مقابلہ ہے کہ کس کی آواز زیادہ پرکشش ہے اور کون زیادہ اخبار بیچتا ہے؟ پھر جیسے جیسے وقت گزرتا گیا اخباروں کے نام کم ہوتے گئے۔ حق بند ہوا، حقیقت بند ہوا، ہمدم بھی بند ہو گیا بس تنویر اور قومی آواز رہ گئے۔ تھوڑے دنوں کے بعد معلوم ہوا کہ تنویر بھی بس اب کچھ دنوں کا ہی مہمان ہے۔

جب پاکستان بن گیا اور مسلم لیگ پاکستان چلی گئی تو چودھری خلیق الزماں صاحب نے تنویر اخبار اور پریس فروخت کر دیا اور جمعیت علماء کے لوگوں نے اسے خرید کر اس کے سر سے جناح کیپ اتار دی اور گاندھی ٹوپی رکھ دی، بند گلے کی شیروانی اتار کر نہرو کٹ بنڈی پہنا دی اور چوڑی دار چکنے پائجامہ کو کھدر کے پائجامہ سے بدل دیا۔ نئے مالکوں نے صرف اس کے کپڑے ہی نہیں بدلے اس کی روح بھی بدل دی اور قاعد اعظم کے بجائے مہاتما گاندھی اور شیخ الاسلام کی تقریریں چھپنے لگیں۔ یہ وہی آواز تھی جو "قومی آواز" ایک سال سے دے رہا تھا اور وہ نیشنلسٹ مسلمانوں کی ترجمانی کر رہا تھا۔

اس کے پاس پیسوں کی بھی کمی نہیں تھی اور منجھے ہوئے صحافیوں کی ایک ٹیم تھی، جس کی بناپر وہ اردو کے تمام اخباروں میں ممتاز تھا۔ اسی وجہ سے بدلا ہوا "تنویر" کچھ دن تو نکلا پھر وہ بھی بند ہو گیا۔

اسی زمانہ میں کانپور سے "سیاست" نام کا ایک اخبار نکلتا تھا جسے مولانا اسحاق علمی صاحب نکالتے تھے۔ لکھنؤ میں سالار بخش صاحب کے پاس "تنویر" اخبار تقسیم کرنے کی ایجنسی تھی، 'تنویر' بند ہونے کے بعد وہ خالی ہو گئے تھے، انہوں نے کاروبار پرانی عادت یا شوق کے لئے "سیاست" منگوانا شروع کر دیا، اس کا لہجہ بھی "قومی آواز" سے الگ تھا اور زبان و بیان میں بھی فرق تھا۔ وہ مسلم لیگ کی بات تو نہیں کرتا تھا لیکن مسلمانوں سے متعلق اس میں خبریں زیادہ ہوتی تھیں، اس کے برعکس "قومی آواز" کانگریس کا ترجمان تھا اور بس۔ وقت گذرتا گیا اور اتنا گذر گیا کہ مسلمانوں کے ساتھ ہونے والی کھلی ناانصافی کی کہانی زبانوں پر آنے لگی اور دبے دبے مسلمان حکومت پر تنقید کرنے لگے۔

سنہ تو یاد نہیں لیکن اسی زمانہ میں ایک دن 'سیاست' دیکھا تو اس کے ایڈیٹر کا نام 'سلامت علی مہدی' لکھا ہوا تھا، یہ نام ہمارے لئے بالکل نیا تھا، اخبار دیکھا اور پڑھا تو بالکل بدلی ہوئی تحریر ملی۔ ہمت اور جرات کا اس زمانہ میں جتنا مظاہرہ کیا جا سکتا تھا وہ سب تھا، ہمیں خریدنے کی ضرورت اس لئے نہیں تھی کہ تنویر اخبار کا تنویر پریس ہم نے لے لیا تھا اور اس کے باہر سالار بخش کی لکڑی کی ٹھیکی بھی تھی جو اس کے تقسیم کار تھے۔ کافی دنوں کے بعد ہم ایک دن نظیر آباد میں سنگم ہول میں بیٹھے تھے کہ چار پانچ آدمی داخل ہوئے۔ ان میں ایک صاحب بولتے ہوئے ہی داخل ہوئے تھے اور بیٹھنے کے بعد بھی صرف ان کی ہی آواز آتی رہی، وہ لوگ تقریباً آدھا گھنٹہ بیٹھے چائے پی، کچھ ناشتہ کیا اور چلے گئے۔

ان کے جانے کے بعد ہم نے سنگم ہوٹل کے مالک عبور ناناپاروی سے معلوم کیا تو انہوں نے بتایا کہ یہ

سلامت علی مہدی تھے اور یہ بھی کہ وہ مولوی گنج کے رسی بٹان کے ہی رہنے والے ہیں۔ سیاست سے پہلے بمبئی میں تھے، اب "سیاست" کے ایڈیٹر ہیں۔ چھوٹا قد، گہرا سانولا رنگ، بہت سفید کپڑے، بہت پر کشش آنکھیں اور بے تکان گفتگو، جس میں سیاست زیادہ علم کم۔ وہ "سیاست" اخبار میں ہی تھے کہ لکھنؤ سے نکلنے والے "پائنیر" اخبار میں ایک کتے کی گمشدگی کا اشتہار چھپا اور کتے کا جو نام چھپا اس نے مسلمانوں کے دلوں میں آگ لگا دی۔ "سیاست" نے اسے کلید کامیابی سمجھ کر دانتوں سے پکڑ لیا اور اخبار کی خبریں، اداریہ اور اس واقعہ پر مسلمانوں کے رد عمل تراش خراش کر پیش کر کے اخبار کو ایسا بنا دیا جیسے کبھی "تنویر" تھا۔ "پائنیر" کے ایڈیٹر نے معافی مانگی اور وضاحت کی کہ شعبہ اشتہارات اور ایڈیٹر اور اس کے ساتھیوں کا ایک دوسرے سے بس اتنا رشتہ ہے کہ وہ اشتہار بھیج دیں اور ہم چھاپ دیں، اس کو پڑھنا یا سائز طے کرنا یہ دوسروں کا کام ہے لیکن ہم پھر بھی معذرت خواہ ہیں۔

"قومی آواز" کے ایڈیٹر حیات اللہ انصاری صاحب ہمیشہ مسلمانوں کی جذباتی سیاست کے مخالف رہے، انہوں نے مسلمانوں سے کہا کہ وہ جوش میں نہ آئیں اور معاف کر دیں، ان کا لکھنا تھا کہ "سیاست" کو اپنے رقیب سے بھی حساب چکانے کا موقع مل گیا اور اس نے "پائنیر" کو کم اور "قومی آواز" کو بڑا مجرم قرار دینا شروع کر دیا۔ شہر میں اور پورے اتر پردیش میں جگہ جگہ جلسے ہونا شروع ہو گئے۔ "قومی آواز" جلایا جانے لگا۔ اسی زمانہ میں گولہ گنج میں بڑے وکیلوں میں سے ایک مسعود حسن ایڈوکیٹ کی کوٹھی میں اسی سلسلہ کا جلسہ بلایا گیا سینکڑوں مسلمان وہاں جمع ہو گئے، ممتاز مسلمانوں میں سے بھی اکثر آ گئے تھے، جن میں منشی احترام علی صاحب بھی تھے۔ جلسہ کی صدارت کے لئے ان کا نام پیش کیا گیا، جسے سب نے منظور کر لیا۔ جلسہ شروع ہوا تو سب سے پہلے صاحب خانہ مسعود صاحب نے جلسے کے اغراض و مقاصد پر روشنی ڈالی، اس کے بعد حسب دستور تقریریں شروع ہوئیں، ہم نے بھی اپنی سی بات کہی اور گرم کہی اس لئے کہ ہم عمر کے اس دور میں تھے، جس میں جوش زیادہ ہوتا ہے اور ہوش کم۔ جلسہ میں سلامت علی مہدی کی اس لئے زیادہ اہمیت تھی کیوں

کہ وہ سیاست کے ایڈیٹر تھے اور جلسہ میں خاص طور پر بلائے گئے تھے۔ چند تقریروں کے بعد سلامت صاحب نے تقریر کی اور ثابت کر دیا کہ ان کی تحریر میں ہی آگ نہیں ہے تقریر میں بھی الفاظ انگاروں کی طرح نکلتے ہیں۔

جلسہ کے ختم ہونے اور کسی تجویز کے پاس ہونے سے پہلے اچانک حیات اللہ انصاری صاحب بن بلائے آگئے اور انہوں نے صدر صاحب کو ایک چھوٹا سا پرچہ دیا۔ اس وقت جو صاحب تقریر کر رہے تھے، ان کی تقریر کے بعد صدر صاحب نے فرمایا کہ حیات اللہ انصاری صاحب کچھ کہنا چاہتے ہیں، آپ حضرات ان کی بات سن لیں، مجمع میں سے کوئی آواز نہیں آئی۔ نہ تائید میں، نہ مخالفت میں، صدر صاحب نے حیات اللہ صاحب کو مائک پر بلایا تو انہوں نے کہا کہ میں صرف چند باتیں کہنے کے لئے آیا ہوں اور میری گذارش یہ ہے کہ آپ مجھے صرف تین منٹ کے لئے ایماندار سمجھ لیں، چند سکنڈ تو مجمع پر سکتہ کی کیفیت طاری رہی، اس کے بعد سلامت صاحب نے اونچی آواز میں کہا کہ ہم تین نہیں تیس منٹ آپ کی بات سننے کے لئے تیار ہیں مگر آپ کو ایماندار نہیں سمجھیں گے، حیات اللہ صاحب نے تین بار کہا کہ میری درخواست ہے کہ آپ مجھے صرف تین منٹ کے لئے ایماندار سمجھ لیجئے اور ہر مرتبہ پورا مجمع بول پڑا کہ ہم ایماندار نہیں مان سکتے۔ اس کے بعد حیات اللہ صاحب ایک منٹ نہیں رکے اور واپس چلے گئے۔ مجمع نعروں کے موڈ میں تھا لیکن صدر صاحب نے فرمایا کہ نعرہ کوئی نہیں، پھر مذمت کی تجویز پاس ہوئی اور جلسہ ختم۔

یہی جلسہ ہماری اور سلامت صاحب کی ملاقات کا سبب بنا۔ اس کے بعد وہ جب بھی لکھنؤ آتے ہم سے بھی کہیں نہ کہیں ملاقات ہو جاتی۔ سال دو سال کے بعد سلامت صاحب "سیاست" اخبار سے الگ ہو گئے اور لکھنؤ آکر انہوں نے اپنا روزنامہ اخبار نکالا۔ اس کا دفتر رسی بٹان میں اپنے ہی مکان کے ایک کمرہ کو بنایا، جہاں کاتب تو کئی تھے لیکن ادارتی اور انتظامی عملہ میں صرف ایک وزارت شکوہ تھے، جن کو سلامت صاحب کے ساتھ پہلے بھی بار بار دیکھا تھا۔ ہم حیران تھے اور آج بھی ہیں کہ

سلامت صاحب پورا اخبار اکیلے بھر دیتے تھے، جو چھ صفحات کا ہوتا تھا اور وزارت صاحب اسے جہاں بھیجنا ہوتا تھا بھیج دیتے تھے، سلامت صاحب کا اخبار جب بند ہو گیا تو وہ سنگم ہوٹل میں زیادہ آنے لگے جہاں اپنے دوستوں کے ساتھ ہم بھی چائے پینے آجاتے تھے۔

ملک میں کانگریس کے علاوہ کمیونسٹ پارٹی، سوشلسٹ پارٹی، ہندو مہا سبھا تو پہلے ہی سے تھیں، پنڈت نہرو سے لڑ کر الگ ہونے والے جے پرکاش نارائن، اچاریہ کرپلانی جیسے چند بڑے لوگوں نے پرجا سوشلسٹ نام کی ایک پارٹی بنائی تھی۔ اتر پردیش میں اس کے صدر بابو ترلوکی سنگھ تھے اور ڈاکٹر عبد الجلیل فریدی کی ان کو حمایت حاصل تھی۔ ان دونوں کا ریاست میں خاصہ بڑا حلقہ تھا۔ ۱۹۵۸ء میں جب لکھنؤ کا وال ٹاؤن یعنی پانچ بڑے شہروں میں سے ایک تسلیم کیا گیا تو میونسپل بورڈ کی جگہ اسے کارپوریشن کے تحت لایا گیا اور کارپوریشن کے پہلے انتخاب میں پرجا سوشلسٹ پارٹی نے جن لوگوں کو ٹکٹ دیا ان میں ایک نام سلامت علی مہدی کا بھی تھا۔

ٹکٹ ملنے کے بعد سلامت صاحب میرے پریس آئے اور بتایا کہ وہ الیکشن لڑ رہے ہیں، اس کے لئے پوسٹر چھپوانا ہیں اور انتخابی نشان چھونپڑی ہے۔ ہم نے پوسٹر چھاپ دیا اور دوسرے امیدوار بھی پوسٹر، اشتہار اور اپیلیں چھپوانے کے لئے آتے رہے مگر سیلاب کی طرح نہیں اس لئے کہ اس زمانہ میں الیکشن لاکھوں میں نہیں سینکڑوں اور ہزاروں میں لڑ لیا جاتا تھا۔ پولنگ سے پندرہ دن پہلے ہم ایک دن ان کا دفتر دیکھنے گئے تو محسوس ہی نہیں ہوا کہ یہ الیکشن کا دفتر ہے۔ اس لئے کہ پورا کمرہ تفریح بازوں سے بھرا ہوا تھا، چند جھنڈے اور کچھ بچے ہوئے پوسٹر رکھے تھے اور بس۔ ہم نے سلامت صاحب سے معلوم کیا کہ الیکشن کا آفس کہاں ہے تو کہنے لگے یہی تو ہے جہاں آپ بیٹھے ہیں۔

ہم نے سنبھل میں دیکھا تھا کہ ماہر لوگ الیکشن کیسے لڑاتے ہیں اور یہ بھی دیکھا تھا کہ پولنگ سے پہلے ہی اندازہ لگا لیا جاتا تھا کہ کسے کتنے ووٹ ملیں گے۔ ووٹر لسٹ، ووٹروں کی پرچیاں، انتخابی نشان کی

پہچان، بیلٹ پیپر کی نقل سے ووٹروں کو سمجھانا، پولنگ ایجنٹوں اور کاؤنٹنگ ایجنٹوں کے ناموں کا انتخاب، پھر پولنگ کے لئے سواری۔ ان میں سے کوئی ایک چیز بھی نہیں بس پھڑ بازی؟ ہم نے جب یہ سب بتایا توان کے چھوٹے بھائی زندے رضا، جو کاروباری آدمی تھے وہ ہمارے پیچھے پڑگئے کہ آپ شام کا تھوڑا وقت دے دیجئے اور یہ سب کام کرا دیجئے۔ ہم ان سے یہ کہہ کر چلے آئے کہ کل ووٹر لسٹ سب سے پہلے منگوائیے، شام کو آکر بات کروں گا۔

رفتہ رفتہ سلامت صاحب نے پورا الیکشن ہمارے ہاتھ میں دے دیا اور ہم نے سسٹم کے مطابق سب مرتب کرادیا۔ پولنگ میں شاید ایک ہفتہ ہی باقی ہوگا کہ اتوار آگیا، ہفتہ کی رات کو جب ہم آنے لگے تو ہم نے کہا کہ کل اتوار ہے، سب کی چھٹی ہوگی، صبح ہی صبح محلہ کے بااثر لوگوں کو بلالیجئے گا اور پھر گھر گھر جاکر ووٹ کے لئے کہیئے گا، تاکہ کوئی یہ نہ کہے کہ آپ تو آئے ہی نہیں۔ جو لوگ موجود تھے وہ آمادہ ہوگئے، سب سے قول و قرار ہوگیا، صبح آٹھ بجے ہم نے تو تقریباً سب آچکے تھے۔ ہمیں ساتھ لے کر چلے تو یہ طے ہوا کہ اپنا محلہ رسی بٹان تو اپنا ہے، برابر کے محلوں گوئن ٹولہ اور گوئن تالاب چلا جائے۔

بنام خدا پہلے ایک دروازہ پر دستک دی تو جو صاحب برآمد ہوئے انہوں نے تپاک سے استقبال کیا، انہیں جب غرض بتائی تو جواب ملا کہ آپ نے کیوں تکلیف کی ہم آپ کے علاوہ کسے ووٹ دے سکتے ہیں۔ دوسرے مکان سے بھی کچھ ایسا ہی جواب ملا، تیسرے مکان کے مالک نے کہا کہ چلئے آپ اس بہانے آئے تو، اب آپ کو بغیر چائے پیے نہیں جانے دیں گے۔ ان سے تو بمشکل معذرت کر کے اجازت لی اور قبل اس کے کہ چوتھے مکان پر دستک دیتے سلامت صاحب نے اعلان کر دیا کہ چلئے واپس چلتے ہیں۔ ہم نے کہا کہ کیا محلہ ختم ہوگیا؟ کہنے لگے دیکھ نہیں رہے کہ میرا الیکشن جنگل کی آگ ہوگیا ہے۔ ہر آدمی ووٹ دینے کے لئے بے قرار ہے، چلئے دفتر چل کر چائے پی جائے، بعد میں کوئی کام کیا جائے گا۔

ہم نے اس دن محسوس کر لیا کہ الیکشن سلامت صاحب کے بس کا نہیں ہے، یہ الگ بات ہے کہ جیت

کا پھول کوئی آسمان سے لا کر ان کی جھولی میں ڈال دے۔ سلامت صاحب کے چھوٹے بھائی زندے رضا بہت سنجیدہ تھے، انہوں نے ہم سے کہا کہ آپ ہی بھیا کو سمجھا سکتے ہیں۔ ہم نے اماں کو بتایا ہے کہ بھیا جیسی تقریر کرتے ہیں، حفیظ صاحب کہہ رہے تھے کہ ان سے فائدہ نہیں نقصان ہو گا۔ وہ ہر تقریر میں ضرور کہتے ہیں کہ دنیا لکھنؤ کو جانتی تھی اور جو لکھنؤ کو جانتا تھا وہ مولوی گنج کو بھی ضرور جانتا تھا لیکن لکھنؤ کا کوئی محلہ رسی بٹان بھی ہے اسے اب دنیا اس لئے جانتی ہے کہ اس محلہ میں وہ سلامت علی مہدی رہتا ہے جو آج سے ۳۵ سال پہلے دولہا سوداگر کے ہاں پیدا ہوا، پھر اس نے صحافت کی دنیا میں ہل چل مچادی، اپنے اخبار کا دفتر رسی بٹان میں بنایا جس کی وجہ سے اب لوگ مولوی گنج کو کم اور رسی بٹان کو زیادہ جانتے ہیں۔

سلامت صاحب کی والدہ نے کیا کہا یا کیا سمجھایا بہر حال انہوں نے لن ترانی ختم کر دی۔ ہم نے بھی سمجھایا کہ آپ پر جا سوشلسٹ پارٹی کے امیدوار ہیں۔ آپ پارٹی کا تعارف اور کیا کرنا ہے اس پر زیادہ زور دیجئے۔ اسی طرح معاملات چل رہے تھے کہ ایک دن شام کو ایک گاڑی میں بابو ترلو کی سنگھ اور ڈاکٹر فریدی صاحب آ گئے۔ وہ اپنے امیدواروں کا حال جاننے کے لئے نکلے تھے، چند منٹ بیٹھنے کے بعد ڈاکٹر صاحب نے ہم سے کہا کہ سنا ہے تم نے سلامت صاحب کے دفتر کو الیکشن کا دفتر بنا دیا ہے پھر انہوں نے ضروری چیزیں دیکھیں اور ہم سے کہا: ذرا ہمارے ساتھ آؤ، دو امیدواروں کے دفتر پر نظر ڈال لو۔

ہم مولوی گنج سے سیدھے گولہ گنج گئے جہاں سے بڑے ایوب صاحب ایڈوکیٹ کے صاحب زادے محمد شعیب ایڈوکیٹ لڑ رہے تھے، ان کے دفتر میں وہ تو نہیں ملے معلوم ہوا کہ وہ گھوم رہے ہیں لیکن دفتر میں ہر ضروری چیز موجود تھی اور چند لڑکے ووٹر لسٹ لئے اس کی مدد سے پرچیاں بنا رہے تھے۔ دو منٹ رک کر وہاں سے اکبری گیٹ کے لئے روانہ ہوئے جہاں سے فرم 'اصغر علی محمد علی' کے مالکوں میں سے ایک اعظم خاں صاحب امیدوار تھے۔ جیسے ہی اکبری گیٹ قریب آیا تو دیکھ کر حیران رہ گئے کہ سڑک پر کاغذ کی جھنڈیوں کی طرح روئی کی انتہائی حسین (جن پر رنگ برنگے ستارے ٹنکے تھے) جھونپڑیاں لٹک رہی تھیں۔ نظر ان پر پڑی تو میں نے بابو ترلو کی سنگھ صاحب کو

مخاطب کرتے ہوئے کہا کہ اگر رہنے کے لئے ایسی جھونپڑیاں ہوں تو لوگ محل چھوڑ کر ان میں رہنے لگیں گے۔ کہنے لگے اعظم خاں رئیس ہی نہیں رئیس ابن رئیس اور چار پشتوں کے رئیس ہیں، ان کے لئے سب جائز ہے۔

اعظم خاں کا انتخابی دفتر نخاس سے کنگھی والی گلی کی طرف مڑتے ہی ایک بڑی بلڈنگ میں اوپر تھا۔ وہاں پہنچے تو سب لوگ صوفوں پر بیٹھے تھے اور چائے کے اس زمانہ میں بڑے لوگوں کے گھروں میں استعمال ہونے والے لپٹن کے گرین، یلو اور ریڈ لیبل کے ڈبے رکھے تھے، بحث یہ چل رہی تھی کہ کس ڈبہ کی چائے میں دوسرے کس ڈبہ کی کتنی چائے ملائی جائے، جو رنگ، خوشبو اور ذائقہ بے مثال ہو جائے؟ بحث کے دوران ہی ہم تینوں اندر داخل ہوئے، ڈاکٹر صاحب نے جو آخری جملے سن چکے تھے فرمایا کہ اعظم تم الیکشن لڑ رہے ہو یا ہوٹل کھول رہے ہو؟ اعظم خاں نے کہا کہ اچھی چائے پیے اور پلائے بغیر الیکشن کیسے لڑا جا سکتا ہے؟ ڈاکٹر صاحب نے فرمایا کہ دیکھو میں حفیظ کو لایا ہوں انہیں اپنا دفتر دکھاؤ، یہ اس کا سسٹم بنا دیں گے۔ اعظم خان نے بیساختہ کہا کہ ڈاکٹر صاحب کیسا دفتر اور کہاں کا دفتر؟ ہمیں نہ منشی گیری کرنا ہے نہ کرانا ہے۔ اسلئے کہ میرے حلقے میں تین سو رنڈی اور نو سو بھڑوے ہیں جو صرف میرے ووٹ ہیں اور دو سو ووٹ اس لئے مل جائیں گے کہ اعظم خاں امیدوار ہیں۔ ڈاکٹر فریدی صاحب، بابو ترلوکی سنگھ اور ہم منہ دیکھتے رہ گئے۔ اس لئے کہ اس سے پہلے شاید کسی نے ایسا امیدوار نہیں دیکھا تھا۔ اعظم خاں کے اصرار کے بعد سب نے چائے پی اور واپسی کے لئے چل پڑے۔ ڈاکٹر صاحب نے معلوم کیا کہ یہ بتاؤ حفیظ کہ سلامت صاحب جیت جائیں گے؟ میں نے جواب دیا کہ ان کا الیکشن جنگل کی آگ ہو گیا ہے جسے قدرت ہی بجھا سکتی ہے اور کوئی نہیں اور یہ سلامت صاحب کا خیال ہے۔

الیکشن ختم ہوئے، اعظم خاں کو واقعی ۱۴ سو ووٹ ملے، وہ جیت گئے، شعیب صاحب بھی کامیاب ہو گئے، سلامت صاحب کو چھ سو ووٹ ملے اور وہ اپنے ہارنے کا سبب سی پی گیتا کو بتاتے رہے، جنہوں

نے کانگریس کے امیدوار کے لئے آخر وقت میں ووٹ خرید لئے تھے۔ انتخابی گرما گرمی، ہارنے والوں کے افسردہ چہرے، جیتنے والوں کے جشن اور جلوس ایک ہفتہ تو رہے پھر زندگی معمول پر آ گئی۔ ایک یا دو مہینہ کے بعد سلامت صاحب نے بتایا کہ وہ دہلی جا رہے ہیں جہاں شمع کے ادارے سے نکلنے والے ایک نئے رسالے شبستاں ڈائجسٹ کی ادارت سنبھالیں گے۔ اس زمانہ میں پاکستان سے کئی ڈائجسٹ نکل رہے تھے جن میں پڑھنے کے لئے بہت کچھ ہوتا تھا، ہندوستان میں بھی دہلی سے "ہما" اور "ہدیٰ" نکل رہے تھے، جو بہت مقبول ہو رہے تھے۔ حافظ یوسف دہلوی نے "شبستاں" نکالا اور سلامت صاحب کو اس کا ایڈیٹر بنایا تو "شمع" کی مقبولیت کی بدولت یہ ڈائجسٹ بھی ہاتھوں ہاتھ لیا جانے لگا اور سلامت صاحب نے اپنی ذہانت سے اسے اور زیادہ پرکشش بنا دیا۔

سلامت صاحب کافی دنوں تک شبستاں کے ایڈیٹر رہے، اس کے بعد نہ جانے کیا ہوا کہ وہ لکھنؤ چلے آئے۔ بعد میں معلوم ہوا کہ یوسف صاحب تو ان کی بہت قدر کرتے تھے لیکن بڑے بیٹے یونس صاحب سے ان کی نہیں بنی، سبب شاید یہ ہو کہ سلامت صاحب کسی کی حکومت برداشت نہیں کرتے تھے اور یونس صاحب بہت زیادہ دولت آ جانے کے بعد کچھ زیادہ ہی اپنے کو بڑا آدمی سمجھنے لگے تھے۔ لکھنؤ آنے کے بعد سلامت صاحب نے نظیر آباد میں سنگم ہوٹل کے سامنے دوسری منزل پر دو کمروں کا مکان کرایہ پر لیا اور اس میں 'پرواز بک ڈپو' کے نام سے ایک مکتبہ قائم کر لیا۔

لکھنؤ میں اس وقت ناول کے سب سے بڑے ناشر نسیم انہونوی تھے اور ان کے بہت بڑے نسیم بکڈپو میں صرف ناول تھے۔ سلامت صاحب کے لاشعور میں شمع تھا اور نسیم بکڈپو تھا جس کی کامیابی کو دیکھ کر انھوں نے صرف ناول چھاپنے کا پروگرام بنایا۔ لکھنؤ میں اس زمانہ میں خان محبوب طرزی، وحشی محمود آبادی، نادم سیتاپوری اور ضیا عظیم آبادی ایسے ناول نگار تھے جو فرمائش پر ناول لکھتے تھے، سلامت صاحب نے ان چاروں سے معاہدہ کر لیا اور قارئین کرام کو حیرت ہوگی کہ معاہدہ یہ تھا ایک کمرہ میں دو کرسیاں اور دو میزیں ہوں گی آپ حضرات جس وقت فرصت ہو آئیں اور یہیں بیٹھ

کر ناول کا ایک باب لکھیں اور اسے یہیں چھوڑ کر چلے جائیں، باب کے صفحات بھی مقرر تھے اور اجرت بھی اس کے لئے یہ معاہدہ تھا کہ چاہے روز لے لیں یا جب ضرورت ہو لے لیں یا ناول ختم ہونے کے بعد پوری اجرت لے لیں۔ بعد میں معلوم ہوا کہ طرزی صاحب اور وحشی محمود آبادی کا اسی طرح کا معاہدہ نسیم بکڈپو اور انوار بکڈپو سے بھی ہے۔

ہم نے بھی کبھی کبھی دیکھا کہ ایک کمرہ میں سلامت صاحب محفل جمائے بیٹھے ہیں یا خطوط لکھ رہے ہیں یا کچھ اور لکھ رہے ہیں اور دوسرے کمرہ میں کبھی دو کبھی ایک ناول لکھا جا رہا ہے۔ ناول کا پلاٹ بھی ناول نگار کا ہوتا تھا لیکن ناول کا نام سلامت صاحب خود تجویز کرتے تھے۔ اس سلسلہ کا ایک واقعہ دلچسپی کے لئے لکھ رہا ہوں کہ سلامت صاحب نے خان محبوب طرزی کے ایک ناول کا نام 'حمام' رکھا اور حمام میں جو کچھ بھی ہوا کرتا ہے وہ وحشی محمود آبادی کے لکھے ہوئے ناول کے گرد پوش کی پشت پر اشتہار کے طور پر چھپوا دیا، وحشی صاحب کا ناول بہت اچھا تھا ہم پڑھنے کے لئے لے آئے، اسے ہماری اہلیہ نے بھی دیکھا اور پشت پر حمام نام کے ناول کا اشتہار بھی انہوں نے پڑھا اور کوئی بات نہیں کی۔ ایک دن شدید سردی تھی، سلامت صاحب کی کوئی کتاب چھپ رہی تھی وہ اس کے متعلق معلوم کرنے آئے ہوئے تھے ہم نے چائے منگوائی، چائے پیتے پیتے سلامت صاحب نے کہا چلئے حفیظ صاحب آج اکبری گیٹ پر فرزند علی کے حمام میں نہایا جائے، ان کی دوکان کے اوپر ایک بورڈ تو ہم نے بارہا دیکھا تھا جس پر 'فرزند علی باربر' اور نیچے 'حمام گرم ہے' لکھا تھا لیکن گئے کبھی نہیں تھے۔ ہم کئی برس پہلے بھوپال میں ایک دفعہ ایسی ہی یا اس سے بھی زیادہ سردی میں حمام میں نہا چکے تھے لیکن وہ بہت بڑی عمارت میں تھا اور اس کے تین درجے تھے جس میں وہ دس دس منٹ دو درجوں میں روک کر پھر تیسرے درجہ میں لے جاتے تھے، جہاں انتہائی گرم پانی سے نہلایا جاتا تھا۔ ہم نے سلامت صاحب سے معلوم کیا کہ فرزند علی کی اتنی سی دوکان میں حمام کہاں ہے؟ کہنے لگے دوکان کے پیچھے ایک چھوٹا سا مکان ہے اس میں بنایا ہے۔ ہم نے بھوپال کے حمام کی تفصیل بتائی تو کہنے لگے کہ وہ شاہی حمام ہوگا۔ ہم نے کہا کہ لنگی لے لیں، کہنے لگے وہاں دھلی ہوئی لنگی ملے گی۔ ہم

دونوں اوور کوٹ پہنے ایسے ہی چلے گئے، پریس میں کام کرنے والے ایک لڑکے نے جس سے چائے منگوائی تھی ہماری یہ بات سن لی کہ ہم حمام جارہے ہیں۔ وہ برتن دینے اوپر مکان میں گیا تو اہلیہ نے معلوم کیا کہ تمہارے بھائی صاحب ہیں؟ اس نے کہہ دیا کہ سلامت صاحب کے ساتھ حمام گئے ہیں۔ تقریباً دو گھنٹے کے بعد ہم واپس آئے تو نیچے پریس میں ہی رک گئے اور پریس بند کرا کے اوپر گئے تو بیوی کو ایسا دیکھا جیسے کسی عزیز کی میت کے سرہانے بیٹھی ہوں۔ ہمارے منہ سے نکل گیا کہ خیریت تو ہے؟ بس قیامت آگئی اور حمام کے اشتہار میں جو کچھ چھپا تھا ہمیں اس کا ملزم قرار دے کر اور زیادہ اونچی آواز میں رونا شروع کر دیا۔

صورت حال بالکل بے قابو ہو رہی تھی، گھر میں ہم دو اور ہمارے چھوٹے چھوٹے بچے۔ ہم نے بھی اپنائیت سے کہا کہ تم صرف دو منٹ کے لئے اپنا غصہ ختم کر دو تو ابھی سمجھ میں آجائے گا۔ بہر حال جیسے تیسے وہ آمادہ ہوئیں تو ہم نے کہا کہ ہمارے دوست حسیب، جن کی بیوی ہاجرہ کو تم بہن کی طرح مانتی ہو کیا ان کی بات پر اعتماد کرو گی؟ وہ آمادہ ہوئیں تو ہم نے حسیب کا نمبر ملا کر ٹیلی فون بغیر کوئی بات کہے ان کو دے دیا اور کہا کہ ان سے فرزند علی حمام کے متعلق معلوم کر لو۔ وہ ان کی دوکان کے بالکل سامنے ہے۔ بیوی نے حسیب سے بات کی، ہندی کی چندی کی، ان کے معلوم کرنے پر بمشکل بتایا کہ آپ کے بھائی صاحب وہاں نہا کر آئے ہیں، حسیب نے جواب دیا کہ سردیوں میں تو ہم بھی بار بار نہاتے ہیں، ان کے جواب سے بات ختم ہو گئی اور آئی بلا ٹل گئی۔ دلچسپ بات یہ ہے کہ جب وہ ناول چھپ گیا اور ہم نے پڑھا تو یہ دیکھ کر حیران رہ گئے کہ پورے ناول میں حمام تو کیا کسی کے نہانے کا بھی ذکر نہیں ہے۔

ہمارے ایک بہت عزیز دوست سردار کھڑک سنگھ تھے وہ سائیکل کے فاضل پرزے لدھیانہ سے لاتے تھے اور سائیکل کی بڑی چھوٹی دوکانوں پر سپلائی کرتے تھے، اس میں کچھ سامان ایسا بھی ہوتا تھا جسے فنکاری سے جس فیکٹری کا چاہا بنا دیا جاتا تھا، یہی ان کے نفع کا راز تھا۔ برسوں کے بعد کمپنیوں نے اپنے ایجنٹ بھیجنا شروع کر دئے اور براہ راست مال آنے لگا، اس میں ادھار بھی مل جاتا تھا، اس لئے

بڑی بڑی دکانیں تو سب ہاتھ سے گئیں چھوٹی دکانوں سے اتنا آرڈر بھی نہیں ملتا تھا جو خرج نکل آئے۔ اسی زمانہ میں انہوں نے ہم سے معلوم کیا کہ ٹائپ کے پریس کا کام کیسا ہے؟ ہم نے بتایا کہ محنت کرو تو بہت اچھا ہے، ہم خود نہ جانے کتنا کام باہر کراتے ہیں اور سائیکل کی پوری مارکٹ تمہاری اپنی ہے، ہر دکان کی اسٹیشنری چھپتی ہے، وہ لے لینا اور جو پریس لو گے اس کے اپنے بھی گاہک ہونگے ، ان سے بھی کام ملتا رہے گا۔ مگر کھڑکو! یہ تو بتاؤ کہ کیا کوئی پریس بکری میں ہے؟ سردار جی نے جواب دیا کہ دو چار دن میں بتاؤں گا ابھی دیکھ رہا ہوں۔

پریس میں استعمال ہونے والی روشنائی "ہگلی" کی بہت اچھی مانی جاتی تھی لکھنؤ میں اس کے ایجنٹ کی سائیکل مارکیٹ کے قریب ہی دوکان تھی، ہمیں معلوم تھا کہ کھڑک سنگھ سے ان کی بہت دوستی ہے، ہم سمجھ تو گئے کہ اس کاروبار کا مشورہ انہوں نے ہی دیا ہوگا۔ پھر چند دن کے بعد کھڑک سنگھ آئے کہ چلو پریس دیکھ لو۔ وہ پریس شلپی سنیما اور ڈاکٹر گپتا کی کوٹھی کے درمیان میں دو چھوٹے کمروں میں تھا، مشین سامان سب غور سے دیکھا، سودا ہوا اور پریس کی چابیاں لے لیں۔ کام چلتا رہا سردار بھی خوش ہم بھی خوش۔ ایک سال بھی پورا نہیں ہوا تھا کہ مکان کا قبضہ لینے کے لئے کچھ لوگ عدالت کا آرڈر لے کر آگئے، کھڑک سنگھ نے سب کو بلالیا۔ بعد میں معلوم ہوا کہ جس سے پریس لیا تھا اس نے مکان اور مقدمہ کی وجہ سے ہی اتنے کم پیسوں میں پریس دے دیا۔ مالک مکان کو ہم سب لوگوں نے یقین دلایا کہ ہم مکان خالی کرادیں گے بس ایک ہفتہ کی مہلت دے دیجئے۔ مکان کے مالک نے بھی ہم سب پر اعتماد کیا اور کھڑک سنگھ سب سامان سنبھال کر گھر لے آئے بعد میں وہ جیسے تیسے فروخت ہو گیا۔

ہمارے دوست کے سامنے پھر کسی کاروبار کا مسئلہ آیا۔ ایک دن ہم دونوں پرواز بکڈپو میں بیٹھے تھے کہ بات چھڑ گئی۔ سلامت صاحب نے کہا سردار جی آپ سردار پبلیشنگ ہاؤس کے نام سے ایک بکڈپو کھول لیجئے اسے کامیاب کرانا میری ذمہ داری ہے۔ کھڑک سنگھ نے ہماری طرف دیکھا، ہم نے کہا کہ اس موضوع پر پھر بات کریں گے تم بھی سوچ لو ہم بھی سوچ لیں۔

دوسرے دن میں نے سلامت صاحب سے کہا کہ کھڑک سنگھ میرے اوپر اندھا اعتماد کرتا ہے۔ اسے پریس میں چوٹ ہوئی ہے لیکن میں صرف مشین اور سامان کی حد تک تھا کہ وہ کیسا ہے۔ رہی بات سودے کی تو میرا اس سے کوئی تعلق نہیں، آپ نے اس سے جو کہا ہے، وہ سنجیدہ ہے لیکن آپ نے کیا سوچ کر مشورہ دیا ہے؟

سلامت صاحب نے بتایا کہ میرے پاس اتنا سرمایہ نہیں ہے کہ میں وہ کر سکوں جو کرنا چاہتا ہوں۔ ہو یہ رہا ہے کہ پاکستان میں جو اچھا ناول یا بہت مشہور مصنف کی کتاب چھپتی ہے وہ دو مہینے کے بعد دہلی والے چھاپ دیتے ہیں۔ دونوں ملکوں میں ڈاک کا آنا جانا بند ہو گیا ہے۔ پبلشر یہ کرتے ہیں کہ پاکستان سے اپنے کسی دوست یا عزیز کے پاس لندن بھجوا دیتے ہیں وہاں سے کتاب دہلی آتی ہے اور یہاں چھپ کر ہاتھوں ہاتھ فروخت ہو جاتی ہے۔ میرے ایک عزیز لندن میں ہیں، ایک بہت قریبی عزیز کراچی میں ہیں، کتاب ایک مہینہ میں آ جائے گی۔ ضرورت اس کی ہے کہ اس کی کتابت کئی کاتبوں سے کرائی جائے اور جس پریس میں بھی چھپے، دو دن میں چھپ جائے، میں پورے ملک میں پھیلا دوں گا اور اس کے نفع میں سے ۲۵ فیصد میں لوں گا جو سب سے آخر میں دے دینا۔

کھڑک سنگھ کے سامنے تجویز رکھی تو وہ پوری طرح تیار ہو گئے۔ رہا جگہ کا مسئلہ تو وہ بھی انہوں نے چند دن میں حل کر لیا، فرنیچر بھی بنوا لیا اور کچھ دنوں کے بعد پاکستان سے دو نئی کتابیں بھی آ گئیں، ملک میں چھوٹے بک اسٹال اور لائبریریاں بہت تھیں ان کا یہ آرڈر رہتا تھا کہ جو نیا ناول یا پاکستان کی جو نئی کتاب چھپے اس کی ایک جلد وی پی سے بھیج دی جائے۔ کتاب مقبول ہوئی تو بڑا آرڈر بعد میں آتا تھا۔ دونوں کتابیں چھپ بھی گئیں اور وی پی سے بھیج دی گئیں۔ پندرہ دن کے بعد اتنے پیسے واپس آ گئے کہ لاگت نکل آئی، کھڑک سنگھ کو کام پسند آیا اور وہ اپنی سوچ کے مطابق نئے نئے پلان بنانے لگے۔ ایک دن سلامت صاحب نے ایک خط کا مضمون دکھایا جو سرکلر کی شکل میں بھیجنے کے لئے انہوں نے لکھا کہ اے آر خاتون کا نیا ناول "زیور" جس کے صفحات ایک ہزار اور قیمت پچاس روپے ہو گی۔ ہم نے معلوم کیا کہ کیا کتاب پاکستان سے روانہ ہوئی؟ کہنے لگے کہ ابھی تو لکھی بھی نہیں گئی۔ پھر کہا کہ ایک راز ہے پھر بتاؤں گا۔

دوسرے دن خان محبوب طرزی صاحب آئے تو انہوں نے کہا کہ ناول آج مکمل ہو جائے گا، سلامت صاحب نے جواب دیا کہ کل آپ ایک نیا ناول شروع کر دیں گے اور نئے ناول کے چار باب روز کریں گے، اس لئے کل ذرا جلدی آجائیے گا۔ طرزی صاحب چلے گئے تو سلامت صاحب نے کہا کہ "زیور" طرزی صاحب لکھیں گے، آپ دیکھئے گا کہ میں دہلی کے سارے ناشروں کو خون تھکوا دوں گا۔

اور انہوں نے جو کہا تھا وہ کر دکھایا، بہت مشہور اور بہت مقبول مصنفہ اے آر خاتون کے تین ناول سلامت صاحب لے کر بیٹھے۔ محترمہ کے ناول میں لڑکیوں کے لئے بہت کچھ ہوتا تھا، بچوں کی پرورش اور کھانے پکانے، سینے پرونے کے درجنوں مشورے ہوتے تھے۔ سلامت صاحب نے طرزی صاحب سے کہا کہ کہانی آپ لکھیں گے، درمیان میں جوان کی نصیحتیں ہوں گی میں تیار کر کے دیتا رہوں گا۔ اور واقعہ یہ ہے کہ ملک کے تمام ناشر پاکستان کے تار ہلاتے رہے اور وہاں سے جواب آتا رہا کہ محترمہ خاتون کا کوئی ناول "زیور" کے نام سے نہ مارکیٹ میں آیا ہے نہ کسی پریس میں چھپ رہا ہے، نہ یہاں کسی کو معلوم ہے۔ مگر لکھنؤ میں ایک ہزار صفحات کا ناول انتہائی خوبصورت کور کے ساتھ مارکیٹ میں بھی آگیا اور پھیل بھی گیا۔ وہ صرف بکا ہی نہیں اتنا مقبول ہوا کہ کھڑک سنگھ کو خوشحال کر دیا۔

سلامت صاحب جیسا شاطر ذہین دوسرا شاید ہی دیکھا ہو۔ ایک دن انہوں نے ذکر کیا کہ ایک وادئ کافرستان ہے وہاں کے رسم و رواج، وہاں کا مذہب، عقائد اور رہن سہن پوری دنیا سے نرالے ہیں، پھر جو بھی دنیا میں کہیں نہ ہوتا ہو گا وہ بتاتے رہتے تھے کہ وہاں وہ ہوتا ہے۔ ہم نے محسوس کیا کہ کئی دن سے سلامت صاحب شیو نہیں کر رہے اور داڑھی بڑھ رہی ہے۔ ہم نے یونہی معلوم کر لیا کہنے لگے کہ ایک کام میں ایسا الجھا ہوا ہوں کہ بالکل موقع ہی نہیں مل پا رہا، پر آپ اور سردار کھڑک سنگھ کی بھی تو داڑھی ہے۔ اس زمانہ میں کسی نہ کسی عنوان سے کافرستان کا تذکرہ ضرور آجاتا تھا۔ وقت گزرتا رہا اور سلامت صاحب کی داڑھی واقعی داڑھی ہو گئی۔ پھر ایک دن دیکھا تو شیو کئے بیٹھے ہیں۔

ہم نے معلوم کیا کہ منت پوری ہوئی؟ کہنے لگے کہ بات یہ ہے کہ میں نے کافرستان کا سفر نامہ لکھا ہے اس میں ایک فوٹو ہوگا، کافرستان جانے سے پہلے اور دوسرا داڑھی والا کافرستان سے واپسی کے بعد، اور یہ کہہ کر ہمیں کتابت شدہ کاپیاں دیں کہ کاغذ وزارت صاحب کل پہنچادیں گے اسے آپ ایک ہفتہ میں چھاپ دیجئے۔ اور وہ سفر نامہ جس نے بھی دیکھا دیکھتا رہ گیا۔

سلامت صاحب شیعہ تھے لیکن میرے علم کی حد تک کبھی اپنی کسی تحریر میں سنی شیعہ مسئلہ کو موضوع نہیں بنایا، نہ کبھی گفتگو سے کوئی سمجھ سکا، نہ کبھی انہوں نے کہا کہ مجلس میں گیا تھا یا مجلس میں جارہا ہوں۔ انتہا یہ کہ دس محرم کو پریس بند تھا میں والد ماجد کے پاس جانے کے لئے نکلا تو راستہ میں دیکھا کہ پرواز بکڈپو کے دروازے کھلے ہیں اور روشنی ہو رہی ہے میں دیکھتا ہوا چلا گیا، واپس آیا تو پھر دیکھا تب میں اوپر چلا گیا، وہاں اکیلے سلامت صاحب بیٹھے کچھ لکھ رہے تھے، میں نے کہا کہ آج دس محرم ہے۔ کہنے لگے کہ بکڈپو بند ہے صرف میں بیٹھا ہوا ہوں اور صرف ملنے کے لئے جو آئے اس کا استقبال ہے لیکن اگر کوئی ایک ہزار روپے کی کتابیں بھی خریدنے آئے تو خونِ حسینؑ کی قسم میں اسے لوٹا دوں گا۔ اس وقت ایک بج رہا تھا کہنے لگے، حفیظ صاحب ہمارے گھر میں مکمل فاقہ رہتا ہے، میں چائے اور ناشتہ کے بغیر رہ نہیں سکتا، نظیر آباد میں سب مسلمانوں کے ہوٹل ہیں وہ مجھے جانتے ہیں چلئے سندھ ہوٹل میں چل کر کچھ کھالیا جائے۔ سندھ ریسٹورنٹ جاکر ہم نے صرف چائے پی، انہوں نے ناشتہ کے نام پر اتنا کھالیا کہ شام تک بے نیاز ہو جائیں۔

سردار کھڑک سنگھ کا اچانک انتقال ہوگیا۔ ان کا سارا اسٹاک سلامت صاحب نے لاگت کے حساب سے خرید لیا، جس کی ادائیگی قسطوں میں ان کی اہلیہ کو کی جاتی رہی اور تقریباً سب دے دیا، ناول کا کاروبار اس لئے کم سے کم تر ہوتا جارہا تھا کہ شمع نے ادبی معمہ شروع کر دیا تھا، دیکھتے ہی دیکھتے وہ اتنا مقبول ہوا کہ ہر بک اسٹال پر صرف معمہ بھرا جانے لگا اور شمع کی ناقدری کا یہ حال ہوگیا کہ اس کا وہ آخری صفحہ پہلے پھاڑ لیا جاتا تھا جس پر معمہ ہوتا تھا، باقی رسالہ آدھی چوتھائی قیمت پر فروخت ہو

جائے تب بھی کسی کو اعتراض نہیں تھا۔ ہمارے اور سلامت صاحب کے بہت عزیز دوست کتابی دنیا کے مالک اظہر نگرامی صاحب جو پہلے صرف ناول اور ادبی رسائل کا کام کرتے تھے انہوں نے بھی پوری 'کتابی دنیا' ختم کر دی اور صرف معمہ بھرنے والوں سے دکان بھری رہتی تھی۔ ان کا تو یہ حال تھا کہ لکھنؤ اور جوار لکھنؤ کے ہزاروں معمے آخری دن ہوائی جہاز سے دہلی لے کر جاتے تھے اور آخری تاریخ میں جمع کر دیتے تھے۔

اس معمہ کی وبا نے تو لکھنؤ میں سب کو ختم کر دیا، سلامت صاحب نے بھی نیا ناول چھاپنا بند کر دیا اور رفتہ رفتہ 'پرواز بکڈپو' ختم کر کے دہلی چلے گئے جہاں رحمان نیر صاحب کے ہفت روزہ اخبار "عوام" کی ادارت سنبھال لی۔ میں نے آخری بار ۱۹۸۰ء میں ایک دن والی آسی کے مکتبہ میں دیکھا تو چار قدم چلنے سے ہی سانس اتنی پھولی کہ "ان ہیلر" سے حلق میں دوا لی چند منٹ خاموش رہے پھر وہی گفتگو کہ محفل میں پھول کھلنے لگیں۔ اور سانس کی اسی بیماری نے پہلے ان کے پر کاٹے کہ پرواز نہ کر سکیں پھر ان کو وہاں پہنچا دیا جہاں سے کوئی واپس نہیں آتا۔

☆☆☆

ماخوذ: بجھے دیوں کی قطار (مضامینِ حفیظ نعمانی)

مرتب: محمد اویس سنبھلی۔ ناشر: دوست پبلیکیشنز، لکھنؤ (سن اشاعت: ۲۰۱۰ء)

سلامت علی مہدی: ایک خوش بیان قلمکار

عابد سہیل

سجاد ظہیر نے روشنائی میں مولانا حسرت موہانی کو بڑی محبت سے "جی بھر کے بدصورت" لکھا ہے لیکن اگر انھوں نے سلامت علی مہدی کو دیکھ رکھا ہوتا تو شاید کیا یقیناً یہ نہ کرتے۔

مولانا سے بھی دبتا ہوا قد، شب دیجور سے چشمکیں کرتا ہوا رنگ، چہرے پر چیچک کے داغ، سر کے بال اس قدر سیاہ کہ لگتا شاید پیدا ہی رنگے رنگائے ہوئے تھے، ایسے تھے سلامت علی مہدی۔

ایک دن قیصر باغ اور آس پاس کا سارا علاقہ اندھیرے میں ڈوب گیا۔ ظاہر ہے نیشنل ہیرالڈ کا بھی یہی حال ہوا۔ وہاں کسی نے ڈیوڈ سالومن سے کہا: "ڈیوڈ اپنی جگہ سے ہلنا نہیں۔ معلوم نہیں کون تم سے ٹکرا جائے۔" سب لوگ ہنس دیے لیکن گوڑ صاحب نے کہا، "ٹکرا کیسے جائے گا، ڈیوڈ کے دانت بھی تو ہیں۔"

ڈیوڈ کے دانت اس قدر سفید تھے کہ بلیک آؤٹ میں بھی دور ہی سے چمکتے لیکن سلامت علی مہدی کے دانتوں کو پان اور سگریٹ کے دن رات کے استعمال نے اس چمک سے بھی محروم کر دیا تھا۔ پھر بھی وہ اچھے لگتے، بس ذرا انھیں زبان کو جنبش دینے کی دیر ہوتی۔

سلامت علی مہدی کو پہلی بار کتابی دنیا میں دیکھا، دیکھا کیا سنا۔ کمر کمر تک کی چوڑی سی الماری سے، جس میں کتابوں کا اسٹاک رہتا، ٹیک لگائے کھڑے تھے اور بے تکان بولے جارہے تھے اور کمال احمد صدیقی، منظر سلیم، اظہر علی نگرامی، رضی صاحب، عیدو خاں، مَیں اور دو ایک دوسرے جن کے نام اب یاد نہیں ٹک ٹک دیدم، دم نہ کشیدم، گردنیں اونچی یا نیچی کیے، جیسی بھی ضرورت ہو، انھیں سنے جارہے تھے، دیکھے جارہے تھے۔ سانس بھی شاید کسی نے چپکے سے ہی لی ہو کہ ان کے جملے کا تار

ٹوٹے تو ذرا اطمیان سے سانس لی جائے۔

انگریزی میں ایک لفظ ہے Conversationalist، اردو میں خوش بیان، خوش گو کہہ لیجیے۔ جانس کی بڑی شہرت تھی، اس سلسلہ میں۔ مَیں نے کیا آپ سب نے بھی انھیں نہ دیکھا ہو گا نہ سنا لیکن اگر دیکھا اور سنا ہوتا تو سلامت علی مہدی کی باتیں سن کر ان کی شہرت دور کے ڈھول سہانے لگتی کہ بھلا سلامت علی سے زیادہ کون خوش بیان ہو سکتا ہے۔

بعد میں سنا کہ انگریزی کا اخبار ہاتھ میں لے کر اردو کی طرح پڑھتے جاتے ہیں اور کوئی کہے تو اوروں کو بھی سنا دیں۔ خدا جانے سچ کہ جھوٹ، لیکن رعب بہت پڑا۔

یہ تھی پہلی ملاقات سلامت علی مہدی سے، پہلی ملاقات، کیا شکل وصورت اور گفتگو میں باندھ لینے کے ان کے ہنر سے تعارف۔ ان کی باتیں سن کر "اسیر اس حسن سے کیا ہے کہ شور زنجیر پا نہیں ہے" ایسا خوبصورت مصرع یاد آیا۔

اس ملاقات کے بعد کتابی دنیا کے حوالے سے ہی ہم دونوں ایک دوسرے سے واقف ہونے لگے۔ انھیں معلوم ہوا ہی ہو گا کہ قومی آواز سے متعلق ہوں۔ ان دنوں اردو اخباروں میں سب ایڈیٹری اور ترجمہ کرنے کی صلاحیت تقریباً ایک ہی چیز کے دو نام تھے کہ ایجنسی سے خبریں انگریزی میں ہی آتی تھیں۔ انھیں یہ بھی معلوم ہوا ہو گا کہ "کتابی دنیا" کے لیے دو تین جاسوسی ناولوں کا ترجمہ کر چکا ہوں۔ یہ بات دوسری ہے کہ یہ کتابیں فرضی ناموں سے چھپی تھیں۔

ایک دن سلامت علی مہدی نے انگریزی کی کسی کتاب کے نو دس ورق دیے اور کہا: "ایک ادارہ ترجمہ چھاپنا چاہتا ہے۔ ترجمہ کر ڈالو، دیکھو کیا ہوتا ہے۔ دو روپے صفحہ ملیں گے۔"

"چالیس روپے!" میری آنکھوں کے سامنے تارے جھلملانے لگے۔

آٹھ دس دن میں یہ صفحات ترجمہ کر کے میں نے سلامت علی صاحب کو دے دیے لیکن اس کے بعد خاموشی چھا گئی۔ ہفتے دو ہفتے بعد اشاروں کنایوں میں انھیں متوجہ کیا لیکن انھوں سمجھ کے نہ دیا۔

پھر بھول گیا یا اس دوران ان کے بارے میں جو باتیں سنی تھیں انھوں نے روپے ملنے کی امیدوں کو مایوسی کی چادر اڑھا دی۔ لیکن کئی مہینے بعد ایک دن انھوں نے جیب سے پانچ پانچ روپوں کی چھوٹی

سے گڈی نکالی اور آٹھ نوٹ میری طرف بڑھا دیے، بالکل ایسے جیسے کوئی خاص بات نہ ہو، اور کہا:
"بھائی اسکیم ڈراپ کر دی گئی۔"
میں نے روپئے جیب میں رکھ لیے، شکریہ ادا کیا لیکن پھر ایک خیال کے تحت دھڑکتے ہوئے دل سے، کہ انھوں نے میری بات مان لی تو کیا ہو گا، جیب سے روپئے نکال کر ان کی طرف بڑھاتے ہوئے کہا، "تو پھر یہ روپیے کیسے؟" میری بات سن کر وہ ہنسے تو گہرے پیلے دانت اور زیادہ پیلے لگے۔
"اسکیم منظور ہو جاتی تو چار روپئے صفحہ دیتے جب کہ ملتے آٹھ، یہ کیا بات ہوئی؟ فائدہ میرا، نقصان دوسرے کا۔ روپئے جیب میں رکھ لو۔ زیادہ ایماندار بننے کی کوشش مت کرو۔"
سلامت علی مہدی کا یہ چہرہ میں نے اس دن پہلی بار دیکھا۔
وہ حیات اللہ انصاری سے اس قدر ناراض تھے کہ انھیں صحافی تک ماننے کے لیے مشکل ہی سے تیار ہوتے لیکن بطور افسانہ نگار ان کی عظمت کے قائل تھے۔
"افسانے ایسے لکھتے ہیں کہ دنیا کے کسی افسانہ نگار کا ان پر اثر نہیں نظر آتا، سب سے الگ بالکل جدا، بالکل اپنے۔" انھوں نے مجھ سے کہا۔
میں نے یہ بات حیات اللہ صاحب سے بتائی تو وہ چکرا کے رہ گئے۔
"یہ شخص بے کار کے چکروں میں نہ پھنسا ہوتا تو۔۔۔" میں نے کہا۔
"تو بھی کچھ نہ ہوتا، جینیئس ضرور ہے لیکن دماغ ہمیشہ الٹی طرف چلتا ہے۔"
ان کی بات سن کر مجھے ذرا سی حیرت ہوئی۔ وہ عام طور سے کسی کی برائی نہیں کرتے تھے بلکہ خوبی کا کوئی نہ کوئی پہلو نکال ہی لیتے۔ یہاں بھی تو نکال لیا تھا۔
دوسری طرف ضد تھی، غصہ تھا۔ سبب نہیں معلوم۔ "قومی آواز بند کرا کے ہی چھوڑوں گا،" سلامت علی مہدی کہتے اور چیختے چنگھاڑتے اخبار نکالتے جن کی سانس بس تھوڑے دنوں میں پھول جاتی اور وہ یاد رفتہ بن جاتے، بلکہ وہ بھی نہ بن پاتے۔
مولانا آزاد بستر مرگ پہ تھے۔ اب تب کی حالت کئی دنوں رہی۔ خدا چاہے تو مردے میں جان ڈال دے، اس کی بات دوسری ہے لیکن آثار مولانا کے بچنے کے نہ تھے۔ قومی آواز میں سارا پس منظری،

مواد کتابت کیا ہوا تیار تھا، کاپی جڑی ہوئی رکھی تھی، بس سرخی کا انتظار تھا اور اسے دہلی میں مولانا کے گھر میں ملک الموت کی آمد کا کہ وہ آئے تو ٹیلی پرنٹر کھڑ اکھڑائے اور اخبار کی سرخی میں وقت موعود کی جگہ پُر کر کے ضمیمہ کی کاپی پریس کے حوالے کر دی جائے۔

سلامت علی مہدی کے اخبار میں ٹیلی پرنٹر نہ تھا۔ اس معذوری سے نپٹنے کی ترکیب انھوں نے یہ نکالی تھی کہ ہر دس پندرہ منٹ بعد کسی نہ کسی کو بھیجتے جو قومی آواز کے کتابت کے سیکشن کی چک اٹھاتا اور وہاں کے ماحول سے یہ اندازہ لگا کر کہ مولانا آزاد کی سانسوں کی آمد وشد ابھی جاری ہے لوٹ آتا۔

محمد حسن قدوائی صاحب نے ایک نئی آٹھ کالمہ سرخی تیار کی اور کتابت کے لیے بھجوا دی۔ نوابو صاحب نے سرخی مکمل ہی کی تھی اور اسے دری پر پھیلائے نوک پلک آنک رہے تھے کہ سلامت علی کا ہرکارہ آگیا۔ اس نے چک اٹھا کے جھانکا تو آٹھ کالمہ سرخی پر نظر پڑی۔

وزیر تعلیم مولانا ابوالکلام آزاد کا انتقال

وہ بکٹٹ بھاگا۔ سلامت علی مہدی کے اخبار میں بھی ساری تیاریاں مکمل تھیں۔ پہلی سرخی تو پہلے ہی سے تیار تھی، دوسری میں اندازے سے وقت کا تعین کیا گیا اور آدھے پون گھنٹے میں اخبار کے ہاکر امین آباد میں اور آس پاس آواز لگا رہے تھے "امام الہند مولانا ابوالکلام آزاد کا انتقال۔"

لکھنؤ میں سلامت علی مہدی کا اخبار دھڑادھڑ فروخت ہو رہا تھا، دہلی میں مولانا آزاد آخری سانسوں کی گنتی گن رہے تھے، خود سے بے خبر اور قومی آواز میں ادارتی عملے کے کان ٹیلی پرنٹر کی مخصوص آواز پر لگے ہوئے تھے۔ کھٹ کھٹ کھٹ کھٹ۔۔۔

صحافت کے میدان میں یہ تھی سلامت علی مہدی کی پہلی اور بدترین شکست کہ یہ زخم کاری "قومی آواز" سے مقابلہ کرنے میں لگا تھا لیکن اس شکست کو انھوں نے فتح میں کچھ یوں تبدیل کر دیا کہ لوگوں کی آنکھیں خیرہ ہو گئیں۔

شاید دو تین سال بعد انھوں نے شمع بک ڈپو سے ہندوستان کے پہلے اردو ڈائجیسٹ "شبستاں" کی اشاعت کا آغاز کیا اور چند ہی شماروں میں اسے ایسا بنا دیا کہ پاکستان کے ڈائجسٹ آنکھیں ملانے سے کترانے لگے۔ "شبستاں" کی کامیابی دیکھ کر ہندوستان میں ڈائجسٹوں کی باڑھ آگئی لیکن مولوی مدن کی

بات کسی میں نہ تھی۔

دہلی جانے سے پہلے انھوں نے کتابی دنیا کے لیے دو ناولیں لکھی تھیں اور ایک سفر نامہ۔ یہ سفر نامہ بھی تھا اور "کافرستان" نامی "روس کے پرے" کے کسی علاقے اور اس کے باسیوں کی بود و باش کا تعارف بھی۔ خدا جانے ایسا کوئی علاقہ تھا بھی یا محض ان کی پرواز فکر کا نتیجہ تھا۔ ڈیڑھ پونے دو سو صفحات کی اس کتاب میں "کافرستان" کی پہاڑیوں اور سبزہ زاروں کی کئی تصاویر تھیں اور ایسی بھی جن میں مصنف کو وہاں کے مردوں، عورتوں اور بچوں کے ساتھ دکھایا گیا تھا۔ گوری چٹی عورتوں، بچوں اور مردوں کے ساتھ سلامت علی مہدی بعد المشرقین تو لگتے لیکن جمال ہم نشین بر من اثر کرد کی صورت بھی نظر آتی۔

کئی مہینے بعد جب تعلقات صورت آشنائی سے آگے بڑھ کر کسی قدر قربت کی حدوں کو چھونے لگے تھے تو ایک دن میں نے پوچھا، "وہاں کتنے دن رہے تھے؟"

"کافرستان!۔۔۔ کس کمبخت نے دیکھا ہے؟" انھوں نے ایسے کہا جیسے کوئی خاص بات نہ ہو۔

اس وقت کارد عمل تو اب یاد نہیں لیکن یہ خیال ضرور ہوتا ہے کہ انھیں کمپیوٹر کی سہولیات، جو اس وقت تک ایجاد بھی نہیں ہوا تھا، ضرور حاصل تھیں اور جس کی تصویر جہاں سے چاہتے اٹھا کر جس کے ساتھ چاہتے جوڑ دیتے۔

جب ایک ایسے علاقہ کا فرضی سفر جو بقول ان کے اور بہ زبان حفیظ نعمانی "روس کے پرے" تھا وسیلۂ ظفر ثابت ہوا کہ کتاب کے دو ایڈیشن شائع ہوئے تو ایک "منصوبہ بند" سفر نے جو واقعی کیا گیا تھا اور جس کی منزل مقصود بھی شک و شبہ سے بالاتر ہے، زمین سے سونا نہیں تو چاندی ضرور اگلی ہو گی۔

اچھے برے دن کس پہ نہیں آتے، خاص طور سے ایسی دنیا میں جس میں چیزیں تیزی سے تبدیل ہو رہی ہوں۔ اس وقت حضرت گوگل نے جلوہ سامانیوں کا سلسلہ نہیں شروع کیا تھا لیکن تصویریں ایسی چھپنے لگی تھیں کہ "وہی وہانویوں" کو لوگ بھول گئے تھے۔ ان میں سلامت علی مہدی بھی شامل تھے سو ان کی آمدنی کے ذرائع مسدود نہیں تو محدود ضرور ہو گئے تھے۔ چنانچہ انھوں نے ایک ترکیب نکالی۔

ایک دن بیوی سے پوچھا: "برقعہ ہے؟"

ان دنوں شاید ہی کوئی ایسا مسلم گھرانا رہا ہو جہاں برقعہ نہ ہو، سو بیوی نے کہا۔

"اے لو، برقعہ نہیں ہو گا، ایک نہیں دو دو ہیں۔"

"اور تیری زبیدہ ان پلّوں کو رکھ لے گی، دس بارہ دن کے لیے؟" انھوں نے بچّوں کے بارے میں پوچھا۔

بیوی نے ذرا سا سوچا، پھر کہا: "کیوں نہیں رکھ لے گی؟"

"تو ٹھیک ہے" سلامت علی مہدی بولے۔ "ایک بکسے میں دو چار جوڑ کپڑے ڈال لے اور دو چار میرے بھی اور شیو کا سامان، بلیڈ، سیفٹی ریزر، ایک چپل اور اپنی ضرورت کی چیزیں، کپڑے لتے"۔

"ارے کہاں لے جا رہے ہو؟"

"کہیں نہیں، بس جو کہتا ہوں وہ کر صلّو۔" بہت پیار آتا تو بیوی کو صلّو کے نام سے پکارتے۔

انھوں نے امرتسر کا ٹکٹ کٹایا اور میاں بیوی دوسرے درجے کے ایک عام ڈبے میں بیٹھ گئے۔ لکھنؤ سے امرتسر تک موٹے تازے سرداروں اور پنجابیوں کے درمیان میاں بیوی نے اتنی پنجابی سنی جتنی ساری زندگی میں نہ سنی ہو گی۔ امرتسر آنے کو ہوا تو سلامت علی مہدی کے اشارے پر بیوی نے سیٹ کے نیچے سے بکسا کھینچا، اندر ہاتھ ڈال کے ادھر ادھر ٹٹولا اور برقعہ نکال کے پہن لیا۔ ذرا کی ذرا میں اچھی خاصی عورت شٹل کاک بن گئی۔

ابھی اوپر نیچے کی بینچوں کے مسافر پوری طرح حیران بھی نہ ہو پائے تھے کہ امرتسر کا اسٹیشن آ گیا۔ میاں بیوی پلیٹ فارم پر اترے تو بھیڑ لگ گئی۔ جدھر جاتے بھیڑ پیچھے پیچھے چلتی۔ معاملہ اصل میں یہ تھا کہ آزادی کے بعد کی ایک نسل جوان ہو گئی تھی، جس نے کسی چھوٹے موٹے مقبرے کو یوں چلتے پھرتے نہ دیکھا تھا۔ سو ہاتھوں ہاتھ لیے گئے۔

دس بارہ دن کے ارادے سے گئے تھے، سوا مہینے بعد واپسی ہوئی۔ جاتے میں ایک ٹوٹا پھوٹا بکس ساتھ تھا، واپسی میں دو بہت عمدہ بکسوں کا اضافہ ہو گیا تھا جو کپڑوں اور تحفوں سے ٹھنسے ہوئے تھے۔ بیوی کے ہاتھ میں خوبصورت پرس تھا اور سلامت علی مہدی کی جیبیں سو سو، پچاس پچاس کے نوٹوں سے

بھری تھیں۔

جو بولے سو نہال

ست سری اکال

کتابی دنیا میں ٹیلی فون کی گھنٹی بجی۔ دکان کے مینیجر رضی صاحب نے چونگا اٹھایا۔

"جی، ابھی آئے نہیں۔"

ادھر سے کچھ کہا گیا جس کے جواب میں رضی صاحب نے کہا: "آپ سے وعدہ کیا تھا کہ اس نمبر پر گیارہ بجے دن میں ملیں گے۔ گیارہ بجے تو دیر ہو گئی، آتے ہی ہوں گے۔"

بعد میں پتہ چلا کہ فون جے پور سے تھا۔ مغل اعظم اور شیخو کی فوجیں اسلحہ سے آراستہ ہو کر "سامو گڑھ" کے میدان میں ہاتھیوں کا انتظار کر رہی تھیں کہ آجائیں تو جنگ کا بگل بجا دیا جائے۔

ہاتھیوں کی فراہمی کا ٹھیکہ سلامت علی مہدی نے لیا تھا اور ایڈوانس کی رقم گلاس سے ہوتی ہوئی پیٹ میں اتر رہی تھی، قطرہ قطرہ نہیں، موسلا دھار بارش میں پانی کے ریلے کی طرح۔

پھر جب رابطہ قائم ہوا تو دونوں طرف کی روز روز کی باتوں سے یہ کہانی ترتیب پائی۔ پہلے دن جب ہاتھی میدان جنگ میں ہونا چاہیے تھے تو وہاں سے ستائیس میل دور تھے، دوسرے دن بیس میل، تیسرے دن زبردست آندھی کی وجہ سے اسی جگہ، چوتھے دن دس میل اور پانچویں دن منزل سے صرف دو میل دور تھے کہ جانے کیسے بھڑک گئے تھے اور جس کا جدھر منہ سمایا بھاگ نکلا اور اس بھگدڑ میں ایک مہاوت بری طرح زخمی ہو کر اسپتال میں موت کا انتظار کر رہا تھا۔

"میری فلم کی شوٹنگ کا کیا ہو گا؟" ادھر سے کے۔ آصف کی آواز آئی۔

"میں تیرہ ہاتھیوں کی قیمت کہاں سے چکاؤں گا؟" سلامت علی مہدی نے جواب دیا اور ٹیلی فون کا چونگا رکھ دیا۔

کئی مہینے بعد مغل اعظم کا ذکر نکلا تو ہنستے ہوئے بولے: "ایسے گھمسان کے رن میں بس ایک ہی ہاتھی سونڈ اٹھائے ہوئے کھڑا ہوا ہے۔"

اس بار دہلی سے لوٹے تھے تو ہاتھی فراہم کرنے کے ٹھیکے کی موٹی رقم میں سے اتنے اب بھی جیب

میں تھے کہ اخبار نکالا جا سکتا۔ رہا ڈکلریشن کا مسئلہ تو کوئی پریشانی کی بات نہ تھی، وہ تو ان کی جیب میں پڑے ہی رہتے تھے، سو ایک ہفتہ کی بھاگ دوڑ میں "ملت" نکل آیا۔ چیختا، چنگھاڑتا، سلامت علی مہدی کا نام ہی اس کی جذباتی سرخیوں کی ضمانت تھا۔ چنانچہ نظیر آباد کی بیشتر دوکانوں اور پرانے لکھنؤ کے گلی کوچوں کے ہوٹلوں میں خوب خوب پڑھا گیا۔ چھے سو کاپیاں چھپی تھیں جن میں پونے چھے سو بک گئیں۔ اگلے دن آٹھ سو چھاپی گئیں، اس امید سے کہ یہی حال رہا تو ہفتے عشرے میں قومی آواز بیٹھ جائے گا لیکن ہوا اس کا الٹا کہ تعلقات کی بنا پر حاصل کیے جانے والے اشتہاروں کا سلسلہ دو چار دنوں میں ختم ہو گیا اور خسارے نے بڑھتے بڑھتے سارا سرمایہ ہضم کر لیا۔ پہلے معاملہ اخبار نکالنے کا تھا جس نے اب کسی طرح اس سے نجات حاصل کرنے کے مسئلے کی صورت اختیار کر لی تھی۔ سو انھوں نے اس کی بھی ترکیب نکال لی۔

کانپور میں مسلمانوں کے کسی مسئلے پر ایک جلسۂ عام تھا اور بھیڑ اکٹھی کرنے کے لیے شعلہ نوا سلامت علی مہدی کو بھی مقررین میں شامل کر لیا گیا تھا۔ انھوں نے ایسی "آتش فشاں" تقریر کی کہ جلسہ ختم ہونے کے بعد اسٹیج سے اترے تو گرفتار کر لیے گئے۔ ایک تیر سے دو شکار کر لیے۔ کم سے کم دو چار دن کے لیے ہیرو بن گئے اور اخبار بند کرنے کا بہانہ گھاتے میں ہاتھ آ گیا۔ "مالک، ایڈیٹر، ناشر گرفتار کر لیا گیا ہو تو اخبار کون نکالے گا؟"

"حیات اللہ انصاری" لوگ طنزاً کہتے لیکن یہ پتہ نہ چلتا کہ طنز کا رخ کس کی طرف ہے۔
اشتعال انگیز تقریر کا ایک اور واقعہ خود انھوں نے مجھے سنایا تھا لیکن حیرت ہے کہ اس واقعے کے نتیجے میں حیات اللہ کے لیے ان کے دل میں نرم گوشہ پیدا ہو گیا تھا۔

ٹیلے والی مسجد کے سامنے کے میدان میں ایک جلسہ تھا اور مقررین میں حیات اللہ انصاری بھی شامل تھے جنھیں دیکھتے ہی انھیں غصہ آ گیا اور انھوں نے بے حد گرما گرم تقریر کر دی جب کہ حیات اللہ صاحب نے انتہائی نرم اور مدلل تقریر کی تھی۔

"حیات اللہ صاحب نے اپنی نرم تقریر سے مجھے ہرا دیا تھا۔" کئی دن بعد سلامت علی مہدی نے مجھ سے کہا تھا، شاید پہلی بار ان کے نام کے ساتھ "صاحب" لگاتے ہوئے۔

جلسہ ختم ہوا تو دونوں ہی ساتھ ساتھ پیدل چل پڑے۔ حیات اللہ انصاری رفاہِ عام کلب کی پشت کے اپنے چھوٹے سے مکان کے لیے اور سلامت علی مہدی ریل کے چھتے کے پاس سے شاہ مینا روڈ ہوتے ہوئے نخاس میں اپنے گھر کے لیے۔ رومی گیٹ کی سڑک اختیار کر کے وہ اپنا راستہ مختصر بھی کر سکتے تھے لیکن دل میں تو اللہ نے نیکی ڈالنے کا فیصلہ کر لیا تھا، فاصلہ کی کمی ان کا کیا بگاڑ لیتی۔

دونوں خاموش تھے، سلامت علی مہدی شاید احساس شرمندگی سے اور حیات اللہ انصاری عادتاً۔

"اور جب اس سڑک کا آدھے سے زیادہ فاصلہ ہم نے طے کر لیا" سلامت علی مہدی نے مجھے بتایا، "تو حیات اللہ صاحب نے مجھے مخاطب کیا: سلامت علی صاحب، مسلمانوں اور اردو کے معاملہ میں میری نیت پر شبہ نہ کیجیے۔"

حیات اللہ صاحب کا جملہ دہراتے ہوئے انھوں نے کہا: "سہیل میاں یہ بات انھوں نے جس طرح کہی تھی، اس نے میرا دل کاٹ کے رکھ دیا تھا، میری آنکھیں چھلک پڑی تھیں۔" میں نے ان کی آنکھوں میں جھانکا تو وہاں سچائی چمک رہی تھی۔

دو دن بعد میں نے یہ بات حیات اللہ صاحب کو تفصیل سے بتائی تو پہلے انھوں نے اپنی ٹوپی سر سے اتار کر میز پر رکھی، پھر چشمہ اتارا اور میری طرف دیکھے بغیر کہا۔

"اللہ میاں بھی کبھی کبھی کیسا مذاق کرتے ہیں، ایک پینچ ذرا سا کس دیتے تو سچ مچ جینیئس ہو جاتا۔"

دو چار برس بعد سلامت علی مہدی نے پیسے جوڑ بٹور کے معمّوں کا کام "چراغ معمہ" اور کتابوں کی اشاعت کا سلسلہ غالباً "پرواز بک ڈپو" کے نام سے شروع کیا۔ نظیر آباد میں اس وقت کے سنگم ہوٹل کے سامنے سڑک کے دوسری طرف کی دکان کے اوپر کی منزل پر کئی کمروں کا مکان کرائے پر لیا، سڑک کی جانب بڑے بڑے بورڈ لگائے اور کاروبار کے افتتاح کے لیے باقاعدہ ایک تقریب کی۔ معموں کے اشتہارات شائع کرائے، خاص طور سے جنوبی ہند کے اخبارات میں، اور کتابیں بھی دھڑا دھڑ چھپنے لگیں۔

یہ بات شاید ۱۹۷۱ء کی ہے کہ "ماہنامہ کتاب" کی اشاعت کا سلسلہ جاری تھا۔ ایک دن سلامت علی مہدی سے اشتہار کے لیے کہا تو انھوں نے چربہ تھما دیا، پورے صفحے کا، اور خود ہی غالباً نوّے روپے فی

اشتہار کے نرخ کی پیش کش بھی کر دی۔ ایسا ہی کچھ سرکاری نرخ بھی تھا۔
اشتہار کے بلوں کی رقم مجھے تو فوراً ہی مل جاتی جب کہ کئی دوسرے چکر لگاتے لیکن ایک دن انھوں نے خود مجھے بتایا کہ اب تو دو قانونی نوٹس بھی آ گئے ہیں۔
پریشان انھیں ہونا چاہیے تھا لیکن میں ہو گیا اور ان سے پوچھا کہ اب کیا ہو گا۔
مسکرا کے بولے: "سارے مشتہرین کو ایک سرکلر جاری کر دیا ہے کہ بل معمے کے شعبۂ اشتہارات کے نام سے بنائے جائیں۔ اب دوسرے قانونی نوٹس کی نوبت تین چار مہینے بعد ہی آئے گی۔"
خدا جانے کس دل گردے کا بنا ہے یہ شخص، میں سوچنے لگا۔ کسی قسم کی پریشانی کی لکیر ان کے چہرے پر نہ تھی۔
معموں کے کتنے انعام کیسے، کب اور کہاں دیے گئے یہ نہیں جانتا لیکن یہ ضرور معلوم ہے کہ ایک انعام کا معاملہ پھنس گیا۔ بالکل صحیح حل کا پانچ ہزار کا انعام جونپور کے ایک صاحب کا نکلا۔ انھوں نے ٹال مٹول کی تو اس نے ریاستی وزیر قانون علی ظہیر سے، جو اس کے رشتہ دار تھے، شکایت کر دی۔ علی ظہیر نے بلوایا تو وقت لے کر فوراً پہنچ گئے۔ انھوں نے گھما پھرا کے پوچھا تو سلامت علی مہدی نے ہاتھ جوڑ لیے۔ "حضور! روپے تو میں آج دے دوں لیکن اتنی بڑی رقم ہے، چاہتا ہوں کہ "چراغ معمہ" کی بھی تھوڑی بہت مشتہری ہو جائے۔ میں نے ان سے کہا تھا کہ ایک تقریب کا اہتمام کریں۔ معززین شہر کو مدعو کیا جائے، کچھ چائے پانی ہو۔ اخراجات میں برداشت کروں گا۔ وہ اس بارے میں کچھ لکھتے ہی نہیں بس تقاضے کیے جاتے ہیں۔"
علی ظہیر کو بات معقول لگی۔ انھوں نے اپنے رشتے دار کو مطلع کر دیا۔ تاریخ طے ہوئی، کارڈ چھپے، تقریب کا اہتمام ہوا۔ معززین شہر جمع ہوئے لیکن سلامت علی مہدی کو نہ جانا تھا نہ گئے۔ اس غریب پر چھے سات سو روپے کی چپت الگ سے پڑ گئی۔
یہ ساری تفصیلات موصوف نے خود مجھے بتائی تھیں، ہنس ہنس کے اور ان کا خاتمہ کچھ یوں ہوا تھا:
"علی ظہیر کیا کر لیتے؟ کیا سرکاری مقدمہ دائر کر دیتے؟ وہ تو میں مروّت میں چلا گیا تھا ان سے ملنے۔ ویسے ان کو اس لفڑے میں پڑنا نہیں چاہیے تھا۔"

ایک دن "کتاب" کا تازہ شمارہ اور بل لے کر پہنچا تو انھوں نے "آیئے سہیل صاحب آیئے" سے میرا استقبال نہیں کیا۔ مجھے حیرت ہوئی۔ چہرہ بھی کچھ پژمردہ پژمردہ سالگ رہا تھا۔ قبل اس کے کہ میں کچھ پوچھوں، انھوں نے خود ہی کہا۔

"سہیل صاحب آپ کے پچھلے مہینے کے بل کی بھی ادائیگی نہیں ہوئی ہے اور اب میں کر بھی نہ سکوں گا۔ آپ ایسا کیجئے "ماہنامہ چراغ" کے ٹائٹل کا سہ رنگی بلاک قبول کر لیجیے۔ کونے پر "چراغ" کی جگہ "کتاب" کا بلاک لگا کر استعمال کر لیجیے۔"

میں نے تکلف سے کام لیا تو پیچھے پڑ گئے اور بلاک میرے حوالے کر کے ہی چھوڑے۔ ان دنوں بھی سہ رنگی بلاک بنوانے میں دو ڈھائی سو روپے ضرور خرچ ہوتے۔ میں نے رنگ بدل بدل کے انھیں کئی بار استعمال کیا اور "کتاب" خاصے فائدے میں رہا۔

اگلے دن "پرواز بک ڈپو" اور "چراغ معمّہ" کے بورڈ اتار لیے گئے۔

دو چار دن بعد امین آباد کے چوراہے پر مل گئے۔ بڑے اچھے موڈ میں تھے۔ بولے: "مولانا چکر میں آ گئے" انھوں نے بوشرٹ کی دونوں جیبوں پر ہاتھ مارا۔ "سولہ ہزار روپے ہیں۔" ان کے چہرے سے خوشی پھوٹی پڑ رہی تھی لیکن میں "مولانا" ہی میں پھنسا تھا۔ سمجھ گئے۔ کہنے لگے: "ارے، مولانا فروغ اردو، اسّی فیصدی پر سارا اسٹاک خریدا تھا، سمجھتے ہوں گے دو چار ہزار میں چھوٹ جائیں گے، حساب ہوا تو سولہ ہزار کی رقم دیکھ کر چکرا گئے لیکن کرتے کیا زبان ہار چکے تھے۔"

پھر میرے حالات نے کتب فروشی کو ذریعۂ معاش بلکہ "نامعاش" بنا دیا تو دہلی یعنی اردو بازار کے چکر لگنے لگے۔

ایک دن مکتبہ جامعہ کے آس پاس سلامت علی مہدی سے ملاقات ہوگئی، بے حد گرمجوشی سے ملے، بہت اچھے موڈ میں تھے۔ چائے کے لیے معذرت کی تو بولے "بلب بیچ کر نہیں پلاؤں گا۔"

ان کی مہمان نوازی کے بارے میں مشہور تھا کہ پیسے نہ ہوں تو گھر کی چھوٹی موٹی چیزیں، حد یہ ہے کہ بلب تک فروخت کر کے، یار دوستوں کی خاطر مدارات کرتے تھے۔

"ان دنوں مزے سے کٹ رہی ہے۔" وہ چہکے۔

انھوں نے اصرار کیا تو میں راضی ہو گیا۔ چائے، بسکٹ، کیک، پیسٹری، ان کے بس میں نہ تھا کہ کس کس چیز کا آرڈر دے دیتے۔ بڑی مشکل سے چائے اور دو چار بسکٹ سے آگے بڑھنے سے روک سکا۔

جب وہ ادھر ادھر کی سنا چکے تو میں نے پوچھا: "اور ہو کیا رہا ہے؟"

بولے: "ملک میں پندرہ کروڑ مسلمان ہیں، کچھ کرنے کی ضرورت کیا ہے؟"

میں سمجھا نہیں۔ بھلا "پندرہ کروڑ مسلمانوں" سے ان کے کچھ کرنے نہ کرنے کا کیا تعلق ہو سکتا ہے؟ میں نے سوچا۔

میرے چہرے پر بڑا سا سوالیہ نشان دیکھ کر بولے۔

"پندرہ کروڑ میں سے پانچ فی صدی، بلکہ اس کے بھی پانچ فی صدی ایسے ہوں جو مسلمانوں کا انگریزی اخبار ضروری سمجھتے ہوں اور صرف ایک روپیہ بھی خرچ کرنے کو تیار ہوں تو سلامت علی مہدی کو برسہابرس کچھ کرنے کی بھلا کیا ضرورت، ٹھیک ہے نا؟"

معاً کسی اردو اخبار میں ایک اشتہار یا خبر کا خیال آیا۔ مسلمانوں کے لیے انگریزی کے اخبار کی ضرورت اور اس کے فوائد بیان کرنے کے بعد ہر مسلمان سے کسی پتے پر صرف ایک روپیہ بذریعہ منی آرڈر بھیجنے کی اپیل کی گئی تھی۔

میں مسکرایا تو سمجھ گئے کہ بات کی تہہ تک پہنچ گیا ہوں۔

دبی دبی مسکراہٹ ان کے چہرے پر اپنا کھیل کھیلتی رہی۔ پھر انھوں نے تفصیلات بتائیں۔ ایک روپے سے زیادہ کا منی آرڈر قبول نہیں کرتا۔ بعض لوگ تو سو سو دو دو سو بھیج دیتے ہیں، لوٹا دیتا ہوں۔"

"گھر آئی مایا بھلا کوئی لوٹاتا ہے؟" میں نے کہا۔

"جس کسی کا ایسا منی آرڈر فارم لوٹایا اس نے ایک ایک روپئے کر کے اس سے زیادہ بھیجے۔ دوسروں سے کہتا ہو گا کہ آدمی ایماندار ہے۔ پیسے کا لالچی نہیں۔" انھوں نے کہا: "دستخط کرتے کرتے انگلیاں گھسی جارہی ہیں"

اس شخص کے دماغ میں روپیہ کمانے کی جانے کون سی مشین فٹ ہے، کبھی دھوکا نہیں دیتی، میں نے سوچا اور ان کا چہرہ دیکھتا رہا۔

"ڈیڑھ دو سو روپے ہر روز آہی جاتے ہیں، مزے سے کٹ رہی ہے لیکن اتوار اور پوسٹ آفس کی چھٹی بہت کھلتی ہے۔"

یہ بات شاید 1981ء یا ایک آدھ سال اِدھر اُدھر کی ہوگی۔ یہ سلسلہ تین چار سال چلا پھر ڈاکیے نے دھیرے دھیرے آنا چھوڑ دیا۔

امین آباد میں نصرت پبلشرز کا سلسلہ شروع ہوئے بھی کئی سال ہو گئے تھے کہ ایک دن کیا دیکھتا ہوں سلامت علی مہدی چلے آ رہے ہیں، بالکل خلاف توقع۔ کسی قدر لٹک گئے تھے لیکن چہرے کی سیاہی، گہرے پیلے دانت اور خضاب کی برکت سے صورت سے ہم رنگ۔ بال پہلے ہی ایسے تھے، البتہ چیچک کے داغ، وقت کی مار سہتے سہتے، خاصے پلٹ گئے تھے۔

میں نے کھڑے ہو کر انھیں احترام سے کرسی پر بٹھایا۔ ان کی آمد اس قدر غیر متوقع تھی کہ سمجھ میں نہ آیا کہ گفتگو کا سلسلہ کہاں سے شروع کروں، سو وہی گھسا پٹا سوال دہرا دیا: "۔۔۔ اور کیا ہو رہا ہے؟"
"ہوگا کیا، نہ کوئی کتاب لکھواتا ہے نہ رسالہ نکالنے کو کہتا ہے۔ یہ ہو کیا رہا ہے۔ کیا اردو سچ مچ جا رہی ہے؟"

میں نے پہلی بار، جی نہیں دوسری بار، اردو کا غم ان کے چہرے پر دیکھا۔ پہلی بار اس وقت دیکھا تھا جب حیات اللہ صاحب کا ذکر کرتے ہوئے ان کی آنکھیں بھیگ گئی تھیں۔ ایک طویل عرصے تک اردو کے لیے جدوجہد اور حیات اللہ انصاری ایک ہی چیز کے دو نام رہ چکے تھے۔

حالات کے نئے رخ سے دل بری طرح دکھا، جیسے ٹیس سی اٹھی ہو۔ سلامت علی مہدی جیسا شخص، طرح طرح کے کام جس کی تلاش میں رہتے تھے، "بے کاری" کا شکوہ کر رہا تھا۔ ایک خیال جس کے بارے میں کبھی سوچا بھی نہ تھا دماغ میں کوندا اور میں نے اسے لفظوں کی شکل دے دی: "آپ بیتی لکھ ڈالیے۔"

سلامت علی مہدی کی آنکھیں چمک اٹھیں۔ چہرے پر بہار سی چھا گئی۔
"کیا خوب بات سجھائی ہے۔" انھوں نے کہا، خود نوشت لکھ ڈالوں!۔۔۔ میری سب سے اچھی کتاب ہوگی۔۔۔ پبلشر لائن لگائیں گے "۔۔۔ چہرے کی بہار اب جیسے پورے جسم پر چھا گئی تھی۔ ایسا لگتا،

ایسا لگتا جیسے پورا جسم، ایک ایک بوٹی رقص کر رہی ہو۔
کوئی ایک گھنٹہ بیٹھے۔ باتیں تو دنیا جہاں کی کیں لیکن ہر دس پندرہ منٹ بعد آپ بیتی کا نشہ کسی نہ کسی بہانے چھا جاتا۔
اس دن کے بعد میں سلامت علی مہدی صرف تین بار نصرت پبلشرز آئے۔ پہلی بار آئے صرف پندرہ بیس دن بعد۔ چال میں لغزش تھی، لہر تھی، سرشاری تھی، دیوانگی تھی، فرزانگی تھی اور یہ سب کسی بقدر ظرف سے زیادہ نشہ کی مرہون منت نہ تھی۔ وہ اندر سے خوش تھے۔ بچپن کا بھولپن اور اندر کی خوشی جیسے پھوٹی پڑ رہی تھی۔
میں سمجھ گیا، پوچھا: "کہاں تک پہنچے؟"
بولے، "اچکنے پھاندنے لگا ہوں۔ قلم رکھا تو چاند رات تھی، اگلی صبح عید۔ ایسا لگتا جیبوں میں پیسے ابھی سے کھنکھنانے لگے ہوں اور اگلے دن تو جیب میں پیسے سچ مچ کھنکھنائے تھے ہی۔"
دوسری بار آئے تو دس برس کے ہو گئے تھے اور چھوٹی موٹی چوریاں کرنے لگے تھے۔ کسی قسم کی شرمندگی نہ تھی اور ضرورت بھی ایسی کیا تھی۔ چوریاں بیان کر کر کے مزے لے رہے تھے۔ گول ٹوپی پہنے گھر اور پاس پڑوس میں شیطانیاں کرتا پھرتا ہوں تو خود کو بھی اچھا لگتا ہوں، دوسروں کو بھی۔ تین چار صفحات سنائے بھی تھے۔ نثر تو ایسی لکھی تھی کہ معلوم ہوتا کہ جو لفظ جہاں ٹانک دیا وہیں کے لیے بنا تھا۔ چوری کے حصہ میں تو ہر لفظ جیسے خود کو خود سے چھپا رہا تھا۔
پھر ایک لمبا غوطہ لگایا اور جب آئے تو نہ خوش تھے نہ ناخوش۔ قدموں میں نہ لغزش تھی نہ استقلال۔ خاموشی سے ٹین کی کرسی پر بیٹھ گئے۔
"کہاں تک پہنچے؟" میں نے پرانا سوال دہرایا۔
میری طرف دیکھا، دیکھتے رہے۔
"اتنے دن بعد آئے ہیں، معلوم ہوتا ہے کئی باب لکھ ڈالے"۔ میں نے کہا۔
کچھ جواب نہ دیا۔ بس ایک ٹک دیکھتے رہے۔
میں نے یہ سمجھ لینے کے باوجود کہ کوئی الجھن یا پریشانی رکاوٹ ڈال رہی ہے وہی بات دوسری طرح

سے پوچھی: "اب تو جوانی دستک دے رہی ہو گی؟"

ہنسے لیکن بس ایک بار۔ پتہ نہیں اس ہنسی میں ہلکا سا طنز تھا یا مجھے ہی لگ رہا تھا۔ ایک بار میری طرف دیکھا پھر کتابوں کی الماری کی طرف دیکھنے لگے۔ تھوڑی دیر بعد کچھ اس طرح مخاطب ہوئے جیسے انھیں مجبوراً کوئی راز اگلنا پڑ رہا ہو۔ آنکھیں جھکائے جھکائے انھوں نے کہا۔

"بارہ تیرہ سال کا ہو گیا ہوں، اب آگے نہیں لکھتے بنتا۔"

یاد نہیں، اس کے بعد سلامت علی مہدی کتنی دیر بیٹھے، کیا باتیں ہوئیں، کوئی بات بھی یاد نہیں۔ نصرت پبلشرز میں سلامت علی مہدی کی یہ آخری آمد تھی۔

دو تین فکشن نگاروں نے اپنی خود نوشتوں میں اپنی کہانیوں اور ناولوں کے چند کرداروں اور واقعات کے رشتے بعض افراد اور حقیقی واقعات سے جوڑ دیے ہیں۔ میں نے "جو یاد رہا" میں ایسا کچھ نہیں کیا ہے، بلکہ سچ پوچھیے تو اپنی الٹی سیدھی تحریروں کا کوئی ذکر ہی نہیں اور دو چار باتیں جو لکھی ہیں وہ بھی مجبوراً کہ ان کے بغیر بعض اہم افراد کی شخصیت پوری طرح روشن نہ ہو پاتی۔ اپنی یونہی سی ادبی کاوشوں کے ذکر سے احتراز کا اصل سبب یہ تھا کہ اچھا برا جو بھی لکھا ہے وہ سب کے سامنے ہے اب میں انھیں کیا بتاؤں، وہ اپنی رائے خود ہی قائم کر چکے ہوں گے۔ ہاں، جو کچھ پڑھنے والوں کو نہیں معلوم تھا وہ میں نے انھیں بتا دیا۔

لیکن میری ایک کہانی میں سلامت علی مہدی سے متعلق کوئی خیال نہیں بلکہ وہ خود موجود ہیں۔ جی چاہتا ہے کہ اب یہ راز افشا کر ہی دوں۔

"جینے والے" کی "نہ دھوپ نہ سایہ" نامی کہانی میں وکٹوریہ پارک میں کہانی کے اصل کردار کی بینچ پر جو شخص آ کے بیٹھا تھا وہ سلامت علی مہدی ہی تھے۔ افسانے کے مطالبات کے تحت چند واقعات کی ترتیب میں تھوڑی بہت تبدیلی ضرور کی گئی ہے لیکن مجموعی طور سے ان کی شخصیت سے ناانصافی نہیں برتی ہے۔ ان دنوں میڈیکل کالج کے اس چوراہے پر جو وکٹوریہ اسٹریٹ کا نقطۂ آغاز ہے، امراض کی جانچ پڑتال کا چرک سینٹر تو نہ تھا لیکن پاس میں دواؤں کی دو تین دکانیں ضرور تھیں اور ان دکانوں کے سامنے، سڑک کے دوسری طرف، جہاں اب پھل پھلاری بکتے ہیں چھوٹی چکی

پکی دکانیں تھیں۔ ان دکانوں میں سے ایک میں دیسی شراب کا ٹھیکہ تھا۔ مشروب سے لطف اندوز ہونے کی دعوت مجھے اس کے آس پاس بھی دی گی تھی۔

سلامت علی مہدی کی بہت سے یادیں دل و دماغ میں محفوظ ہیں۔ ان میں بالکل شروع کے دنوں کی ایک یاد میں وہ اپنے ایک قریبی عزیز اور دوشب وروز کے دوستوں کے ساتھ نظیر آباد میں ایک بڑی سی سفید چادر کے چاروں کونے تھامے جبلپور فسادات کے ستم زدوں کے لیے چندہ جمع کر رہے تھے۔ ان چاروں کی صورتیں آنکھوں میں اب بھی محفوظ ہیں، البتہ ایک کا نام بھول گیا ہوں۔

گاندھی جی کی شہادت کے بعد قتل وخون کا جو سلسلہ تھما تھا، اس کا نَو آغاز برسوں بعد جبلپور ہی سے ہوا تھا اور کہا جاتا تھا کہ مسلمانوں کے بہت سے "بہی خواہوں" نے ان کے زخموں کی بہار سے مے کدوں اور اپنے شبستانوں کو خوب خوب آباد کیا تھا۔

خدا سلامت علی مہدی کے گناہوں کو معاف اور ان کی نیکیوں کو ان پر حاوی کر دے۔ ساتھ میں ایک التجا اور بھی ہے کہ ان ایسا ایک آدھ کبھی کبھی ضرور بھیج دیا کرے کہ وجودِ کائنات میں رنگ بھرنے میں ایسوں کا بھی بڑا ہاتھ ہوتا ہے اور ایسا نہ ہوا تو ایک دن یہ دنیا ایک فیس (لیس) بک اور ٹوئیٹر بن جائے گی اور مسجدوں میں بم ہر روز پھٹنے لگیں گے۔

اسی کوکب کی تابانی سے ہے تیرا جہاں روشن
زوالِ آدمِ خاکی زیاں تیرا ہے یا میرا

☆☆☆

ماخوذ: پورے آدھے ادھورے (خاکے)

مصنف: عابد سہیل۔ ناشر: عرشیہ پبلیکیشنز، دہلی (سن اشاعت: ۲۰۱۵ء)

ایک بت

(ناول)

سلامت علی مہدی

باب : ا

کنویں کا بُت

اگات پور سے ونود کا خط آیا تھا۔ ایک ایسا خط جس نے مجھے پریشان کر دیا تھا۔

ونود نے لکھا تھا: "جگل، تم فوراً اگات پور چلے آؤ۔ میں بہت پریشان ہوں۔ ایک بت نے میری راتوں کی نیند چھین لی ہے۔ تم شاید میری بات کی ہنسی اڑاؤ گے لیکن میں سچ لکھتا ہوں۔ یہ بت روزانہ ۱۲ بجے زندہ ہو جاتا ہے اور پھر ٹھیک ۱۲:۳۵ بجے دوبارہ بت میں تبدیل ہو جاتا ہے۔ اس لئے تم فوراً یہاں آ جاؤ تاکہ ہم دونوں بت کے بارے میں کوئی فیصلہ کر سکیں ورنہ میں تم کو سچ لکھتا ہوں کہ یہ بت مجھے اور شانتا دونوں کو پاگل بنا دے گا"۔

ونود میرے بچپن کا دوست تھا۔ ہم دونوں نے ساتھ ہی تعلیم پائی تھی۔ لیکن میں نے ڈاکٹری کی سند لینے کے بعد ڈاکٹری کا پیشہ اپنایا تھا اور ونود نے ڈگری لینے کے بعد کاشت کار بننا پسند کیا تھا۔ آج کل ونود اگات پور میں رہ رہا تھا اور وہاں اس نے ایک بڑا فارم قائم کر لیا تھا۔ وہ مجھے پابندی سے خط لکھتا تھا اور اکثر مجھے گاؤں آنے کی دعوت دیتا تھا۔ میں اپنے پیشہ کی مصروفیت کی وجہ سے ہمیشہ اس کی دعوت ٹال جاتا تھا لیکن جب اس نے مجھے مصیبت میں پکارا تو میں کوئی بہانہ نہ کر سکا میں اسی دن شام کی گاڑی سے اگات پور روانہ ہو گیا۔ دوسرے دن صبح سات بجے اگات پور پہنچ گیا اور ایک گھنٹے کے اندر میں ونود کی حویلی کے سامنے کھڑا تھا۔

میں نے اسٹیشن سے حویلی تک پہنچنے کیلیے ایک یکہ کرائے پر لے لیا تھا۔ یکہ والے نے جب یہ سنا کہ میں زمیندار کی حویلی جا رہا ہوں تو اس نے بڑے غور سے مجھے دیکھا اور پھر کہا: "میرا خیال ہے کہ آپ ٹھاکر ونود کمار سے ملنے آئے ہیں"۔

"ہاں" میں نے جواب دیا۔ "وہ میرے دوست ہیں"۔

"لیکن سرکار۔۔۔" بوڑھے یکہ بان نے کہا۔

"ٹھاکر صاحب نے یہ حویلی خرید کر بڑی غلطی کی ہے اس حویلی میں تو ہمارے پرانے زمیندار نے بھی رہنا چھوڑ دیا تھا"۔

"لیکن کیوں؟" میں نے مسکرا کر پوچھا۔

"اس لیے کہ حویلی کے باغ میں اکثر رات کو کوئی چلتا نظر آتا تھا۔ اور کبھی کبھی چیخیں بلند ہوتی تھیں"۔ بوڑھے نے بڑے ڈرامائی انداز میں جواب دیا۔

"یعنی تم یہ کہنا چاہتے ہو کہ وہاں کوئی بھوت رہتا ہے"۔

"ہاں سرکار"۔

میں نے یکہ والے سے اور کوئی بات نہیں کی لیکن تمام راستے میں یہی سوچتا رہا کہ واقعی دنیا میں بھوتوں کا کوئی وجود ہے؟ کیا واقعی انسان مرنے کے بعد بھوت بن جاتا ہے؟ بھوت کے بارے میں میرا ذہن مختلف سوالوں کی آماجگاہ بن چکا تھا۔ میں نے جیب سے ونود کا خط دوبارہ نکال کر پڑھا اور پھر سوچنے لگا کہ بت کیسے زندہ ہو سکتا ہے؟ یقیناً ونود کسی سخت قسم کے وہم میں مبتلا ہو گیا ہے۔ یہ بالکل ناممکن ہے کہ مٹی، پتھر یا لوہے کا بنا ہوا کوئی بت کسی مقررہ وقت پر زندہ ہو جائے اور پھر مقررہ وقت پر دوبارہ بت میں تبدیل ہو جائے۔

میں انہی سب خیالوں میں غرق تھا کہ حویلی آ گئی۔

اس وقت حویلی بالکل سنسان پڑی تھی صرف کالکا برآمدے میں بیٹھا اونگھ رہا تھا۔ یکہ کی آواز سن کر وہ چونک کر کھڑا ہو گیا اور جب اس نے مجھے دیکھا تو دوڑ کر میرے پاس آ گیا۔ اس نے میرا سامان اتارنے کے فوراً بعد کہا اچھا ہوا آپ آ گئے، چھوٹے بابو آپ کا انتظار ہی کر رہے تھے۔ میں نے محسوس کیا کہ کالکا صرف پریشان ہی نہیں خوف زدہ بھی ہے۔

مجھے برآمدے میں بٹھا کر کالکا حویلی کے اندر چلا گیا تاکہ ونود کو میری آمد کی اطلاع دے دے۔ اور میں حیران حیران نظروں سے حویلی کے ویران باغ کو دیکھنے لگا۔ میں سوچتا رہا کہ ونود نے اس باغ کو

درست کیوں نہیں کروایا اور پھر بالکل اچانک میری نگاہ حویلی کے سامنے فوارے کے حوض کے درمیان میں نصب شدہ ایک بت پر پڑ گئی۔

یہ بت ایک عورت کا تھا۔

بت پر نگاہ پڑتے ہی میری رگوں میں خوف کی ایک لہر سی دوڑ گئی۔ میرے ذہن میں فوراً یہ خیال پیدا ہوا کہ کہیں یہی وہ بت تو نہیں ہے جس نے ونود کی راتوں کی نیند حرام کر رکھی ہے۔ بت کا رخ حویلی کی جانب تھا۔ اور اپنی کھلی آنکھوں سے مسلسل حویلی کی جانب دیکھے جا رہا تھا۔ دوسرے ہی لمحہ میں نے اپنے اعصابی خوف پر قابو پالیا اور میں اٹھ کر فوارے کے حوض کے قریب پہنچ گیا۔

ٹھوس پتھر کا یہ بت کسی خوب صورت عورت کا تھا۔ اور بت تراش نے اس کی تخلیق میں اپنے فن کا سارا انکھار صرف کر دیا تھا۔ میں چند لمحات کیلیے بت کے حسن میں کھو کر رہ گیا۔ اور اسی وقت چونکا جب ونود میرے قریب آکر مجھ سے لپٹ گیا۔

"میں تمہارا ہی انتظار کر رہا تھا"۔ ونود نے کہا

"مجھے پوری امید تھی کہ میرا خط ملتے ہی تم اگات پور کیلیے روانہ ہو جاؤ گے"۔

لیکن میں ونود کی بات کا کوئی جواب نہ دے پایا پہلے میں مبہوت ہو کر بت کی طرف دیکھ رہا تھا اور اب میں انتہائی غم و افسوس کے عالم میں اپنے دوست ونود کی طرف دیکھ رہا تھا کیونکہ ونود برسوں کا بیمار معلوم ہو رہا تھا۔ اس کے چہرے پر وحشت سی برس رہی تھی۔ رنگ ہلدی کی طرح پیلا ہو چکا تھا۔ اور آنکھیں بجھی بجھی سی نظر آرہی تھی۔

میں نے اس سے کہا: "یہ تمہاری کیا حالت ہو گئی ہے ونود؟"

"اندر چلو" ونود نے جواب دیا: "میں تمہیں ساری داستان سنا دوں گا"۔

"شانتا بھابھی کہاں ہیں؟" میں نے دوسرا سوال کیا۔ "اس کی حالت مجھ سے بھی زیادہ خراب ہے اس نے تو اپنے کمرے سے باہر نکلنا ہی چھوڑ دیا ہے"۔ ونود نے بڑے اداس لہجے میں جواب دیا۔

"یعنی کسی بت نے تم دونوں کے چہروں سے زندگی چھین لی ہے"۔

"ہاں"۔ ونود نے حلق سے تھوک نگلتے ہوئے کہا۔

اب ہم دونوں حویلی کے برآمدے میں داخل ہو چکے تھے میں نے پلٹ کر دوبارہ باغ کے بت کی طرف دیکھا وہ اسی طرح ساکت و جامد کھڑا تھا۔ لیکن پتہ نہیں کیوں؟ بت پر نظر پڑتے ہی ایک مرتبہ پھر میرے جسم میں خوف کی ایک لہر سی دوڑ گئی۔ شانتا کی حالت واقعی ونود سے زیادہ ابتر تھی۔ وہ پلنگ پر ٹی بی کی مریضہ کی طرح پڑی تھی۔ مجھے دیکھ کر ایک پھیکی مسکراہٹ اس کے لبوں تک پھیلی اور اس کے بعد اس کا چہرہ دوبارہ ساکت ہو گیا۔ اب ونود نے اپنی کہانی شروع کی اور مسلسل دو گھنٹے تک وہ اپنی ناقابل یقین کہانی سناتا رہا۔ یہ کہانی ونود کے بجائے اگر کوئی اور سناتا تو میں کسی قیمت پر اس کو سچ نہیں سمجھتا۔

تعلیم کے دوران ہی ونود کھیتی باڑی کے پیشے کو اپنانے کا فیصلہ کر چکا تھا۔ چنانچہ اس نے اپنی تعلیم ختم کرنے کے بعد شہر میں نہ کوئی کاروبار شروع کیا اور نہ ملازمت تلاش کی۔ اس نے اپنے باپ کے سامنے اپنے مستقبل کا منصوبہ رکھا اور پھر اگات پور میں دریا کے کنارے زمین خرید لی تاکہ وہاں جدید طریقوں پر کاشت کرے۔

وہ چونکہ دیہات میں ہی رہنے کا فیصلہ کر چکا تھا اس لیے اس نے اگات پور کے زمین دار کی حویلی بھی خرید لی۔ زمیندار صاحب خاتمہ زمین داری کے بعد شہر آکر رہنے لگے تھے اور ان کی یہ حویلی تقریباً دس سال سے ویران اور خالی پڑی تھی۔ ونود کو یہ حویلی بہت پسند آئی تھی کیونکہ اس کے چاروں طرف ایک باغ بھی تھا۔

حویلی کی ضروری صفائی اور مرمت کے بعد وہ اپنی بیوی شانتا اور اپنے ملازم کالکا کو لے کر مستقل رہائش کے ارادے سے اگات پور پہنچ گیا۔ چند ہی دنوں میں اس کے ٹریکٹر اور دوسرے ملازم بھی اگات پور پہنچ گئے اور ونود اپنے فارم پر مصروف رہنے لگا۔ حویلی میں شانتا تنہا رہ گئی۔

شانتا کو تمام دن یہ تنہائی چوں کہ بار سی معلوم ہوتی تھی اس لیے اس نے ایک دن ونود سے کہا: "میں چاہتی ہوں کہ حویلی کے باغ کو نئے سرے سے لگاؤں، اس طرح میرا وقت بھی کٹ جائے گا"۔

"ضرور لگاؤ"۔ ونود نے مسکرا کر کہا۔ "میں خود چاہتا ہوں کہ جس طرح اس حویلی کو نئی زندگی ملی ہے

اسی طرح اس کے باغ میں بھی نئے پھول کھلیں۔ میں کل ہی تمہارے لیے دو مالیوں کا بندوبست کر دوں گا"۔

"لیکن مالیوں سے پہلے میں باغ کے پرانے کنوئیں کی صفائی کروانا چاہتی ہوں یہ کنواں باغ کی سینچائی کیلیے ہی پرانے زمیندار نے بنوایا ہوگا"۔ شانتا نے سوچ کر کہا۔

"ہاں تم ٹھیک کہتی ہو"۔ ونود نے جواب دیا۔ "ہمیں پہلے یہ کنواں ہی صاف کرانا چاہیے۔ تاکہ باغ کے پودوں اور درختوں کو پانی کی محتاجی نہ رہے۔ میں کل ہی گاؤں سے کچھ مزدور بلوالوں گا اور یہ مزدور اس کنوئیں کی صفائی کر دیں گے"۔

دوسرے ہی دن ونود نے حویلی کے اس قدیم کنوئیں کا معائنہ کیا۔ کنواں نیچے سے اوپر تک پختہ تھا اور کافی بڑا تھا۔ اس نے معائنہ کے بعد کالکا سے کہہ دیا کہ وہ گاؤں سے کنواں صاف کرنے والے پیشہ ور مزدوروں کو بلالائے اور آج ہی سے کنوئیں کی صفائی شروع کرادے۔

دن کے گیارہ بجے مزدور آگئے اور انہوں نے کنوئیں کی صفائی شروع کر دی۔ سب سے پہلے انہوں نے کنوئیں کا پانی نکالنا شروع کیا، تین دن تک وہ بڑے بڑے ڈولوں کی مدد سے کنوئیں کا پانی باہر نکالتے رہے اور ہزاروں ڈول پانی باہر نکل گیا۔ چوتھے دن پانی کم ہو گیا تو مزدور کنوئیں کے اندر اترنے کے قابل ہو گئے۔ اب کنوئیں کی تہہ سے پرانا ٹوٹا پھوٹا سامان نکلنا شروع ہو چکا تھا۔ اس میں برتن بھی نکلے اور پرانی تلواریں بھی کچھ سکے بھی نکلے اور لوہے کے کچھ اوزار بھی۔ لیکن سب سے زیادہ حیرت ناک چیز جو اس کنوئیں سے نکلی وہ پتھر کا ایک بت تھا۔

بت اتنا خوبصورت تھا کہ ونود اس کو دیکھ کر خوشی سے پھولا نہیں سمایا۔ اس بت کو یقیناً کنوئیں میں پھینکا گیا ہو گا لیکن حیرت کی بات یہ تھی کہ وہ کسی جگہ سے نہیں ٹوٹا تھا اور پانی میں پڑے رہنے کے باوجود اس کی ساری چمک باقی تھی۔

مزدوروں کی وجہ سے کنوئیں سے اس بت کے نکلنے کی خبر پورے گاؤں میں پھیل گئی۔ بے شمار لوگ یہ بت دیکھنے آئے کسی نے کہا کہ یہ کسی دیوی کا بت ہے اور کسی نے کہا کہ پرانے زمانے کی ایک رانی کا

بت ہے۔ لیکن گاؤں کے بڑے بوڑھے تک یہ نہ بتاپائے کہ یہ بت کس کا ہے۔

ونود جاننا چاہتا تھا کہ یہ بت کنوئیں میں کیسے پہنچا۔ اس لیے وہ ایک دن شہر گیا۔ اس نے حویلی کے پرانے مالک سے جو گاؤں کا سابق زمیندار بھی تھا، ملاقات کی۔ اسے کنوئیں سے عورت کا بت نکلنے کی بات بتائی اور پھر اس سے پوچھا: "میں نے سنا ہے کہ آپ کے پرداد انے یہ حویلی بنوائی تھی کیا آپ بتا سکتے ہیں کہ یہ بت اس کنوئیں میں کیسے پہنچا؟"

جواب میں زمیندار نے کہا: "میں آپ سے سچ کہتا ہوں میں اس حویلی میں ۳۸ سال تک رہا ہوں مجھے کنوئیں میں بت کی موجودگی کا کوئی علم نہیں"۔

"کیا آپ باغ کی سینچائی کیلیے یہ کنواں استعمال کرتے تھے؟"

ونود نے دوسرا سوال کیا۔

"جی نہیں"۔ زمیندار نے جواب دیا۔ "میرے پتا جی نے اس کنوئیں کو بند کرادیا تھا اور مجھے چوں کہ باغبانی سے کوئی دلچسپی نہیں تھی اس لیے میں نے بھی کنوئیں کو بند رکھا اور گھریلو استعمال کیلیے اس کنوئیں کا پانی استعمال کرتا رہا جو حویلی کی پشت پر تھا"۔

"اس کا مطلب یہ ہوا کہ آپ بھی یہ نہیں بتاسکتے کہ یہ بت کس کا ہو سکتا ہے؟" ونود نے مزید پوچھا۔

"جی نہیں"۔ زمین دار نے جواب دیا۔ "لیکن آپ خود سوچئے کہ بت دیکھے بغیر میں اس کی شناخت کیسے کر سکتا ہوں؟"

"کیا آپ کے پاس آپ کے آباء واجداد کی تصویروں کا کوئی البم ہے؟" ونود نے پوچھا۔

"جی ہاں"۔ زمیندار نے کہا۔ "آپ چاہیں تو اسے دیکھ سکتے ہیں لیکن مشکل یہ ہے کہ میرے اس البم میں کسی عورت کی تصویر نہیں ہے۔ اس لیے بت کی شناخت کا مسئلہ پھر بھی باقی رہ جائے گا"۔

"کیا آپ بتا سکتے ہیں کہ آپ کے آباء واجداد میں کسی کو بت سازی کا شوق تھا؟" ونود نے تھک کر پوچھا۔

"جی نہیں"۔ زمیندار نے مسکرا کر کہا۔

"بت سازی تو الگ رہی، میری حویلی میں بھگوان کی مورتی کے علاوہ کبھی کوئی بت نہیں رکھا گیا۔ میں

خود حیران ہوں کہ کنویں سے عورت کا بت کیسے نکلا؟"
ایک منٹ خاموش رہنے کے بعد بوڑھے زمیندار نے کہا۔ "میں آپ کی الجھن دور کرنے کیلیے اس کنویں کے بارے میں آپ کو ایک بات اور بتا دینا چاہتا ہوں۔ یہ کنواں میرے خاندان میں سے کسی نہیں بنوایا ہے بلکہ یہ ہماری حویلی کی تعمیر سے قبل بھی موجود تھا اور استعمال نہیں کیا جاتا تھا"۔

اب زمیندار سے مزید گفتگو بالکل بے کار تھی۔ اس لیے ونود وہاں سے قدیم تاریخ کے ایک پروفیسر مسٹر تارک ناتھ کے یہاں گیا اور اس نے ان سے بھی بت نکلنے کی کہانی بیان کی۔ پروفیسر تارک ناتھ نے یہ کہانی بڑی دلچسپی سے سنی اور کہا: "میں بت دیکھے بغیر نہیں بتا سکتا کہ اس بت کی عمر کیا ہے؟"
"پھر آپ ابھی اور اسی وقت میرے ساتھ اگات پور چلیں۔" ونود نے پروفیسر سے درخواست کی اور پروفیسر اس کے ساتھ چلنے پر راضی ہو گیا۔ کیونکہ اسے پرانی چیزوں کے بارے میں تحقیق کرنے کا شوق تھا۔ گاؤں پہنچنے پر پورے دس گھنٹے تک پروفیسر تارک ناتھ اس بت کا معائنہ کرتا رہا اور اس کے بعد اس نے ونود سے کہا:
"میرے اپنے نظریہ کے مطابق اس بات کی عمر کم از کم ۲۰۰ سال ہے کیونکہ اس بت نے جو لباس پہنا ہے اور جس قسم کے زیور اس کے بدن پر دکھائے گئے ہیں وہ ۲۰۰ سال قبل ہندوستان کے امراء کی عورتیں استعمال کرتی تھیں"۔ پروفیسر تارک ناتھ نے مزید کہا: "یہ بت کسی امیر گھرانے کی غیر شادی شدہ عورت کا ہے۔ کیونکہ جس قسم کا لباس یہ پہنے ہے وہ اس زمانے میں صرف کنواری لڑکیاں پہنا کرتی تھیں لیکن جس عورت کا یہ بت بنایا گیا ہے اس کی عمر کم از کم ۲۲ سال ضرور رہی ہو گی۔"
"لیکن پروفیسر" ونود نے پروفیسر کی باتوں میں دلچسپی لیتے ہوئے پوچھا: "یہ کیسے پتہ چلے گا کہ یہ خوبصورت بت اس اندھے کنویں میں کیسے اور کیوں پھنکا گیا؟ صاف ظاہر ہے کہ اگر یہ بت اوپر سے پھینکا گیا ہو تو یقیناً ٹوٹ جاتا اور آپ دیکھ رہے ہیں کہ بت بالکل ٹھیک حالت میں ہے اور اس کی پالش تک باقی ہے"۔
"ہو سکتا ہے کہ کسی نے حفاظت کے ساتھ اس کو رسیوں سے باندھ کر کنویں میں اتارا ہو"۔ پروفیسر

نے کچھ سوچ کر جواب دیا۔

"لیکن کس لیے؟" ونود نے پریشان ہو کر پوچھا۔

"یہ راز صرف بت ہی بتا سکتا ہے"۔ پروفیسر نے جواب دیا۔ "ہو سکتا ہے کہ کسی بت تراش نے یہ بت اپنے پڑوسیوں سے چھپ کر بنایا ہو اور مکمل ہونے کے بعد اس کو کنویں میں چھپا دیا ہو"۔

"اچھا پروفیسر صاحب کیا آپ ہی کوشش کر کے اگات پور کے ماضی کا پتہ نہیں چلا سکتے"۔ ونود نے اب ایک نیا سوال کیا۔ "ہاں یہ ہو سکتا ہے"۔ پروفیسر نے کہا۔ "لیکن اس سے بھی ہم کو یہ نہیں معلوم ہو سکے گا یہ بت کس کا ہے اور اس کنویں میں کیوں رکھا گیا؟"

دو دن تک پروفیسر تارک ناتھ اس کنویں سے برآمد ہونے والی تمام چیزوں کا معائنہ کرتا رہا اور اس کے بعد ونود سے یہ کہہ کر چلا گیا کہ وہ ایک ہفتہ کے اندر اگات پور کے بارے میں اپنی تحقیق اس کو بھیج دے گا۔ لیکن پروفیسر کے جانے کے بعد بھی ونود نے آرام نہیں کیا، اس نے گاؤں بڑے بوڑھے بلائے اور ان سے درخواست کی کہ وہ اس پرانے کنویں کے بارے میں جو کچھ بھی جانتے ہوں اسے بتادیں۔ ونود کے سوال کے جواب میں ایک بوڑھے نے کہا:

"میں اپنے بچپن سے اس کنویں کو اسی طرح دیکھ رہا ہوں۔ اس کا پانی استعمال نہیں کیا جاتا تھا اور اس کے بارے میں یہ مشہور تھا کہ اس کنویں کا پانی ناپاک ہے اور جو بھی اس کو پی لیتا ہے بیمار ہو کر مر جاتا ہے"۔

ایک دوسرے بوڑھے نے کہا کہ: "میں نے اپنے بچپن میں ایک مرتبہ اپنے باپ کو کہتے سنا تھا کہ اس کنویں میں کوئی خزانہ دفن ہے لیکن کنویں کے اندر ایک سیاہ ناگ اس خزانے کی حفاظت کرتا رہتا ہے۔ اس لیے آج تک کسی نے اس خزانے کو نکالنے کی ہمت نہیں کی"۔

ایک اور آدمی نے کہا: "میں نے اپنے لڑکپن میں بڑے بوڑھوں سے یہ سنا تھا کہ اس کنویں میں کوئی بھوت رہتا ہے جو رات کو کنویں سے باہر آتا ہے اور راہ گیروں کو پریشان کرتا ہے۔ یہ کہانی اتنی زیادہ مشہور ہو گئی تھی کہ لوگوں نے اس کے پاس سے گذرنا بھی چھوڑ دیا تھا لیکن اگات پور کے زمیندار نے ان باتوں کی کوئی پرواہ نہیں کی اور اس کنویں کے پاس ہی اپنی حویلی بنوالی"۔

ونود کی یہ کوشش بھی بے کار گئی، اس کو اس بت کے بارے میں کوئی نئی بات نہیں معلوم ہو سکی۔ ایک ہفتہ اور گذر گیا۔ کنویں کی صفائی ہوتی رہی اور یہ بت کنویں کے قریب ہی زمین پر پڑا رہا۔ اسی اثناء میں پروفیسر تارک ناتھ کا خط آ گیا جس میں انہوں نے اگات پور کے بارے میں اپنی تحقیق کا نچوڑ لکھ دیا تھا۔ پروفیسر تارک ناتھ کی تحقیق کے بموجب، اگات پور میں تقریباً ۲۰۰ سال قبل ایک راجپوت خاندان کا راجہ راج کرتا تھا، یہ راجہ دہلی کے مغل بادشاہوں کا دوست تھا لیکن کسی بات پر راجہ اور مغل بادشاہ میں اختلاف ہو گیا۔ مغل فوجوں نے ریاست پر حملہ کیا اور اس جنگ میں راجہ مارا گیا۔ راجہ کے مرتے ہی یہ گاؤں جو پہلے ایک بڑا شہر تھا بالکل ویران ہو گیا۔ یہاں کے رہنے والے بھاگ کھڑے ہوئے اور راجہ کے خاندان کے بقیہ لوگ پناہ لینے کیلیے اپنے رشتہ داروں کے یہاں چلے گئے لیکن رفتہ رفتہ اگات پور دوبارہ آباد ہونے لگا اور کچھ نئے لوگوں نے آ کر اپنے جھونپڑے بنا لیے اور کھیتی باڑی شروع کر دی۔

پروفیسر نے اپنے اس خط میں مزید لکھا تھا: "بہت ممکن ہے کہ یہ بت اسی راجہ کے خاندان کی کسی عورت کا ہو اور راجہ کے رشتہ دار بھاگنے سے قبل اس کو کنویں میں ڈال گئے ہوں لیکن اگر یہ بات سچ مان لی جائے تب بھی یہ سوال اپنی جگہ باقی رہ جاتا ہے کہ اوپر سے پھینکے جانے کی صورت میں یہ بت ٹوٹا کیوں نہیں؟"

ونود اس کے بعد خاموش ہو گیا۔ اس نے بت کے بارے میں مزید چھان بین ختم کر دی اور یہ فیصلہ کر لیا وہ اس بت کو باغ کے حوض کے وسط میں نصب کرا دے گا تا کہ حوض بھی خوبصورت نظر آئے اور باغ بھی۔ تین دن کے اندر اس نے راج مزدوروں سے باغ کے حوض میں ایک خوبصورت چبوترا بنوایا اور پھر کنویں سے بر آمد شدہ اس بت کو بڑی خوبصورتی کے ساتھ اس چبوترے پر نصب کرا دیا۔ اس کام سے فارغ ہونے کے اس نے اپنی بیوی شانتا سے کہا: "شانتا ہمیں نہیں معلوم یہ بت کس کا ہے لیکن جیسے میرا دل کہہ رہا ہے کہ یہ بت صرف تخیل کی بنیاد پر تراشنے والے نہیں تراشا ہے بلکہ یہ بت ایسی عورت کا ہے جو کبھی ہماری طرح زندہ تھی۔ تم ذرا اس بت کے ہونٹوں پر پھیلی ہوئی نازک سی مسکراہٹ کو غور سے دیکھو، تم بھی میری رائے سے اتفاق کرنے لگو گی۔ بہر حال یہ بت کسی

کا بھی ہو مجھے یقین ہے کہ آج کے بعد اس کی روح کو سکون ضرور مل جائے گا"۔
رات کے کھانے کے بعد ونود نے شانتا سے کہا: "اب تم مالیوں کو ساتھ لے کر باغ لگانا شروع کر دو اور میرا خیال ہے کہ کل سے ہی کام شروع کر دو"۔
اس گفتگو کے دو دن بعد۔۔۔ ونود اپنے فارم میں کام کی نگرانی کر رہا تھا کہ ایک مزدور سے ٹریکٹر ٹوٹ گیا۔ اس کے ٹوٹنے سے چوں کہ نقصان ہونے کا اندیشہ تھا اس لیے ونود نے سوچا کہ وہ آج ہی اس کا ٹوٹا ہوا پرزہ لے کر شہر چلا جائے اور اس کو ٹھیک کرا لائے یا نیا خرید لائے۔ چنانچہ اس نے حویلی آکر شانتا سے کہا: "میں رات ذرا دیر سے آؤں گا تم کھانے پر میرا انتظار نہ کرنا، میں اپنے ٹریکٹر کا ایک پرزہ لینے کیلیے شہر جا رہا ہوں"۔
ونود اتنا کہہ کر اسی وقت شہر چلا گیا۔ شانتا دیر تک اس کی موٹر سائیکل کی آواز سنتی رہی اور سوچتی رہی کہ ونود اس کا کتنا خیال رکھتا ہے۔ شام سے قبل وہ مالیوں کا کام دیکھنے کیلیے باغ آئی۔ سب سے پہلے اس کی نگاہ عورت کے بت پر پڑی اور پھر عورت ہونے کے باوجود جیسے شانتا اس عورت کے حسن میں کھو کر رہ گئی۔ اسے ایسا محسوس ہوا جیسے وہ آج پہلی مرتبہ اس بت کو دیکھ رہی ہو۔ آج اس نے یہ دیکھا کہ اس خاموش اور سنگی عورت کے بال گھنگھریالے ہیں اور بالوں کی ایک لٹ اس کی سفید پیشانی پر پڑی ہوئی ہے، بالوں کا یہ انداز اسے بہت پسند آیا۔ اس نے غیر ارادی طور پر خود اپنے بالوں پر ہاتھ پھیرا اور پھر اسے افسوس ہی ہوا کہ خود اس کے بالوں میں یہ پیچ و خم کیوں نہیں ہے۔
مالیوں نے جو کام کیا تھا شانتا نے اس کا معائنہ کیا۔ دوسرے دن کیلیے ان کو ہدایات دیں اور دوبارہ اپنے کمرے میں چلی آئی حویلی میں داخل ہوتے ہوئے ایک مرتبہ پھر اس نے اس بت کو دیکھا اس مرتبہ اس کی آنکھوں سے بت کیلیے ایک حسد سا جھانک رہا تھا۔
ونود کو شہر سے واپسی میں دیر ہو گئی، اس کی موٹر سیکل خراب ہو گئی اور اسے ریل کے ذریعہ اگات پور آنا پڑا۔ جب وہ اپنی حویلی کے سامنے پہنچا تو رات کے ۱۲:۰۵ ہو رہے تھے۔ وہ تیز تیز قدموں کے ساتھ حویلی میں داخل ہوا پھر جیسے اس کے قدم اپنی جگہ جم کر رہ گئے۔ حویلی کے سامنے والے حوض میں بت کا چبوترہ بالکل خالی پڑا تھا۔ ایک لمحہ کیلیے اس نے سوچا کہ بہت ممکن ہے بت حوض میں گر پڑا

ہو اور اسی لیے چبوترہ خالی نظر آرہا ہوں لیکن جب قریب آکر اس نے یہ دیکھا کہ حوض بھی خالی پڑا ہے تو اس کی حیرت کی کوئی حد و انتہا نہیں رہی۔ چاندنی ہر طرف پھیلی ہوئی تھی سرد ہوا کے تیز جھونکے چل رہے تھے۔ ایک لمحہ تک ونود اس خالی چبوترے کو دیکھتا رہا اور پھر جیسے اس کا خون سرد ہونے لگا۔ فوری طور پر اس کے خوف زدہ ہونے کی وجہ یہ تھی کہ اب وہ حوض کے باہر زمین پر گیلے قدموں کے نشان دیکھ رہا تھا۔ اور اس کا صاف مطلب یہ تھا کہ یا تو یہ نشانات بت کے قدموں کے ہیں یا اس عورت کے جس نے اس بت کو اس کی جگہ سے ہٹایا تھا۔ کیوں کہ یہ نشانات بالکل تازے تھے اور یقیناً کسی عورت کے تھے۔ ونود انتہائی ڈر اور خوف کے عالم میں وہاں سے شانتا کے کمرے کی طرف بھاگا لیکن شانتا نے بھی اس کی کوئی مدد نہیں کی۔ کیوں کہ وہ اپنی مسہری پر بالکل بے ہوش پڑی تھی۔ گیلے قدموں کے یہ نشانات اس کی مسہری کے پاس بھی موجود تھے۔ بجلی کی سی سرعت کے ساتھ اس نے شانتا کے ننگے تلوؤں کو دیکھا۔ اس کے تلوے بالکل خشک تھے۔ اب وہ گھبرا کر تقریباً چیختا ہوا دوبارہ حویلی کے باہر نکلا۔ برآمدے میں پہنچتے ہی اس کی نگاہ حوض پر پڑی۔ عورت کا بت دوبارہ اپنی جگہ کھڑا تھا۔ ونود نے ایک چیخ ماری اور اسی جگہ گر کر بے ہوش ہو گیا۔

☆☆☆

باب : ۲

۔۔۔اور بُت زندہ ہو گیا!

رات گئے جب کالکا کی آنکھ کھلی تب اسے یاد کہ اس کا مالک شہر گیا تھا چنانچہ یہ معلوم کرنے کیلیے کہ ونود واپس آیا کہ نہیں وہ اپنی کوٹھری سے باہر نکلا۔ اور پھر یہ دیکھ کر اس کی حیرت کی کوئی حد وانتہا نہیں رہی کہ ونود برآمدے کے فرش پر بے ہوش پڑا ہوا ہے۔ اس وقت رات کے ۳ بج رہے تھے۔ کالکا گھبرا کر شانتا کے کمرے کی طرف بھاگا تاکہ اس کو جگا کر ونود کی بے ہوشی کی اطلاع دے لیکن جب اس نے شانتا کو بھی اپنے پلنگ پر بے ہوش پایا تو وہ پریشان ہو کر بے تحاشہ چیخنے لگا۔ اس کی چیخیں سن کر دوسرے نوکر بھی جاگ کر پہنچ گئے۔ کسی کی سمجھ میں نہیں آرہا تھا کہ شانتا اور ونود بے ہوش کیوں ہوئے تھے۔

پندرہ منٹ کی کوششوں کے بعد بہرحال ونود کو ہوش آگیا۔ پہلے ہوش شانتا کو آیا تھا۔ اس نے آنکھیں کھولتے ہی سب سے پہلے گھبرا کر چاروں طرف دیکھا اور جب اسے مانوس چہرے نظر آئے تو اس نے بڑی مردہ آواز میں کالکا سے پوچھا: "تمہارے مالک کیا اب تک نہیں آئے"۔

"آگئے مالکن۔۔۔" کالکا نے روہانسی آواز میں جواب دیا۔

"کہاں ہیں وہ۔۔۔" شانتا نے دوسرا سوال کیا۔

"برابر کے کمرے میں"۔ کالکا نے جواب دیا۔ "آپ کی طرح وہ بھی بے ہوش پڑے تھے لیکن آپ گھبرائیں نہیں۔۔۔ ابھی وہ بھی ہوش میں آجائیں گے"۔ اتنا کہنے کے بعد کالکا نے شانتا سے پوچھا۔

"آپ دونوں کو کیا ہو گیا تھا مالکن؟"

"کچھ نہیں۔۔۔" شانتا نے کالکا سے اصل بات نہ بتانے میں ہی عافیت سمجھی۔ اس نے کالکا سے کہا:

"آؤ میرے ساتھ "۔ اتنا کہہ کر وہ کالکا کا سہارا لے کر اٹھی اور اس کمرے تک گئی جہاں ونود بے ہوش پڑا تھا۔

اس وقت شانتا کا چہرہ غم اور خوف کی وجہ سے اتنا سفید نظر آرہا تھا جیسے کسی نے اس کے جسم کا سارا خون نچوڑ لیا ہو۔ ایک ہی رات میں وہ اتنی کمزور ہو گئی تھی کہ اس سے قدم نہیں اٹھائے جا رہے تھے، دونوں کی بے ہوشی کی خبر نے اس کے ذہنی خوف میں اور بھی اضافہ کر دیا تھا۔ اب بھی جب وہ رات کے منظر کے بارے میں سوچنے لگتی اس کے جسم کے رونگٹے کھڑے ہو جاتے تھے اور وہ خوف زدہ ہرنی کی طرح گھبرا کر چاروں طرف دیکھنے لگتی تھی۔

لیکن۔۔۔ اس کا یہ خوف کم ہو گیا جب اس نے ونود کو ہوش میں دیکھا۔ ونود ادھ کھلی آنکھوں کے ساتھ مسلسل چھت کی طرف دیکھ رہا تھا۔ شانتا کی آواز سن کر اس نے اپنی پوری آنکھیں کھولیں اور نیم مردہ آواز میں کہا: "میں بالکل ٹھیک ہوں شانتا"۔

"لیکن آپ کو کیا ہو گیا تھا۔۔۔" شانتا نے بڑی آہستہ آواز میں پوچھا۔ "تم جانتی ہو شانتا کہ تمہارے سوال کا جواب کیا ہے"۔ ونود نے شانتا کو انگریزی میں جواب دیا تاکہ دوسرے نوکروں کو بے ہوشی کا اصل سبب نہ معلوم ہو سکے۔ اس نے مزید کہا: "بہر حال میں نوکروں کے جانے کے بعد تمہاری آپ بیتی بھی سنوں گا اور اپنی کہانی بھی سناؤں گا۔ اس وقت ہماری خاموشی ہی مناسب ہے کیونکہ اگر نوکروں کو ہماری بے ہوشی کا اصل سبب معلوم ہو گیا تو وہ ہمیں اطلاع دیئے بغیر حویلی سے بھاگ جائیں گے"۔

پندرہ منٹ کے بعد جب کالکا اور دوسرے نوکروں نے یہ دیکھا کہ شانتا اور ونود کی طبعیت بالکل ٹھیک ہے تو وہ اجازت لے کر چلے گئے صرف کالکا موجود رہا لیکن ونود نے اس کو بھی جانے کیلیے کہہ دیا۔ اب وہ جلد از جلد تنہائی چاہتا تھا تاکہ شانتا کی کہانی سن سکے اور اپنی سنا سکے۔ انسان کی عجیب فطرت ہے دوسروں کا غم سن کر خود اس کا غم ہلکا ہو جاتا ہے اور اپنا غم دوسروں کو سنانے کے بعد بھی وہ ایسا محسوس کرنے لگتا ہے جیسے اس کے غم میں کمی آ گئی ہے۔

کالکا کے جانے کے فوراً بعد ہی ونود نے شانتا سے پوچھا: "ہاں اب بتاؤ کہ تم بے ہوش کیوں ہوئی تھیں؟ تم نے کیا دیکھا تھا؟"

"میں تمہارے انتظار میں ایک ناول پڑھ رہی تھی کہ تھک کر میں نے اپنی آنکھیں بند کر لیں۔ چند منٹ بعد گھڑی نے ۱۲ کے گھنٹے بجائے میں نے آنکھیں بند کئے کئے سوچا کہ آخر تمہیں شہر سے آتے ہوئے اتنی دیر کیوں ہوگئی ہے۔ اسی طرح ۵ منٹ گزر گئے۔ اچانک میں نے محسوس کیا جیسے کمرے میں میرے علاوہ کوئی اور بھی موجود ہے۔ میں نے گھبرا کر آنکھیں کھولیں اور پھر ونود۔۔۔ یہ دیکھ کر میری آواز حلق میں پھنس کر رہ گئی کہ میرے پلنگ کے بالکل قریب ایک عورت میری طرف دیکھ رہی تھی۔ پہلی ہی نظر میں پہچان چکی تھی کہ یہ عورت وہی ہے جس کا بت پرانے کنویں سے نکلا تھا اور جسے تم نے حویلی کے سامنے حوض میں نصب کرا دیا تھا"۔ اتنا کہنے کے بعد شانتا ایک لمحہ کیلیے خاموش ہوگئی اس نے بڑی خوف زدہ نظروں سے اپنے چاروں طرف دیکھا اور پھر کہا: "ونود۔۔۔ اس عورت کو اپنے بالکل قریب دیکھ کر میں نے چیخنا چاہا لیکن چیخ نہ سکی، میں نے اٹھ کر بھاگنا چاہا لیکن میرا جسم جیسے شل ہوگیا تھا اور پھر دوسرے ہی لمحہ میں آواز نکالے بغیر بے ہوش ہوگئی"۔

"یہ عورت کیسا لباس پہنے تھی؟" ونود نے پوچھا۔ "وہی لباس جو بت کے جسم پر موجود ہے"۔ شانتا نے بڑی مردہ آواز میں جواب دیا۔

"کیا وہ بالکل خاموش تمہارے نزدیک کھڑی تمہیں دیکھ رہی تھی"۔ ونود نے دوسرا سوال کیا۔

ہاں۔۔۔ بالکل خاموش کھڑی تھی"۔ شانتا نے جواب دیا۔

"کیا اس کی پلکیں جھپک رہی تھیں؟" ونود نے نیا سوال کیا کیونکہ اس نے سن رکھا تھا کہ بھوتوں اور چڑیلوں کی پلکیں زندہ انسانوں کی طرح نہیں جھپکتی ہیں اور بالکل ساکت و جامد رہتی ہیں۔

"یہ میں نے غور نہیں کیا کہ اس کی پلکیں جھپک رہی تھیں یا نہیں البتہ میں نے یہ ضرور محسوس کیا کہ اس کی آنکھوں میں خلاف معمول بہت زیادہ چمک تھی"۔

"اس نے تم سے کوئی بات کی۔۔۔" ونود نے پوچھا۔

"نہیں بس وہ میری طرف دیکھے جا رہی تھی"۔

"اچھی طرح یاد کر کے بتاؤ شانتا کہ کیا تم نے کوئی خواب تو نہیں دیکھا تھا۔۔" ونود نے شانتا کو تسلی دینے اور اس کا خوف دور کرنے کیلئے پوچھا۔

"نہیں ونود۔۔۔" شانتا نے بڑے یقین بھرے لہجے میں کہا۔ "میں پورے ہوش و حواس کے ساتھ کہہ رہی ہوں کہ میرے قریب بالکل وہی عورت کھڑی تھی جس کا سنگی بت کنویں سے نکلا تھا"۔

"اچھا یہ بتاؤ کہ تم نے اس کے پیروں کی طرف دیکھا بھی تھا" ونود نے پوچھا۔

"ہاں دیکھا تھا اور سچی بات تو یہ ہے کہ میں اس کے پیر ہی دیکھ کر بے ہوش ہوئی تھی"۔

"کیا اس کے پیر چڑیلوں کی طرح مڑے ہوئے تھے"۔ ونود نے سوال کیا۔ "نہیں ونود۔۔۔اس کے پیر زندہ انسانوں کے پیر تھے لیکن وہ بالکل گیلے تھے۔ بالکل اس طرح جیسے وہ پانی میں چل کر میرے کمرے تک آئی ہو۔۔۔"

ونود نے اس کے بعد شانتا سے اور کوئی سوال نہیں کیا چند منٹ تک وہ بالکل ساکت نظروں سے شانتا کی طرف دیکھتا اور پھر اس نے کہا کہ: "تم ٹھیک کہتی ہو شانتا۔ وہ واقعی پانی میں چل کر تمہارے پاس آئی تھی۔۔۔"

ایک لمحہ کی خاموشی کے بعد اس نے مزید کہا: "میں نے اس عورت کے گیلے قدموں کے نشان دیکھے تھے"۔

"لیکن تم برآمدے میں بے ہوش کیسے پائے گئے"۔ شانتا نے پوچھا۔ "تم رات کو کس وقت واپس آئے تھے؟ کالکا کہتا تھا کہ اس نے رات کو ۳ بجے تم کو برآمدے میں بے ہوش پایا تھا"۔

"میں نے اس عورت کو دیکھ لیا تھا شانتا" ونود نے اب شانتا سے جھوٹ بولنا ہی مناسب سمجھا۔ اس نے کہا: "لیکن میرا خیال ہے کہ وہ اس علاقہ کی کوئی چور عورت ہے جو حویلی میں چوری کرنے آئی تھی اور مجھے دیکھ کر بھاگ گئی"۔

"لیکن ونود۔۔" شانتا نے کہا کہ: "اس کی شکل اور اس کا لباس پرانے کنویں کے بت سے ہو بہو ملتا جلتا تھا اور پھر اس کے پیر بھی گیلے تھے"۔

"ہو سکتا ہے کہ جس عورت کا یہ بت ہے اس نے دوبارہ جنم لیا ہو اور اسی لیے اس کی شکل بت سے

بالکل مشابہہ ہو" ونود نے اپنا جھوٹ ثابت کرنے کیلیے فلسفہ آواگون یعنی تناسخ کا سہارا لیا۔
"اور اب یہ ثابت کرو کہ اس کے پیر کیوں گیلے تھے ؟" شانتا نے بڑے بھولے پن سے پوچھا۔
"بہت ممکن ہے کہ وہ حوض میں نصب شدہ خود اپنا بت دیکھ کر حیران ہوئی اور اس نے پانی میں اتر کر اس بت کو غور سے دیکھا ہو۔۔۔" ونود نے دوسرا جھوٹ بولا۔
"لیکن سوال یہ ہے کہ تم کیوں بے ہوش ہو گئے تھے"۔ شانتا اب اصل مطلب کی طرف آئی۔
"سچی بات تو یہ ہے شانتا کہ میں حویلی میں ایک اجنبی عورت کو دیکھ کر ڈر گیا تھا جیسے تم ڈر گئی تھیں"۔ ونود نے جواب دیا۔

ونود نے سوچا اور ٹھیک ہی سوچا کہ اگر وہ شانتا سے یہ کہہ دے گا کہ اس نے حویلی میں داخل ہوتے ہی بت کا چبوترہ خالی پایا تھا اور جب وہ دوبارہ اس کے کمرہ سے باہر نکل کر برآمدے میں آیا تھا تو اس نے حسب معمول بت کو اپنی جگہ موجود پایا تھا تو شانتا نہ صرف یہ کہ انتہائی خوف زدہ ہو جائے گی بلکہ اسی لمحے حویلی چھوڑ دے گی چنانچہ اس نے شانتا کو تسلی دینے کیلیے اور اس کے ذہنی خدشات کو دور کرنے کیلیے جھوٹ کا سہارا لیا تھا۔
اس حادثہ کے بعد دونوں میاں بیوی ساری رات جاگتے رہے تھے۔ دونوں اپنی اپنی جگہ بت کے سوال پر غور کر رہے تھے لیکن دونوں کا انداز فکر ایک دوسرے سے بالکل مختلف تھا۔ ونود سوچ رہا تھا کہ بت زندہ کیسے ہو گیا اور شانتا سوچ رہی تھی کہ یہ اجنبی عورت کون ہو سکتی ہے۔ دونوں اپنی اپنی جگہ فکر مند تھے، دونوں خوف زدہ تھے اور دونوں کو بڑی بے چینی سے آنے والی صبح کا انتظار تھا۔
صبح ہوتے ہی ونود نے سب سے پہلے آ کر بت والے حوض کا معائنہ کیا اور ایک مرتبہ پھر خود کو یہ یقین دلانا چاہا کہ اس نے رات کو جو کچھ دیکھا وہ اس کا وہم نہیں تھا۔ بت حسب معمول چبوترے پر نصب تھا اور حوض کے چاروں طرف کسی قسم کا کوئی نیا نشان نہیں تھا۔ ونود دیر تک کھڑا اس خوبصورت عورت کے بت کو دیکھتا رہا اور سوچتا رہا کہ وہ رات کی بات کا یقین کرے یا نہ کرے۔
ونود ایک لمحہ کیلیے بھی یہ ماننے کیلیے تیار نہیں تھا کہ رات کو اس کی آنکھوں نے دھوکہ کھایا ہو گا۔ اس

نے اپنی بیدار اور زندہ آنکھوں سے بت کا چبوترہ خالی دیکھا تھا۔ حوض کے آگے برآمدے میں گیلے قدموں کے نشان دیکھے تھے۔ پھر وہ یہ کیسے مان لیتا کہ رات کو اس نے جو کچھ دیکھا تھا وہ اس کی نظروں کا فریب تھا۔ ونود نے سوچا کہ اگر وہ تھوڑی دیر کیلیے یہ مان بھی لے کہ رات کو اس کی نظروں نے دھوکہ کھایا تھا تو پھر کیا شانتا کی نظروں نے بھی دھوکہ کھایا تھا؟ کیا وہ بھی خواب دیکھ رہی تھی؟

لیکن یہ بالکل ناممکن تھا کہ شانتا نے خواب دیکھا ہو۔ اس لیے کہ خود اس نے اپنی آنکھوں سے شانتا کی مسہری کے قریب گیلے قدموں کے نشان دیکھے۔ ونود بت کی طرف دیکھتا رہا اور اس کا ذہن مختلف خیالات کی آماجگاہ بنا رہا۔ اس کی سمجھ میں نہیں آرہا تھا کہ وہ اب کیا کرے۔ اگات پور میں اس کا کوئی دوست بھی نہیں تھا جس سے وہ کوئی مدد یا مشورہ لیتا۔ اچانک اس کا ذہن پروفیسر تارک ناتھ کی طرف گیا جس سے اس نے بت کی تاریخ معلوم کرنے میں مدد لی تھی۔ اس نے شانتا سے آکر کہا کہ وہ چار گھنٹے کیلیے شہر جا رہا ہے اور دوپہر تک واپس آجائے گا شانتا چونکہ ونود کے جھوٹ کی وجہ سے اب بالکل خوف زدہ نہیں تھی اس لیے اس نے بھی ونود کو نہیں روکا۔

ونود نے چلتے چلتے شانتا سے یہ بھی کہا: "تم رات والی عورت کی بات کالکا یا کسی دوسرے نوکر کو نہ بتانا"۔

"کیوں نہ بتاؤں؟" شانتا نے پوچھا۔

"تم نہیں جانتیں یہ چھوٹی طبعیت کے لوگ ہوتے ہیں یہ لوگ بات کا بتنگڑ بنالیں گے اور اس طرح میں اس چور عورت کو تلاش نہ کرپاؤں گا"۔

"تو کیا تم شہر اسی عورت کے چکر میں جا رہے ہو"۔ شانتا نے پوچھا۔

"ہاں۔۔۔۔" ونود نے ایک اور جھوٹ بولا: "میں پولیس کو اطلاع دینے جا رہا ہوں"۔

"خیر۔۔۔ پھر میں اپنی زبان بند رکھوں گی"۔ شانتا نے بڑے مطمئن لہجے میں جواب دیا۔

ونود شہر پہنچا تو اتفاق سے پروفیسر تارک ناتھ اپنی کوٹھی میں ہی مل گئے۔ اس دن ان کی طبعیت

خراب تھی اس لیے وہ یونیورسٹی نہیں گئے تھے۔ ونود کو دیکھتے ہی مسکرائے اور انہوں نے کہا: "میرا خیال ہے آپ اسی بت کے سلسلے میں آج بھی آئے ہیں"۔

"جی ہاں۔۔۔" ونود نے بڑی ہلکی آواز میں جواب دیا۔

"لیکن آپ کو کیسے پتہ چل گیا کہ میں پرانے بت کے سلسلے میں ہی آپ سے ملنے آیا ہوں"۔

"اس لیے کہ آپ کچھ پریشان نظر آرہے ہیں"۔ پروفیسر نے بدستور اپنی مسکراہٹ باقی رکھی۔

"ہاں پروفیسر صاحب۔۔۔" ونود نے جواب دیا۔ "اور میری یہ پریشانی اتنی عجیب وغریب ہے کہ آپ شائد میری بات کا یقین نہ کریں"۔

"نہیں نہیں ایسی کوئی بات نہیں کہ آپ کوئی بات کہیں اور میں اس پر یقین نہ کروں" پروفیسر تارک ناتھ نے اب اپنی مسکراہٹ ختم کردی۔ ونود نے چند منٹ کے اندر پروفیسر کو رات کی پوری داستان سنادی اور پھر کہا کہ: "میں آپ کو یقین دلاتا ہوں کہ نہ میری نظروں نے فریب کھایا اور نہ میں کسی وہم میں مبتلا ہوں۔ میں اپنے بارے میں آپ کو یہ بھی بتادینا چاہتا ہوں کہ میں بھوت پریت پر بالکل یقین نہیں رکھتا"۔

ونود کی داستان سننے کے بعد پروفیسر چند لمحات تک آنکھیں بند کئے بیٹھا رہا اور پھر اس نے کہا کہ: "آپ نے یقیناً ایک ناقابل یقین داستان سنائی ہے لیکن میں بہرحال اس پر یقین کررہا ہوں کیونکہ میں ماضی کی بھی ایسی کئی کہانیوں سے واقف ہوں جب روح دوبارہ اس دنیا میں واپس آئی اور اس نے اس دنیا کی سیر کی۔ لیکن میری سمجھ میں نہیں آرہا ہے کہ آپ مجھ سے کس قسم کی مدد لینا چاہتے ہیں؟"

"میں صرف یہ چاہتا ہوں کہ آپ اس بت کے بارے میں ایک مرتبہ پھر تحقیقات کریں کہ اس بت کی کہانی کیا ہے؟ یہ بت کس کا ہے؟ یہ بت کنویں میں کیوں پڑا تھا؟" ونود نے کہا۔

"میں کوشش کروں گا"۔

"نہیں پروفیسر صاحب" ونود نے کہا۔

"آپ آج ہی سے یہ کام شروع کردیجئے۔ اس کام پر آپ میری طرف سے دل کھول کر روپیہ خرچ

کر سکتے ہیں کیونکہ میں ہر قیمت پر اس بت کا راز حاصل کرنا چاہتا ہوں"۔
"لیکن اس سے آپ کو فائدہ کیا ہو گا؟" پروفیسر نے سوال کیا۔
"میں بت کی بے چین روح کو سکون دلانا چاہتا ہوں"۔ ونود نے جواب دیا: "اور اگر اس کی زندگی میں کوئی تمنا ادھوری رہ گئی ہے یا کوئی کام نامکمل رہ گیا ہے تو میں اسے بھی پورا کر دینا چاہتا ہوں تا کہ روح کی بے قراری کو قرار آ جائے۔"
"میں آپ کے خیالات کی قدر کرتا ہوں مسٹر ونود"۔ پروفیسر تارک ناتھ نے کہا۔
"میں بہر حال ہر ممکن کوشش کروں گا کہ اس بت کے بارے میں جو کچھ بھی معلومات حاصل ہوں وہ جلد از جلد فراہم کر کے آپ تک پہنچا دوں"۔
ونود اور پروفیسر تارک ناتھ دیر تک روح کے مسئلہ پر گفتگو کرتے رہے۔ پروفیسر تارک ناتھ نے اپنی گفتگو کے دوران اگات پور کے بارے میں کچھ نئی باتیں بھی بتائیں۔ انہوں نے کہا:
"اگات پور کے حکمران راجپوت صرف بہادر ہی نہیں غیور بھی تھے۔ ان کے یہاں بیوہ عورتوں کے ستی ہو جانے کا بھی رواج تھا۔ یہ کبھی غیر خاندان میں اپنے لڑکے کی شادی نہیں کرتے تھے اور نہ ہی لڑکی کی۔۔۔۔ میں نے بہت تحقیقات کی لیکن مجھے کوئی پتہ نہیں چل سکا کہ یہ حکمران خاندان اگات پور چھوڑنے کے بعد کہاں چلا گیا تھا اور راجہ کی نسل آج کل کس علاقہ میں آباد ہے؟"
پروفیسر تارک ناتھ نے یہ بھی کہا: "آپ بھوت پریت اور ارواح خبیثہ پر یقین کریں یا نہ کریں لیکن میرا یقین ہے کہ مرنے کے بعد بھی بعض روحیں اس دنیا میں موجود رہتی ہیں ان میں سے بعض نیک ہوتی ہیں اور بعض بد۔۔۔ بعض انسانوں کو نقصان پہنچاتی ہیں اور بعض فائدہ پہنچاتی ہیں اور بعض نہ فائدہ پہنچاتی ہیں اور نہ نقصان"۔
حویلی کے بت کے بارے میں انہوں نے کہا:
"میں نہیں کہہ سکتا کہ عورت کی روح نیک ہے یا بد۔۔۔ لیکن یہ بات ابھی تک میری سمجھ میں نہیں آتی ہے کہ اس عورت کی روح آپ کی بیوی شانتا کے کمرے میں کیوں داخل ہوئی تھی اور اگر داخل ہو بھی گئی تھی تو اس کے پلنگ کے قریب کھڑی ہو کر شانتا کی شکل غور سے کیوں دیکھ رہی تھی؟"

"ہاں۔۔۔" ونود نے کہا۔

"خود یہی سوال میرے ذہن میں بھی کانٹے کی طرح چبھ رہا ہے۔"

جواب میں پروفیسر نے کہا: "آپ نے عورت کے وجود کے بارے میں شانتا سے جھوٹ بول کر بہت ہی اچھا کیا۔ ورنہ وہ نہ صرف پریشان ہوتی بلکہ شائد وہ اس حویلی میں ایک لمحہ کو بھی نہیں رکتی"۔

ونود پروفیسر سے باتیں کر کے اگات پور واپس آیا تو شانتا حسب معمول مالیوں سے باغ میں کام لے رہی تھی، رات کے حادثے کا اس کے چہرے پر کوئی رد عمل باقی نہیں رہا تھا۔ ونود کو دیکھ کر وہ فوراً اس کے قریب آئی اور اس نے پوچھا: "تم نے پولیس میں رپورٹ درج کرا دی۔۔"

"ہاں شانتا۔۔۔" ونود نے جھوٹی مسکراہٹ کو اپنے لبوں پر بکھیرتے ہوئے جواب دیا۔

"لیکن تم نے اس عورت کا حلیہ کیا لکھوایا ہے۔" شانتا نے پوچھا۔

"وہی حلیہ جو اس بت کا ہے۔۔۔" ونود نے بت کی طرف اشارہ کرتے ہوئے کہا اور پھر موضوع بدلنے کیلیے شانتا سے کہا:

"کھانا تیار ہے یا نہیں"۔

"بالکل تیار ہے"۔ شانتا بولی: "تم چل کر ہاتھ منہ دھوؤ میں ابھی میز پر کھانا لگواتی ہوں"۔

شانتا یہ جواب دے کر حویلی کے رسوئی گھر کی طرف چلی گئی لیکن ونود حویلی میں داخل نہیں ہوا وہ چلتے چلتے حوض کے قریب رک کر بت کے چہرے کی طرف دیکھنے لگا۔

بت کی طرف دیکھتے ہی دیکھتے ونود نے اچانک محسوس کیا جیس بت کی نگاہیں زندہ ہو گئی ہیں اور ساکت آنکھوں میں زندگی کی چمک پیدا ہو گئی ہے۔ چند لمحات بعد اس نے بت کے ہونٹوں پر مسکراہٹ بھی پھیلتے دیکھی اور پھر قریب تھا کہ ونود کے حلق سے ایک چیخ سی نکل جاتی کہ کالکا وہاں آ گیا۔

ونود نے جب دوبارہ بت کی طرف دیکھا تو بت بدستور ساکت و جامد تھا۔ نہ بت کی آنکھوں میں چمک تھی نہ لبوں پر مسکراہٹ تھی اور نہ چہرے پر کوئی سرخی تھی۔ وہ اپنے وہم پر دل ہی دل میں ہنسا اور کالکا سے باتیں کرتا ہوا حویلی کے اندر داخل ہو گیا۔ ابھی شانتا رسوئی گھر سے نہیں آئی تھی لیکن ونود

کھانے کی میز پر بیٹھ چکا تھا۔ اپنے مالک کو فرصت میں دیکھ کر کالکا نے کہا:

"آج میں دیہات کے بازار گیا تھا وہاں میں نے وید جی سے آپ کی رات والی بے ہوشی کا تذکرہ کیا تو انہوں نے مجھے ایک بالکل نئی بات بتائی"۔

"یہ وید جی کون ہیں۔۔۔ پہلے تو تم نے کبھی ان کا کوئی تذکرہ نہیں کیا تھا"۔

"گاؤں کے بڑے پرانے لوگوں میں سے ایک ہیں مالک" کالکا نے جواب دیا۔

"وید جی کبھی اپنے مکان سے باہر نہیں نکلتے اور نہ ہی کسی مریض کے علاج کی فیس لیتے ہیں"۔

"انہوں نے تم سے کہا کیا ہے۔۔۔؟"

ونود نے بڑی گھبراہٹ کے ساتھ سوال کیا۔

"انہوں نے یہ کہا مالک، کہ یہ حویلی جس میں ہم رہتے ہیں بڑی منحوس ہے"۔

کالکا نے بڑے پراسرار انداز میں کہا۔ "کیوں کہ یہاں رہنے والی کوئی بہو ایک سال سے زیادہ زندہ نہیں رہی ہے۔ زمیندار کو جب اس بات کا پتہ چلا تو اس نے اپنی بہو اور بیٹی کو حویلی میں نہیں رکھا"۔

"کیا وید جی نے کسی ایسی بہو کی مثال دی جو اس حویلی میں مری ہو۔۔۔" ونود نے اب پہلی مرتبہ کالکا کی گفتگو میں دلچسپی لی۔

"جی ہاں۔۔۔ انہوں نے کہا کہ اگات پور کے ایک زمیندار کی بہو ایک رات اپنے کمرے میں مردہ پائی گئی۔ چند برسوں کے بعد انہوں نے اپنے دوسرے بیٹے کی شادی کی اور دوسری بہو حویلی آئی تو یہ بہو بھی چند ماہ بعد اپنے کمرے میں مردہ ملی چنانچہ اس نے اس کے بعد پنڈتوں سے مشورہ کیا اور یہ فیصلہ کیا کہ آئندہ سے کوئی بہو اس حویلی میں نہیں رکھی جائے گی چنانچہ حویلی کی بہوؤں کیلیے گاؤں میں ایک بڑا مکان بنوا دیا گیا"۔

"کیا تمہارے وید جی نے اس کا سبب بھی بتایا کہ زمیندار کے لڑکوں کی بیویوں کے مرنے کا سبب کیا تھا؟"

"نہیں بتایا۔۔۔" کالکا نے جواب دیا۔

"بس انہوں نے اتنا کہا کہ یہ حویلی منحوس ہے"۔

"سب بکواس۔۔۔" ونود نے کہا:

"تم جا کر شانتا سے کہو کہ وہ جلد کھانا بھجوائے، مجھے سخت بھوک لگ رہی ہے"۔ ونود نے کالکا سے کہنے کو تو کہہ دیا تھا کہ وید جی نے صرف بکواس کی ہے لیکن جیسے اس کا دل کہنے لگا کہ گاؤں کا یہ وید اس حویلی کے بارے میں کوئی اہم بات ضرور جانتا ہے۔

اس نے فیصلہ کر لیا کہ وہ کھانا کھانے کے بعد گاؤں جا کر اس وید سے ضرورت ملاقات کرے گا۔ کھانے کے دوران شانتا اور ونود کی بت کے مسئلہ پر کوئی بات نہیں ہوئی کیونکہ کالکا موجود تھا اور ونود شانتا سے منع کر چکا تھا کہ وہ نوکروں کی موجودگی میں اس مسئلہ پر کوئی بات نہ کرے۔

کھانا کھا کر ونود نے شانتا سے کہا:

"میں ذرا گاؤں جا رہا ہوں"۔

"کیا اسی سلسلے میں۔۔۔" شانتا نے رازداری کے خیال سے آنکھ کا اشارہ کرتے ہوئے پوچھا۔

"ہاں" ونود نے مختصر سا جواب دیا۔

"اور میں جلد ہی واپس آجاؤں گا"۔

حویلی سے گاؤں کی آبادی زیادہ دور نہیں تھی، ونود جلد ہی وہاں پہنچ گیا، وید جی کا مکان تلاش کرنے میں بھی اسے زیادہ دیر نہیں لگی۔ وید جی نے جب یہ سنا کہ حویلی کا نیا مالک ان سے ملنے آیا ہے تو وہ فوراً باہر چلے آئے ونود نے ان سے کہا: "میں آپ سے تنہائی میں کچھ باتیں کرنا چاہتا ہوں"۔

وید جی نے بیٹھک کھلوا کر ونود کو بڑے احترام سے بٹھایا اور پھر اس سے کہا: "میں آپ کی ہر خدمت کیلیے تیار ہوں"۔

ونود نے کہا: "آج آپ نے میرے نوکر سے کہا تھا کہ میری حویلی منحوس ہے"۔

"جی ہاں" وید نے جواب دیا۔

"اور آپ کے نوکر نے مجھ سے یہ کہا تھا کہ کل رات آپ برآمدہ میں بے ہوش پائے گئے تھے اور آپ کی بیوی اپنے کمرے میں"۔

"اس نے ٹھیک کہا تھا لیکن ہم دونوں کی بے ہوشی کا حویلی کے منحوس ہونے سے کیا تعلق ہے؟" ونود نے بڑے نرم لہجے میں جواب دیا۔

"بہت بڑا تعلق ہے" وید نے بڑی سنجیدگی سے کہا۔ "اور یہ تعلق اتنا اہم ہے کہ آپ نے اپنی بے ہوشی کا اصل سبب اپنے نوکروں سے چھپایا ہے"۔

"نہیں یہ غلط ہے" ونود نے کہا۔

"نہیں ونود بابو" وید نے بڑی شفقت سے کہا: "ڈاکٹر اور وکیل سے کوئی بات نہیں چھپانا چاہیے آپ نے اپنے نوکروں سے صحیح بات نہیں بتائی تو یہ اچھا کیا لیکن آپ نے مجھ سے بھی یہ بات پوشیدہ رکھی تو آپ خود سوچئے کہ کیا میں حویلی کے منحوس ہونے کے بارے میں آپ کو پکا ثبوت دے سکوں گا؟"

بوڑھے وید نے یہ بات کچھ اس انداز سے کہی تھی کہ ونود اب اس سے کوئی بات نہیں چھپا سکا۔ اس نے بڑی تفصیل سے وید کو ساری داستان سنا دی۔

ونود کی کہانی سننے کے بعد وید نے کہا: "آپ کی کہانی کوئی نئی کہانی نہیں ہے۔ میرے پتا جی بھی اکثر یہ کہا کرتے تھے کہ اس حویلی میں کوئی بے چین روح موجود ہے جو شائد کسی عورت کی ہے"۔

"لیکن آپ اس سلسلے میں میری کیا مدد کر سکتے ہیں؟" ونود نے پوچھا۔

"میں آپ کو صرف مشورہ دے سکتا ہوں بشرطیکہ آپ اس پر عمل کریں۔" وید نے کچھ سوچ کر جواب دیا۔

"اگر آپ کا مشورہ قابل قبول ہوا تو میں اسے ضرور مان لوں گا"۔ ونود نے جواب دیا۔ اب اس کے لہجے میں ایک مایوسی سی آگئی تھی۔

"آپ عورت کے بت کو دوبارہ کنویں میں پھینک دیں"۔ وید نے بڑی آہستہ آواز میں کہا۔

اس نے مزید کہا: "میں یقین دلاتا ہوں کہ ماضی میں بھی جب اس عورت کی روح نے حویلی والوں کو پریشان کیا ہوگا انہوں نے ہی اپنے وقت کے پنڈتوں اور گیانیوں سے مشورہ کرنے کے بعد اس بت کو کنویں میں پھینک دیا ہوگا اور اس طرح انہوں نے بت کی مصیبت سے نجات حاصل کر لی ہوگی"۔

"لیکن وید جی" ونود نے کہا: "سوال یہ پیدا ہوتا ہے کہ جب بت کو کنویں میں پھینک دیا جاتا ہے تو عورت کی روح کی سرگرمیاں کیوں ختم ہو جاتی ہیں"۔

"میرے پاس آپ کے اس سوال کا جواب نہیں ہے"۔ وید نے جواب دیا۔

"میں صرف اتنا جانتا ہوں کہ حویلی منحوس ہے۔ پرانے راجاؤں کی بنوائی ہوئی یہ حویلی یقیناً آسیب زدہ ہے۔ اس لیے یا تو آپ اسے خالی کر دیجئے یا پھر اس بت کو کنویں میں پھینک دیجئے"۔

وید جی نے اس کے بعد ونود کو روحوں کے اور کئی قصے سنائے۔ اس نے اپنے بارے میں بھی سب کچھ ونود کو بتادیا اس نے کہا: "میں خاندانی وید ہوں، میرے باپ دادا سب ہی وید تھے اور پرانے زمیندار کے خاندانی ملازم تھے۔۔۔ جتنا میں اگات پور کے بارے میں جانتا ہوں اتنا کوئی نہیں جانتا ہو گا"۔

"وید جی۔۔۔" ونود نے چلتے چلتے کہا:

"مان لیجئے کہ میں نہ حویلی خالی کروں اور نہ بت کو کنویں میں پھینکوں"۔

"تب آپ کا بھگوان ہی مالک ہے" وید نے ٹھنڈی سانس لے کر کہا: "آپ کو آنے والے حادثات کا مقابلہ کرنے کیلیے خود کو تیار کر لینا چاہیے"۔

ونود اس کے بعد وہاں سے چلا آیا۔ وہ بہر حال یہ فیصلہ کر چکا تھا کہ وہ نہ حویلی خالی کرے گا اور نہ بت کو کنویں میں پھینکے گا۔ بلکہ اس نے یہ فیصلہ کیا تھا کہ آج رات بت کے زندہ ہونے کا انتظار کرے گا اور بت سے باتیں کرے گا۔ ونود حویلی واپس آیا تو شانتا سو رہی تھی۔ اس کو دوپہر کے بعد کھانا کھا کر سونے کی عادت تھی اور یہ اس کا روزانہ کا معمول تھا۔ یہ دن ونود کا سخت الجھن میں کٹا۔ کسی نہ کسی طرح شام ہو گئی اور پھر چاروں طرف رات کا اندھیرا پھیل گیا۔ اس اندھیرے میں حویلی کے درخت یوں پر سکون نظر آرہے تھے جیسے وہ اس حویلی کے پہریدار ہوں اور کسی کے جنازے کی آمد کا انتظار کر رہے ہوں۔ ونود ڈرے بغیر باغ میں ٹہلتا رہا اور پھر حوض کے قریب آکر کھڑا ہو گیا۔ اب چاند بھی نکل آیا تھا اور اس کی سفید روشنی چاروں طرف پھیلنے لگی تھی۔ دور آسمان پر یہ چاند بالکل ایسا نظر آرہا تھا جیسے یہ چاند نہ ہو کسی بیوہ کی آنکھ میں لرزتا ہوا آنسو کا قطرہ ہو۔

ونود بت کی طرف دیکھتا رہا۔ اور پھر اسے اچانک ایسا محسوس ہوا جیسے بت کی یہ ساکت وجامد آنکھیں ایک ہی نگاہ میں ماضی، حال اور مستقبل تینوں کو دیکھ رہی ہوں، ونود کو ایسا محسوس ہوا جیسے یہ آنکھیں زندہ ہو گئی ہوں جیسے یہ آنکھیں آنسوؤں کے سمندر میں تیر رہی ہوں، جیسے بت کے شاداب چہرے پر بالکل اچانک نفرت و حقارت کی لکیریں ابھر آئی ہوں۔ ونود نے واقعی ایسا محسوس کیا جیسے بت کے ہونٹوں پر ایک دبی ہوئی غم ناک مسکراہٹ پھیل گئی ہو اور یہ مسکراہٹ پکار پکار کر اپنی لٹی ہوئی آرزوؤں کی کہانی سنا رہی ہو، اپنی مسلسل خاموشی کی داستان بیان کر رہی ہوں، اپنی ناکام تمناؤں کا افسانہ سنا رہی ہو۔ وہ ایسا محسوس کرنے لگا جیسے اس پر کسی نے سحر کر دیا ہو۔۔۔ اب وہ حود ایک بت بن چکا تھا۔ زندہ بت، زندگی کی سانسیں لیتا ہوا بت، دیکھتا ہوا بت، سنتا ہوا بت، پندرہ منٹ تک ونود پر یہ حالت طاری رہی۔

اس کے بعد وہ چونکا اور حویلی میں داخل ہو گیا۔ شانتا سو چکی تھی۔ تمام نوکر بھی اپنے کوارٹروں میں جا چکے تھے پوری حویلی خاموشی اور سکون میں ڈوبی ہوئی کھڑی تھی۔ ونود حویلی کے اس کمرے میں جا کر خاموشی سے بیٹھ گیا جس کی ایک کھڑکی سے بت نظر آ رہا تھا۔ وہ فیصلہ کر چکا تھا کہ وہ تمام رات اس کمرے میں جاگتا رہے گا اور خود اپنی آنکھوں سے دیکھے گا کہ بت جاگتا ہے یا نہیں۔

اور۔۔۔ جیسے ہی بارہ کا گھنٹہ بجا ونود کے رونگٹے کھڑے ہو گئے اس کو ایسا محسوس ہوا جیسے اس کی رگوں میں دوڑتا ہوا خون اچانک تھم گیا ہو، اس کے دل کی دھڑکنیں بھی تیز ہو گئیں اور کیسے نہ ہوتیں جب کہ عورت کا بت واقعی زندہ ہو چکا تھا۔

عورت کا بت زندہ ہوا، اس زندہ عورت نے گردن گھما کر چاروں طرف دیکھا، ایک پر اسرار مسکراہٹ اس کے لبوں پر پھیلی، پھر وہ چبوترے سے اتر کر حوض میں آئی اور حوض سے نکل کر باہر کھڑی ہو گئی۔ چند لمحات تک وہ ایک عجیب ادا سے وہاں کھڑی رہی اور اس کے بعد حویلی کی پشت کی طرف قدم اٹھانے لگی۔

ونود نے اس کو صرف چلتے ہوئے ہی نہیں دیکھا، اس کے پیروں کی پازیب کی جھنکار بھی سنی، اب

ونود بھی اپنی مکیں گاہ سے باہر نکل آیا وہ اب عورت کا دبے پاؤں تعاقب کر رہا تھا۔ عورت حویلی کے پیچھے جا کر ایک مسمار مکان میں جو حویلی کے احاطہ کے اندر ہی تھا داخل ہو گئی۔ اور پھر غائب ہو گئی۔ ونود چونکہ بہر حال ایک انسان تھا اس لیے وہ ڈر گیا۔

وہ زندہ بت کا مزید تعاقب نہ کر سکا اور بوسیدہ مکان کے کھنڈر میں داخل ہونے کی ہمت نہ کر سکا۔ لیکن وہ دور کھڑا ہو کر بت کی واپسی کا انتظار کرنے لگا۔ دس منٹ بعد عورت کا بت دوبارہ کھنڈر سے نکلا۔ اس مرتبہ اس کے قدموں کا انداز بوجھل تھا۔ وہ بڑے تھکے تھکے قدموں کے ساتھ آگے بڑھ رہی تھی وہ سیدھی حوض کے قریب آئی اور دوبارہ چبوترے پر چڑھ گئی۔ ونود کے دیکھتے ہی دیکھتے دوسرے ہی لمحہ عورت دوبارہ پتھر کے ایک بے جان بت میں تبدیل ہو گئی۔

تمام رات ونود جاگتا رہا۔ صبح ہوتے ہی وہ سب سے پہلے اس کھنڈر میں گیا۔ وہ اس حویلی میں کئی مہینے سے رہ رہا تھا۔ لیکن اسے یہ نہیں معلوم تھا کہ ان کھنڈروں کے نیچے ایک تہہ خانہ بھی ہے۔ آج کھنڈر میں داخل ہوتے ہی اس کی نگاہ ایک شکستہ زینے پر پڑی جو نیچے جا رہا تھا۔ وہ بلا کسی جھجک کے بالکل جنونی کیفیت میں اس زینے سے نیچے اتر گیا۔ تقریباً ۲۰ سیڑھیوں کے بعد یہ زینہ ایک بڑے تہ خانے میں جا کر ختم ہو گیا۔ تہ خانے میں ہلکی ہلکی روشنی پھیل چکی تھی۔ ونود نے آنکھیں پھاڑ پھاڑ کر تہ خانے میں چاروں طرف دیکھا اور پھر جیسے اس کے حلق سے ایک گھٹی گھٹی چیخ نکل گئی۔ کیونکہ تہہ خانے کے وسط میں انسانی ہڈیوں کا ایک پنجر اپڑا ہوا تھا۔

☆☆☆

باب : ۳

تہہ خانے کا خزانہ

انسانی پنجر دیکھنے کے بعد ونود کا دماغ بالکل معطل ہو گیا۔ انتہائی ڈر اور خوف کے عالم میں اس نے آگے بڑھ کر پنجر کا جائزہ لینا چاہا لیکن جیسے اس کی ہمت جواب دے گئی۔ تہہ خانے کا ماحول اتنا پر اسرار تھا اور فضاء میں اتنی بدبو پھیلی ہوئی تھی کہ کسی ذی روح کیلیے وہاں ایک لمحہ بھی ٹھہرنا ناممکن تھا لیکن ونود چونکہ حالات کا مقابلہ کرنے کا فیصلہ کر چکا تھا اس لیے وہ وہاں رکا رہا۔ وہ لمبی لمبی سانسیں لیتا رہا اور اندھیرے میں چمکنے والی سفید ہڈیوں کو دیکھتا رہا لیکن کوشش کے باوجود اس میں آگے بڑھنے کی ہمت پیدا نہیں ہوئی۔

اچانک تہہ خانے میں رہنے والی چند چمگادڑیں چیخنے لگیں اور ایک بڑی سی چمگادڑ نے اس کے چاروں طرف منڈلانا شروع کر دیا۔ چمگادڑیں اتنی بے چین نظر آرہی تھیں جیسے انہیں ونود کی موجودگی ناگوار گزر رہی ہو۔ جیسے وہ تہہ خانے کے چوکیدار ہوں۔ جیسے وہ کسی کے حکم پر ان ہڈیوں کی حفاظت کر رہی ہوں۔ چمگادڑوں کی چیخوں اور اڑنے والی چمگادڑ کے پروں کی پھڑ پھڑاہٹ نے ماحول کو اور بھی زیادہ بھیانک بنا دیا۔ اب ونود کیلیے وہاں رکنا بالکل ناممکن ہو چکا تھا۔ دوسرے ہی لمحہ وہ وہاں سے بھاگ کھڑا ہوا۔

تہہ خانے میں لاش کا انکشاف اتنا سنسنی خیز تھا کہ ونود نے یہ فیصلہ کیا کہ اب وہ شانتا کو بھی اپنا ہم راز بنا لے۔ وہ اس ارادے سے شانتا کے کمرے میں بھی داخل ہوا لیکن جب اس نے شانتا کے معصوم اور پرسکون چہرے پر نظر ڈالی تو جیسے اس کی زبان پر تالا لگ گیا۔ اس نے سوچا کہ شانتا حالات کی نئی کروٹ کی داستان سن کر پریشان ہی نہیں انتہائی خوف زدہ بھی ہو جائے گی۔ اور پھر جیسے اس کو شانتا پر

رحم آگیا۔

شانتانے اس سے پوچھا: "کیابات ہے؟ صبح ہی صبح آپ کا چہرہ پریشان کیوں نظر آرہاہے؟"

ونودنے جواب دیا: "کوئی بات نہیں ہے۔ میں رات کو دیر تک جاگتا رہاتھا"۔

شانتاونود کا جواب سن کر مسکرائی اس نے کہا: "کیوں جاگتے رہے تھے؟"

"بت کے جاگنے کے انتظار میں"۔ ونود نے ہنس کر کہا۔

"توکیا فوارہ کا بت جاگ جاتا ہے؟" شانتانے گھبراکر پوچھا۔ "کیاوہ عورت۔۔۔"

لیکن ونود نے شانتا کی بات کاٹ دی اس نے کہا: "میں تو مذاق کر رہا تھا شانتا تم تو ذرا ذراسی بات پر عورتوں کی طرح پریشان ہو جاتی ہو"۔

شانتانے اس کے بعد بت کے مسئلہ پر کوئی بات نہیں کی۔ وہ ونود سے ادھر ادھر کی باتیں کر رہی لیکن ونود نے اتنا ضرور محسوس کر لیا کہ شانتا کا دماغ بھی اس کی طرح کسی شدید الجھن سے دوچار ہے۔ خود شانتا بھی اس سے کوئی بات چھپارہی ہے۔ ونود شانتا کو اس کے کمرے میں چھوڑ کر باہر آیا تو اس کی نگاہ غیر ارادی طور پر فوارے کے بت پر پڑی۔ حسب معمول عورت کے لبوں پر ایک نہ نظر آنے والی مسکراہٹ پھیلی ہوئی تھی۔ وہ دیر تک بت کی شفاف آنکھوں کی طرف دیکھتا رہا اور پھر جیسے اس نے گھبراکر اپنی نگاہیں جھکالیں۔ اس نے ایسا محسوس کیا جیسے وہ بت سے نظریں ملانے کی ہمت کھوچکا ہے۔

اب ونود اس نظریے پر اٹل تھا کہ یہ بت جس عورت کا بھی ہو اس کی بے چین روح اس حویلی میں موجود ہے۔ تہہ خانے میں جس انسان کی ہڈیاں پڑی ہیں اس کا بھی اس روح سے تعلق ہے اور اس روح نے ہی ارادتاً اس کو تہہ خانہ تک پہنچنے کا راستہ دکھایا ہے۔

لیکن سوال یہ تھا کہ یہ روح چاہتی کیا ہے؟

وہ شانتا کے کمرے میں کیوں داخل ہوئی؟

وہ روزانہ رات کو ۱۲ بجے ہی کیوں نظر آتی ہے؟

اس کا بت زندہ کیوں ہو جاتا ہے؟

اپنے کمرے میں بیٹھ کر ونود نے ایک مرتبہ پھر نئے سرے سے حالات کا جائزہ لیا لیکن پہلے کی طرح اس نے خود کو اندھیرے میں ہی محسوس کیا۔ سوال یہ تھا کہ وہ خود کیا کرے؟ کیا یہ حویلی چھوڑ دے؟ کیا یہاں سے شہر واپس ہو جائے یا حالات کا مقابلہ کرے؟ ایک لمحے کیلیے ونود کے ذہن میں یہ بھی خیال آیا کہ کیوں نہ بت کو اکھاڑ کر دوبارہ کنویں میں پھینک دے لیکن اس نے خود میں ایسا کرنے کی ہمت نہیں پائی۔ وہ ڈر سا گیا۔ اس نے سوچا کہیں اس کے اس اقدام سے روح ناراض نہ ہو جائے۔ روح اس کی دشمن نہ ہو جائے۔ اور یوں سوچتے سوچتے اچانک اس کو میری یاد آئی۔ اس نے جلدی جلدی میرے نام ایک خط لکھا اور فوری طور پر مجھے اگات پور طلب کر لیا۔

لیکن مجھے اس کا یہ خط دو دن بعد ملا تھا۔ ان دو دن میں ونود اور شانتا پر جو کچھ گزری تھی اس نے ان دونوں کو برسوں کا بیمار بنا دیا تھا۔ سچی بات تو یہ ہے کہ ان دونوں کی داستان سننے کے بعد خود میرے بدن کے رونگٹے کھڑے ہو گئے تھے۔

ونود نے مجھے خط لکھنے کے بعد یہ فیصلہ کیا کہ وہ دوبارہ اس تہہ خانے میں داخل ہو گا۔ اور کسی کو بتائے بغیر تنہا داحل ہو گا۔ اپنے اس فیصلے پر عمل کرنے کیلیے اس نے ایک بڑی بیٹری لی، ایک پستول لیا اور شانتا کو بتائے بغیر دوبارہ تہہ خانے کی طرف روانہ ہو گیا۔ تہہ خانے کی طرف جانے سے قبل اس نے بت کی طرف دیکھا۔ بت بدستور مسکرا رہا تھا۔ پتہ نہیں کیوں۔۔۔ اس مرتبہ بت کی یہ مسکراہٹ اس کے دل میں ایک تیر کی طرح پیوست ہو گئی۔ بت کی اس مسکراہٹ نے جس کو وہ سینکڑوں مرتبہ دیکھ چکا تھا اس مرتبہ اس پر ایک سحر طاری کر دیا۔ وہ مبہوت ہو کر اس بت کی طرف دیکھنے لگا۔

ونود پر کیفیت صرف چند لمحات ہی طاری رہی۔ وہ فوراً ہوش میں آ گیا۔ اس نے بت کی طرف سے اپنی نظریں پھیر لیں اور ایک نئے عزم کے ساتھ تہہ خانے کی طرف روانہ ہو گیا۔ ونود اب کسی قیمت پر اپنا فیصلہ بدلنے کیلیے تیار نہیں تھا۔ تہہ خانے میں داخل ہوتے ہی چمگادڑیں دوبارہ چیخنے لگیں۔ لیکن اس مرتبہ ونود ان سے بالکل نہیں ڈرا۔ اس نے اڑنے والی چمگادڑ پر فائر کر دیا۔ چمگادڑ نے ایک بھیانک چیخ ماری اور اس کے جسم کے پرخچے اڑ گئے۔ دوسری چمگادڑ اس کے سر پر منڈلانے لگی تو اس

نے اس کو بھی خاموش کر دیا۔ ونود بالکل مطمئن تھا کیونکہ ابھی اس کے پستول میں چار گولیاں باقی تھیں۔ لیکن ونود کو تیسرا فائر کرنے کی نوبت نہیں آئی۔ تمام چمگادڑیں چیختی چلاتیں تہہ خانے سے باہر نکل گئیں اور یوں خاموشی چھاگئی۔

انتہائی مضبوط اور بے خوف قدموں کے ساتھ ونود لاش کے پنجر کے پاس پہنچ گیا۔ اب اس نے اپنی طاقتور بیڑی بھی جلالی تھی روشنی کا دائرہ جیسے ہی لاش پر پڑا ونود کی نظروں نے پنجر کی چھاتی کے گڈھے میں ایک خنجر دیکھ لیا اور پھر اس نے ہاتھ بڑھا کر خنجر اٹھالیا۔ خنجر کی موجودگی یہ ثابت کر رہی تھی کہ یہ پنجر کسی عورت یا مرد کا تھا جس کو اس خنجر سے قتل کیا گیا تھا۔ خنجر پرانی ساخت کا تھا اور خم دار تھا۔ اس کا دستہ منقش تھا اور اس پر کچھ لکھا بھی ہوا تھا۔ اس نے اس تحریر پر بھی روشنی ڈالی۔ خنجر کے دستے پر ہندی رسم الخط میں لکھا تھا "راجہ بلونت سنگھ" اور جیسے یہ نام پڑھتے ہی ونود کو ایک سہارا مل گیا۔ اسی جگہ کھڑے کھڑے اسے پروفیسر تارک ناتھ یاد آگئے۔ اس نے سوچا کہ خنجر پر کندہ کیا ہوا یہ نام پروفیسر کی تحقیق کو یقیناً آگے بڑھادے گا۔ اور پھر جیسے ونود کے لبوں پر از خود ایک مسکراہٹ پھیل گئی۔ لاش ایک سنگی چبوترے پر رکھی تھی۔ چبوترے پر پنجر کے علاوہ اور کوئی چیز نہیں تھی۔ ونود نے چبوترے کے چاروں طرف ایک چکر لگایا۔ اور پھر اسی جگہ سے تہہ خانے کی چھت اور دیواروں پر روشنی پھینکی۔ اچانک اس نے تہہ خانے کے ایک گوشے میں ایک چھوٹا سا صندوق رکھے دیکھا۔ اور دوسرے ہی لمحہ وہ اس صندوق کے نزدیک پہنچ گیا۔ صندوق مضبوط لکڑی کا بنا ہوا تھا۔ اس کی ساخت بھی قدیم طرز کی تھی۔ صندوق پر نقش و نگار بنے تھے کنڈے میں ایک بڑا سا تالا پڑا تھا۔

یہ بالکل ناممکن تھا کہ صندوق دیکھ کر ونود کو حیرت نہ ہوتی۔ وہ دیر تک اس صندوق کو دیکھتا رہا۔ اب اس کا دماغ یہ سوچ رہا تھا کہ اس صندوق میں کیا ہو سکتا ہے؟ یقیناً اس صندوق پر جمی ہوئی گرد یہ ثابت کر رہی تھی کہ یہ زمانے کی دست برد سے محفوظ رہا ہے۔ اس نے فیصلہ کر لیا کہ وہ صندوق اٹھا کر باہر لے جائے گا۔

ونود یہ پہلے ہی دیکھ چکا تھا کہ صندوق زیادہ وزنی نہیں ہے۔ تہہ خانے میں اس صندوق کے علاوہ اور

کوئی چیز نہیں تھی۔ اس لیے ونود نے یہ صندوق اٹھالیا اور صندوق اٹھاتے ہی اس نے ایسا محسوس کیا جیسے اس نے ایک بہت بڑی مہم سر کرلی۔ لیکن۔۔۔ یہ ونود کی خوش فہمی تھی۔ اور اس خوش فہمی کی وجہ یہ تھی کہ ونود کو آنے والے واقعات کا کوئی علم نہیں تھا۔

یہ بالکل اتفاق تھا کہ جس وقت ونود صندوق لے کر اپنی حویلی میں داخل ہوا اس وقت کسی نوکر نے اس کو نہیں دیکھا ورنہ اسی وقت حویلی کے ملازم ایک نئی کہانی کو جنم دے دیتے اور یہ مشہور ہو جاتا کہ ونود کو قدیم خزانہ ملا ہے۔ ونود جب اپنے کمرے میں پہنچا تو وہ پسینہ میں نہایا ہوا تھا۔ اس نے سب سے پہلے اپنی جیب سے خنجر نکال کر اس کو میز کی دراز میں رکھا اور پھر صندوق کا تالا توڑنے کی کوشش کرنے لگا۔ تالا زنگ آلود تھا اور کمزور ہو چکا تھا اس لیے ہتھوڑے کی ایک ہی ضرب سے کھل گیا۔ کانپتے ہوئے ہاتھوں سے اس نے صندوق کا ڈھکنا اٹھایا تو جیسے اس کی آنکھیں فرط حیرت سے پھٹی کی پھٹی رہ گئیں۔

اندر صندوق میں زیورات بھرے تھے۔ ایک عروسی لباس تھا اور ایک کتاب رکھی تھی۔ عروسی لباس بالکل خستہ ہو چکا تھا۔ زیورات مرجھائے مرجھائے سے نظر آرہے تھے لیکن کتاب بالکل اچھی حالت میں تھی۔ ونود نے سب سے پہلے کتاب ہی اٹھائی۔ اور پھر جیسے ہی اس نے اس کا ورق الٹا اس کا ہاتھ جیسے کانپ گیا۔ کانپنے کی بات ہی تھی کیونکہ کتاب کے پہلے ہی صفحہ پر ایک قلمی تصویر بنی تھی اور یہ تصویر اسی عورت کی تھی جس کا بت اس کی حویلی کے فوارے میں نصب تھا۔ دونوں کے خدوخال اور لباس میں کوئی فرق نہیں تھا۔ اس تصویر کے لبوں پر بھی وہی مسکراہٹ تھی جو فوارہ کے بت کے لبوں پر جم کر رہ گئی تھی۔ بت کی مسکراہٹ کی طرح اس تصویر نے بھی ونود پر چند لمحات کیلیے ایک سحر سا کر دیا۔ یقیناً اس نے اپنی زندگی میں آج تک اتنی خوبصورت عورت کی تصویر نہیں دیکھی تھی۔ تصویر کے خدوخال میں اتنی ہم آہنگی تھی کہ ونود تصویر کی گہرائیوں میں جیسے ڈوب کر رہ گیا۔
اور پھر بالکل اچانک ایک نئی کہانی شروع ہو گئی۔

اچانک ونود نے محسوس کیا کہ جیسے اس کے کمرے کا دروازہ کسی آواز کے بغیر آہستہ آہستہ خود بخود بند

ہو گیا۔ ونود نے پلٹ کر دروازے کی طرف دیکھا تو وہاں کوئی نہیں تھا۔ اس نے کتاب کو اسی جگہ رکھ کر دوڑ کر دوازہ کھولنا چاہا لیکن دروازے میں جنبش تک نہیں ہوئی۔ اور اس نے آوازیں دیں۔

"دروازہ کھولو۔ یہ دروازہ کس نے بند کیا ہے۔ میں کہتا ہوں دروازہ کھولو، ارے کوئی ہے۔۔۔ کالکا، کالکا"

لیکن اس کی آواز کمرے میں گونج کر رہ گئی۔ کیونکہ اس کمرے کی تمام کھڑکیاں اور روشن دان بھی خود بخود بند ہو گئے تھے۔ یہ کمرہ اب اس کیلیے قید خانے کی کوٹھری بن گیا تھا۔ صورتحال اتنی بھیانک ہو گئی تھی کہ ونود کی پیشانی پر ٹھنڈے پسینے کی بوندیں چمکنے لگیں۔ اب اس کی آواز نے بھی اس کا ساتھ چھوڑ دیا تھا۔ آواز اس کے حلق میں پھنس کر رہ گئی تھی۔ ونود اب خود ایک زندہ بت میں تبدیل ہو چکا تھا۔ چند منٹ تک اس کی یہی کیفیت رہی لیکن پھر وہ چونک سا گیا کیونکہ اب کمرے میں ایک خوشبو سی پھیلی ہوئی تھی۔

ہر خوشبو کا ایک نام ہوتا ہے لیکن اس کمرے میں جس قسم کی خوشبو پھیلی ہوئی تھی اس کا کوئی نام نہیں تھا۔ یقیناً یہ خوشبو کسی عورت کے جسم کی تھی کیونکہ دنیا کی کوئی خوشبو اتنی لطیف اور اتنی حیات افزاء نہیں ہوتی جتنی عورت کے جسم سے نکلنے والی مہک ہوتی ہے۔ یہ وہ عطر ہوتا ہے جو قدرت عورت کے جسم میں سمو دیتی ہے۔ یہ خوشبو وہ خوشبو نہیں ہوتی جو پھولوں کے رس سے آتی ہے یا مٹی کے سوندھے پن سے، یہ مہک مشک وغیرہ سے بھی نہیں آتی۔ یہ خوشبو صرف مسرت ہوتی ہے۔ یہ مہک ہر خوشبو سے الگ ہوتی ہے۔

کمرے میں یہ مہک بھی پھیلی اور ونود نے ایسا محسوس کیا جیسے اب اس کمرے میں اس کے علاوہ کوئی اور بھی موجود ہے۔ ونود نے ٹھیک ہی محسوس کیا تھا کیونکہ آہستہ آہستہ اس کے بالکل قریب ایک دھواں سا پھیلا اور پھر یہ دھواں ایک انسانی وجود میں ڈھل گیا۔

اب ونود کے سامنے زندہ بت کھڑا تھا۔

وہی آنکھیں، وہی مسکراہٹ، وہی خدوخال، وہی بالوں کی بل کھائی ہوئی لٹ، وہی تر و تازہ رخسار، وہی قد، وہی لباس، بس فرق تھا تو صرف یہ تھا کہ اس وقت اسے دیکھ کر ایسا معلوم ہو رہا تھا جیسے وہ سوتے سوتے اچانک اٹھ کر یہاں آ گئی ہو۔ وہ کسی مصور کی بنائی ہوئی کسی رنگین لیکن خوابیدہ تصویر

کی طرح نظر آ رہی تھی۔

چند لمحات تک یہ زندہ بت ونود کی طرف دیکھتا رہا اور پھر اس بت سے ایک آواز نکلی، آواز میں اتنی لپک تھی جیسے ایک مکمل جوانی آواز کے روپ میں ڈھل گئی ہو۔

بت نے کہا: "مجھے دیکھ کر بالکل خوف زدہ نہ ہو ونود۔ میں کبھی بھی بری نہیں تھی۔ نہ اس زمانے میں جب کہ میں زندہ تھی اور نہ اس وقت جب کہ میں مر چکی ہوں"۔

ایک لمحہ کے توقف کے بعد بت نے مزید کہا: "میرا نام شاتو ہے، اور تہہ خانے سے لے کر یہاں تک جو کچھ ہوا ہے وہ میں نے ہی کیا ہے۔ میں چاہتی تھی کہ تم تہہ خانے میں جاؤ اور وہاں سے یہ صندوق بھی اٹھا لاؤ اور وہ خنجر بھی، کیونکہ مجھے تمہارا ہی انتظار تھا۔ کیونکہ صرف تم ہی مجھے ایک قید سے نجات دلا سکتے تھے"۔

ونود بالکل بت بنا اس بت کی باتیں سنتا رہا۔

بت نے مزید کہا: "تم میری یہ کتاب بالکل تنہائی میں پڑھنا، تم کو میرے بارے میں، اس حویلی کے بارے میں، اور ہڈیوں کے پنجر کے بارے میں سب کچھ معلوم ہو جائے گا لیکن یہ کتاب تمہیں یہ نہیں بتائے کہ میرے بت کا خالق کون تھا؟ میرا بت اندھیرے کنویں میں کیوں پڑا رہا؟ میرا بت روزانہ رات کے بارہ بجے زندہ کیوں ہو جاتا ہے؟"

بت نے مزید کہا: "میں جانتی ہوں کہ میرے بت کی لمحاتی زندگی نے تمہیں پریشان کر دیا تھا، تم دیوانگی کی حد تک حیران ہو گئے تھے کہ میرا بت زندہ کیوں ہو جاتا ہے۔ میں نے اسی لیے تم کو تہہ خانہ پہنچا دیا۔ کیونکہ اب تم کو زیادہ پریشان کرنا نہیں چاہتی تھی۔ میں ابھی اور اسی جگہ تمہیں اپنی داستان سنا دینا چاہتی ہوں۔ میں تمہاری یہ الجھن دور کر دینا چاہتی ہوں کہ ایک زندہ عورت پتھر کے ایک خوبصورت بت میں کیسے تبدیل ہو گئی؟ اور یہ بت زندہ کیسے ہو گیا؟

اور پھر شاتو اپنی کہانی سنانے لگی۔

☆☆☆

باب : ۴

دو بھوت ایک کہانی

ونود شاتو کو دیکھ رہا تھا اور مسلسل سوچ رہا تھا کہ کیا یہ وہی عورت ہو سکتی ہے جس کا بت اس کے فوارے میں نصب ہے، ڈر اور خوف نے اس کے تمام احساسات ختم کر دیئے تھے۔ ونود اب خود ایک زندہ بت میں تبدیل ہو چکا تھا۔ شاتو پوری طرح اس کے اعصاب پر سوار ہو چکی تھی۔ چند لمحوں تک شاتو اس کی طرف سحر خیز نظروں سے دیکھتی رہی اور پھر اس نے کہا: "میں اس حویلی میں رہتی تھی لیکن اس زمانے میں یہ حویلی نہیں تھی ایک محل تھا۔ ایسا محل جس میں سینکڑوں ملازم تھے اور جہاں عیش و عشرت کا سارا سامان مہیا تھا۔ ہم بالکل آزاد تھے ہماری ریاست مغلوں کی پروردہ ریاستوں میں سے نہیں تھی۔ ہمارے راجہ کے دہلی کے تخت سے باعزت تعلقات تھے۔ ہماری ریاست کے عوام بڑے سکون اور اطمینان کی زندگی بسر کر رہے تھے لیکن اچانک اس محل میں ایک طوفان سا آگیا۔ راجہ بلونت سنگھ نے اپنے چھوٹے بھائی کو محل سے نکال دیا اور۔۔۔۔۔"

شاتو اتنا کہہ کر خاموش ہو گئی جیسے کچھ سوچنے لگی یا جیسے کچھ غم زدہ ہو گئی، پھر اس نے کہا: "تم نے تہ خانے میں جو لاش دیکھی ہے جانتے ہو وہ کس کی ہے؟ وہ راجہ بلونت سنگھ کے بھائی راج کمار دشونت سنگھ کی ہے۔ اور جانتے ہو میں کون ہوں؟ میں اسی راجہ کی بیٹی کی ہوں"۔

شاتو نے اس کے بعد کچھ نہیں کہا، وہ خاموش ہو گئی اور خاموش ہی رہی۔ کمرے کی پر اسرار خاموشی نے اس کی اس خاموش کو اور بھی زیادہ بھیانک بنا دیا اور پھر۔۔۔ اچانک شاتو چیخنے لگی: "مار ڈالو۔۔۔ مار ڈالو۔۔۔مار ڈالو"

وہ بالکل دیوانوں کی طرح چیخ رہی تھی، اس کا چہرہ بھی اب بھیانک ہو گیا تھا خوبصورت بال چہرے اور

بازو پر بکھر گئے تھے آنکھیں لال ہو گئی تھیں منہ سے کف جاری ہو گیا تھا۔ وہ چیخے جا رہی تھی۔ "مار ڈالو۔۔۔مار ڈالو۔۔۔!"

ونود کے دیکھتے ہی دیکھتے شانتو کا وجود فضا میں تحلیل ہو گیا۔ اور صرف اس کی چیخیں باقی رہ گئیں۔ کمرے میں اب بھی اس کی چیخیں گونج رہی تھیں۔ ونود پر جیسے سکتہ طاری ہو گیا۔ لیکن یہ سکتہ نہیں تھا اب وہ بے ہوش ہو چکا تھا۔ ونود کی آنکھ کھلی تو شانتا اس کے چہرے پر پانی کے چھینٹے ڈال رہی تھی اور بے حد پریشان نظر آ رہی تھی۔ پاس ہی کالکا اور دوسرے نوکر بھی کھڑے تھے۔

"آپ کیسے بے ہوش ہو گئے تھے؟ آپ اس کمرے میں کیوں آئے تھے؟" شانتا نے ونود کو ہوش میں دیکھ کر بڑے محبت بھرے لہجے میں پوچھا۔ "مجھے نہیں معلوم۔۔۔ بس اتنا یاد ہے کہ چکر سا آ گیا تھا"۔ ونود نے جھوٹ بولا۔ "آپ مجھ سے کوئی بات چھپا رہے ہیں"۔ شانتا نے کہا۔

"نہیں شانتا۔۔۔" ونود نے بڑے کمزور لہجے میں جواب دیا: "میں تم سے کوئی بات نہیں چھپا رہا ہوں۔"

"آپ مجھ سے جھوٹ بھی بول سکتے ہیں، یہ میں خواب میں بھی نہیں سوچ سکتی تھی"۔ شانتا نے کہا: "آپ مجھے یہ بتایئے کہ اس کمرے میں یہ صندوق کہاں سے آیا؟ آپ کے پاس یہ خنجر کیوں پڑا تھا؟" ونود نے اب سپر ڈال دی، وہ شانتا کو سب کچھ بتانے پر مجبور ہو گیا۔ لیکن اس وقت اس نے صرف اتنا کہا: "میں تمہیں سب کچھ بتا دوں گا"۔ دراصل وہ نوکروں کے سامنے کوئی بات نہیں بتانا چاہتا تھا۔ ایک گھنٹے کے اندر اس کی طبعیت بحال ہو گئی۔ پھر اس نے تنہائی میں شانتا کو اب تک کی کل داستان سنا دی۔ داستان اتنی ہولناک اور لرزہ خیز تھی کہ شانتا لرز کر رہ گئی۔ اس کے چہرے کا رنگ سفید پڑ گیا۔ ونود نے اپنی داستان ختم کرنے کے بعد کہا:

"میں نے تمہیں پریشانیوں سے بچانے کیلیے ہر بات چھپائی تھی۔ میں تمہیں یہ نہیں بتانا چاہتا تھا کہ اس حویلی میں ہم زندہ انسانوں کے علاوہ ایک بھوت بھی رہتا ہے اور خود ہم نے اس بھوت کو اس حویلی میں رہنے کی دعوت دی ہے۔ کیونکہ ہمارے آنے سے پہلے تک یہ بھوت کنویں میں قید تھا"۔ ونود نے مزید کہا: "لیکن تم اطمینان رکھو یہ بھوت ہمیں کوئی نقصان نہیں پہنچائے گا۔ شانتو کی روح

بری روح نہیں ہے۔"

"وہ یقیناً بری ہے"۔ شانتا نے کچھ سوچ کر کہا: "وہ بری نہ ہوتی تو چیخنے کیوں لگتی؟ مجھے سمجھاؤ کہ وہ کس کو مار ڈالنے کے لیے چیخ رہی تھی"۔

"شائد اس پر کوئی دورہ پڑا تھا"۔ ونود نے کہا۔

"میں نہیں مانتی۔" شانتا نے کہا: "اور پھر وہ اپنی داستان مکمل کئے بغیر چلی کیوں گئی؟ میں سچ کہتی ہوں ونود۔۔۔ ہم کسی بڑی زبردست مصیبت میں گرفتار ہو گئے ہیں، بہتر یہی ہے کہ ہم یہ حویلی خالی کر دیں۔"

"نہیں شانتا۔۔۔" ونود نے کہا: "میں بزدل نہیں ہوں میں حویلی سے نہیں جاؤں گا، میں یہیں رہوں گا۔ میں بت کے اسرار کو حل کر کے رہوں گا"۔

"تمہارا یہ فیصلہ غلط ہے ونود۔۔۔" شانتا نے ایک لمبی سانس لینے کے بعد کہا: "اور اس لیے غلط ہے جس طرح تم مجھ سے بت کی زندگی کی بات چھپا رہے تھے اسی طرح میں نے بھی تم سے ایک بات چھپائی تھی"۔

"تم نے مجھ سے کیا چھپایا؟" ونود نے بے چین ہو کر پوچھا۔

"ایک بڑی اہم بات ونود۔۔۔" شانتا نے بڑی مردہ آواز میں کہا: "تم یہ شائد سن کر چیخ پڑو گے کہ اس حویلی میں صرف شاتو کا ہی بھوت نہیں ہے ایک آدمی کا بھی بھوت ہے۔ ایک ایسے آدمی کا بھوت جو مجھے اپنی بیوی سمجھتا ہے!"

"بیوی۔۔۔!!!" ونود تقریباً چیخا۔

"ہاں بیوی۔۔۔" شانتا نے کہا: "میں نے ابھی تک اسے اپنی آنکھوں سے نہیں دیکھا ہے، لیکن میں نے اس کی آواز سنی ہے۔ وہ رات میرے بالکل قریب موجود رہتا ہے اور مجھ سے باتیں کرتا رہتا ہے۔ ابھی کل رات وہ مجھ سے کہہ رہا تھا: "مجھے میری بیوی مل گئی شانتا۔۔۔ تم ونود کی بیوی نہیں ہو، تم میری بیوی ہو، میں تمہیں لینے آیا ہوں۔ میں تمہیں اپنے ساتھ ہی لے کر جاؤں گا، اب دنیا کی کوئی طاقت مجھے تم سے جدا نہیں کر سکتی"۔

شانتا کے یہ جملے سن کر ونود کانپ گیا۔ شانتا کے انکشاف نے اس کی رگوں کا دوڑتا ہوا خون سرد کر دیا اس نے پوچھا: "یہ بھوت تم سے اور کیا کہتا ہے؟"

"اور کچھ نہیں کہتا۔ بس یہ کہتا رہتا ہے کہ مجھے میری بیوی مل گئی"۔ شانتا نے اپنے خشک ہونٹوں پر زبان پھیرتے ہوئے کہا۔

"تم نے اسے بالکل نہیں دیکھا؟"

"نہیں۔۔۔ میں نے صرف اس کی آواز سنی۔۔۔" شانتا نے جواب دیا۔ "یہ آواز تمہیں عموماً کس وقت سنائی دیتی ہے۔۔۔؟" ونود نے پوچھا۔

"رات کو"۔

"لیکن میں تمہارے قریب ہوتا ہوں میں نے یہ آواز کیوں نہیں سنی؟" ونود نے سوال کیا۔

"ہو سکتا ہے وہ صرف مجھ کو ہی اپنا آواز سنانا چاہتا ہو" شانتا نے کہا: "اور ونود۔۔۔ میں نے تم کو یہ بھی نہیں بتایا ہے کہ میں شاتو کو بھی دیکھ چکی ہوں"۔

"تم نے شاتو کو کب دیکھا؟"

"میں اسے بھی روز دیکھتی ہوں کیوں کہ وہ تمہیں دیکھتی رہتی ہے۔ جب بھی تم گہری نیند سو جاتے ہو، وہ تمہارے قریب آکر کھڑی ہو جاتی ہے۔" شانتا نے اس کے بعد اور کچھ نہیں کہا۔ وہ خاموش ہو گئی۔

ونود نے کہا: "میں آج تمام رات جاگتا رہوں گا، شانتا میں اپنے دوست کو بھی یہاں بلالوں گا۔ میں اس اسرار کو حل کر کے رہوں گا"۔ ونود نے شانتا کو تسکین دینے کیلیے یہ جملہ کہہ تو دیا تھا لیکن حقیقت یہ ہے کہ شانتا کی داستان سننے کے بعد وہ خود دل ہی دل میں لرز کر رہ گیا تھا، اس کی قوت فیصلہ جواب دے چکی تھی۔ چند منٹ تک وہ خاموش کھڑا کچھ سوچتا رہا پھر اس نے شانتا سے کہا: "اب تم ایک لمحہ کیلیے بھی اپنے کمرے میں تنہا نہ رہنا، میں نہ ہوں تو تم کالکا کو اپنے ساتھ رکھنا۔ اور اس وقت شہر جا رہا ہوں۔ میں صندوق والی کتاب پروفیسر کو دینا چاہتا ہوں تا کہ وہ پڑھ کر مجھے بتائے

کہ سنسکرت میں لکھی ہوئی اس کتاب میں کیا لکھا ہے؟ تم اطمینان رکھنا میں شام سے پہلے ہی واپس آ جاؤں گا"۔ اتنا کہہ کر ونود نے صندوق کھول کر کتاب نکالی اور کمرے کے باہر نکل گیا۔ ایسا معلوم ہوتا تھا کہ ایک مرتبہ پھر اس کے حوصلے جوان ہو گئے تھے۔

ونود کو دیکھتے ہی پروفیسر تارک ناتھ مسکرانے لگے۔ انہوں نے کہا: "میں نے اب تک آپ کی حویلی کے سلسلے میں کوئی نئی بات نہیں معلوم کی ہے"۔

"لیکن میں نے اک نئی بات معلوم کرلی ہے۔" ونود نے کہا اور پروفیسر کے سامنے کتاب رکھ دی۔ اس کے بعد اس نے پروفیسر کو بھی پوری داستان سنادی۔ پروفیسر نے اس کی حیرت ناک اور رونگٹے کھڑے کر دینے والی داستان سن کر پوچھا: "آپ کو پورا یقین ہے کہ اس کتاب میں شانتو ہی کی تصویر ہے؟"

"جی ہاں۔۔۔" ونود نے کہا: "آپ نے صرف بت کو دیکھا ہے اور میں تو شانتو کو ایک زندہ وجود کے روپ میں دیکھ چکا ہوں۔ میری نظریں دھوکہ نہیں کھا سکتیں"۔

ونود نے مزید کہا: "آپ یہ پوری کتاب پڑھ لیں اور مجھے مشورہ دیں کہ مجھے کیا کرنا چاہئے۔ میں فوری طور پر آپ کا مشورہ چاہتا ہوں"۔

"میں کوئی مشورہ نہیں دے سکتا مسٹر ونود۔۔۔" پروفیسر تارک ناتھ نے بڑی ہمدردی سے کہا: "میں تاریخ کا پروفیسر ہوں اور بھوتوں کو بھگانے کا کوئی منتر نہیں جانتا، میرا اپنا خیال ہے کہ شانتا نے آپ کو بالکل صحیح مشورہ دیا ہے۔ آپ فوراً یہ حویلی خالی کر دیں۔"

"لیکن پروفیسر صاحب۔۔۔" ونود نے کہا: "میرے حویلی خالی کر دینے سے کیا وہ بھوت جو شانتا کو اپنی بیوی کہتا ہے اس کا تعاقب نہیں کرے گا؟"

پروفیسر تارک ناتھ کے پاس ونود کے اس سوال کا کوئی جواب نہیں تھا۔ وہ چند منٹ کیلئے خاموش ہو گئے، جیسے کسی گہری سوچ میں ڈوب گئے ہوں، انہوں نے اپنی آنکھیں بند کرلیں۔ چند منٹ کے بعد انہوں نے اپنی آنکھیں کھولیں اور کہا: "میرا خیال ہے کہ راجہ بلونت سنگھ نے اپنے بھائی کو قتل کر دیا

ہو گا، اور بھائی کی بیٹی شاتو کی روح کی بے چینی کا سبب یہی ہے۔"

"میں آپ کی یہ بات مان لیتا ہوں لیکن سوال یہ ہے کہ شاتو کا بت ٹھیک بارہ بجے زندہ کیوں ہو جاتا ہے؟ شانتا کو کسی مرد کی آواز کیوں سنائی دیتی ہے؟"

"یہ شاتو ہی بتا سکے گی"۔ پروفیسر تارک ناتھ نے کہا: "وہ یقیناً آج رات بھی آپ سے ملنے آئے گی۔ ابھی تو اس نے اپنی نامکمل داستان ہی سنائی ہے اور وہ یہ داستان ضرور پوری کرے گی، بہر حال۔۔۔"

تارک ناتھ نے مزید کہا: "میں شام سے قبل آپ کے پاس پہنچ جاؤں گا، اور آج رات آپ کے ساتھ ہی رہوں گا، شام تک میں اس کتاب کا مطالعہ بھی ختم کر دوں گا۔ ہو سکتا ہے یہ کتاب آپ کے مسائل حل کرنے میں مدد گار ثابت ہو"۔

اب ونود نے پروفیسر سے ایک بالکل انوکھا سوال کیا: "کیا آپ بھی بھوتوں کے قائل ہیں پروفیسر صاحب؟"

"ہاں۔۔۔" پروفیسر نے جواب دیا: "لیکن اس کے ساتھ میرا یہ بھی یقین ہے کہ بھوت پریت انسان کو کوئی نقصان نہیں پہنچا سکتے، کیونکہ انسان ان سے زیادہ طاقتور ہیں انسان ان سے افضل ہیں"۔

ونود نے اس کے بعد کوئی سوال نہیں کیا۔۔۔ وہ جانے کے لیے اٹھ گیا چلتے چلتے اس نے کہا: "میں آپ کا انتظار کروں گا پروفیسر صاحب"۔

ونود جانے لگا تو پروفیسر نے اس سے کہا: "آپ کے تمام مسائل کا ایک حل یہ بھی ہے کہ آپ ابھی اور اسی وقت اس بت کو دوبارہ کنویں میں پھینک دیں"۔

"نہیں پروفیسر صاحب" ونود نے کہا: "میں ایسا کبھی نہیں کروں گا۔ میں شاتو کی روح کو مزید بے چین کرنا نہیں چاہتا۔ میں اس کو قرار پہنچانا چاہتا ہوں۔ میں اس کو ابدی سکون دلا دینا چاہتا ہوں، میں حویلی کے اسرار کا ہمیشہ ہمیشہ کیلیے خاتمہ کر دینا چاہتا ہوں۔۔۔" ونود اتنا کہہ کر پروفیسر کے کمرے سے باہر نکل آیا۔

ونود پر ایک عجیب سی کیفیت طاری تھی۔ وہ محسوس کر رہا تھا کہ وہ جو کچھ بھی کر رہا ہے غیر ارادی طور پر کر رہا ہے کوئی انجانی قوت اس کو اپنے قابو میں کر چکی ہے وہ کسی اَن دیکھی قوت کا غلام بن کر رہ گیا ہے۔ دو گھنٹے تک ونود بالکل بے مقصد شہر کی سڑکوں پر گھومتا رہا۔ اسی اثناء میں اس نے ایک خط لکھا اور فوری طور پر مجھے بھی اگات پور طلب کر لیا۔ لیکن اس نے مجھے بلانے میں بہت دیر کر دی۔ وہ اگر مجھے دو دن پہلے ہی خط لکھ دیتا تو شاید اس کی آپ بیتی مختلف ہوتی اور وہ وقت سے پہلے بوڑھا نہ ہو جاتا۔ ونود نے مجھے خط لکھا اور پھر ایک تار بھی روانہ کر دیا۔ مجھے خط لکھنے کے بعد جیسے اسے ایک سکون سا مل گیا تھا۔ حالانکہ میں جادوگر نہیں تھا جو اگات پور پہنچتے ہی اس کو اس سیلاب حوادث سے نکال لیتا جس میں وہ گھر چکا تھا، لیکن میں اس کا دوست ضرور تھا اور مصیبت میں دوستوں کو ہی آواز دی جاتی ہے۔

یہاں میں اپنے اور ونود کے بارے میں ایک اور داستان بھی لکھ دینا چاہتا ہوں۔ میں لکھ چکا ہوں کہ ونود میرا بچپن کا دوست تھا اور ہم دونوں نے ساتھ ہی تعلیم پائی تھی لیکن دوستی کے علاوہ بھی میرا دوست سے ایک اور رشتہ تھا۔ ایک بڑا ہی نازک اور بڑا ہی دردناک رشتہ ایک ایسا رشتہ جس نے چند سال قبل وقتی طور پر ہماری دوستی کی بنیادیں ہلا کر رکھ دی تھیں۔

اس سلسلے میں سب سے دلچسپ بات یہ ہے کہ خود ونود اس رشتہ سے بالکل بے خبر رہا اور اسے آج تک میرے اور اس کے رشتے کا کوئی علم نہیں ہے ورنہ شائد وہ میری دوستی کی خاطر شانتا سے شادی نہ کرتا۔ میں نے بھی مصلحتاً اس کو اس رشتہ سے بالکل بے خبر رکھا۔ آج شانتا ونود کی بیوی ہے لیکن ونود کو بالکل نہیں معلوم کہ کبھی شانتا میری محبوبہ تھی۔

شانتا کے والد سے میرے والد کی دوستی تھی اور یہ دوستی رشتہ داری میں تبدیل ہو چکی تھی۔ میں شانتا کے والد کو چچا کہتا تھا اور بچپن سے ہی ان کے گھر آتا جاتا تھا۔ شانتا کا اور میرا بچپن ایک ساتھ جوانی کی حدوں میں داخل ہوا تھا۔ اور جوان ہونے کے بعد میں شانتا سے وہ دلچسپی لینے لگا تھا جس کو محبت کا نام دیا جاتا ہے۔ شانتا بھی مجھے پسند کرتی تھی دل ہی دل میں ہم دونوں ایک دوسرے سے شادی کرنے کا فیصلہ کر چکے تھے۔ لیکن اچانک شانتا کے والد کا ایک دوسرے شہر میں تبادلہ ہو گیا اور

اس تبادلے نے مجھے اور شانتا کو ایک دوسرے سے دور کر دیا۔ جدائی سے پہلے میں شانتا سے تنہائی میں ملا میں نے اس سے کہا: "شانتا میں تمہیں ہمیشہ یاد رکھوں گا"۔ اس کے آگے میں اس سے کچھ نہ کہہ سکا ایک طالب علم جس نے زمانے کا نشیب و فراز نہ دیکھا ہو، اس کے آگے اور کہہ بھی کیا سکتا تھا؟ شانتا نے جواب میں کہا: "میں بھی تمہیں یاد رکھوں گی"۔ اتنا کہہ کر وہ رونے لگی اور میں شدت جذبات سے بے قابو ہو کر وہاں سے چلا آیا۔

شانتا اپنے گھر والوں کے ساتھ نئے شہر چلی گئی۔ جہاں ایک سال بعد اس کے والد کا انتقال ہو گیا۔ میرے والد اپنے دوست کے مرنے کی خبر سن کر فوراً وہاں پہنچ گئے۔ وہ شانتا کے گھر والوں کو اپنے ساتھ لے آنا چاہتے تھے لیکن چوں کہ شانتا کے بڑے بھائی کو وہاں سرکاری ملازمت مل چکی تھی اس لیے وہ لوگ نہ آسکے نتیجہ یہ ہوا کہ میں ایک طویل مدت تک شانتا کو نہیں دیکھ سکا۔

اور پھر۔۔۔۔

ایک دن ونود نے مجھے ایک لڑکی کی تصویر دکھاتے ہوئے کہا: "میری اس لڑکی سے شادی ہو رہی ہے!"

یہ تصویر شانتا کی تھی۔ میرا دل بے قابو ہو گیا۔

میں نے ونود سے کوئی تذکرہ نہیں کیا، صرف شانتا کو ایک خط لکھا لیکن شانتا نے مجھے اس خط کا کوئی جواب نہیں دیا۔ ونود کی برات میں میں بھی شامل تھا۔۔۔ اور میری موجودگی میں ہی شانتا ونود کے حوالے کی گئی تھی۔ میں صرف شانتا کو دیکھتا رہا تھا۔ شادی کے بعد ونود نے شانتا کی ملاقات مجھ سے کرائی اور میں نے اسے مبارکباد دی کہ اس کے مقدر میں اتنی خوبصورت بیوی لکھی تھی۔ دن گزرتے رہے۔ شانتا اور میں دن بدن دور ہوتے چلے گئے یہاں تک کہ ہم دونوں یہ بھول بھی گئے کہ کبھی ہم دونوں کو ایک دوسرے سے پیار تھا۔ بہر حال۔۔ میں بھی اپنی اس دستان کو یہاں ادھورا ہی چھوڑتا ہوں۔۔۔۔

ونود جب شہر سے حویلی پہنچا تو شام ہونے میں دیر تھی۔ بر آمدہ بالکل خالی پڑا تھا۔ وہ فوارے کے بت پر نظر ڈالتا ہوا شانتا کے کمرے میں داخل ہوا۔ اور پھر جیسے اس کے حلق میں اس کی چیخ گھٹ کر رہ گئی۔

کمرے میں شانتا بالکل دلہن بنی بیٹھی تھی۔ اس کے جسم پر وہی لباس تھا جو تہہ خانے کے صندوق سے نکلا تھا۔ وہ صندوق کے ہی تمام زیور پہنے ہوئے تھی۔ یقیناً وہ اس وقت شانتا نہیں شانتو معلوم ہو رہی تھی۔

اور۔۔۔۔

فضاء میں وہی خنجر لہرا رہا تھا جس کے دستے پر راجہ بلونت سنگھ لکھا تھا اور جو ونود کو ہڈیوں کے پنجر پر رکھا ملا تھا۔ شانتا اس خنجر سے بالکل بے خبر تھی۔ وہ آنکھیں بند کئے دلہن بنی بیٹھی تھی۔

☆☆☆

باب : ۵
محبت کا انجام

خنجر شانتا کے بالکل قریب ایک سانپ کی طرح لہرانے لگا۔ ونود پر جیسے ایک سکتہ طاری ہو گیا تھا وہ چیخنا چاہتا تھا لیکن چیخ نہیں سکتا تھا۔ اس کو بس ایسا محسوس ہو رہا تھا جیسے اس کے جسم کا سارا خون منجمد ہو گیا ہو۔ شانتا اس کے آنے سے بالکل بے خبر خیالوں کی دنیا میں کھوئی ہوئی بیٹھی تھی۔ صندوق کے قدیم لباس اور قدیم زیورات میں وہ صرف پہلی رات کی دلہن ہی نہیں معلوم ہو رہی تھی بلکہ اس کے چہرے پر ایک ملکوتی حسن کا نور بھی پھیل گیا تھا۔ ونود ایک بت کی طرح شانتا کی طرف دیکھ رہا تھا اور سوچ رہا تھا کہ اس وقت شانتا جو اس کی بیوی ہے، شاتو کیوں نظر آ رہی ہے؟ شانتا اور شاتو۔ ناموں میں بھی تو کوئی خاص فرق نہیں ہے۔ اور پھر جیسے اس کے ذہن میں ایک بالکل نیا خیال بجلی کے کوندے کی طرح لپکا۔ اس نے سوچا:

"یہ بھی تو ممکن ہے کہ دلہن بنی ہوئی یہ عورت شانتا نہ ہو، شاتو ہی ہو۔ شاتو۔ جس کا بت کنویں سے نکلا تھا۔ اور جس کو اس نے اپنی حویلی کے سامنے فوارے کے وسط میں نصب کرا دیا تھا۔ ونود نے سوچا یقیناً شاتو کا بت دوبارہ زندہ ہو گیا ہے، یقیناً صندوق سے برآمد ہونے والے کپڑے اور زیورات شاتو کے تھے۔ وہی دلہن بنی ہے۔ وہی اس وقت شانتا کے پلنگ پر بیٹھی ہے"۔

خنجر شاتو کے چاروں طرف اب بھی لہرا رہا تھا۔ لیکن سوال یہ تھا کہ یہ شاتو تھی یا شانتا۔۔۔ ایک سوال یہ بھی تھا کہ یہ خنجر فضاء میں شاتو کے چاروں طرف لہرا کیوں رہا تھا؟ خنجر کا رقص کیوں جاری تھا؟ یہ خنجر شانتا یا شاتو کے بالکل قریب ہوتے ہوئے بھی اس پر وار کیوں نہیں کر رہا تھا؟ ایک مرتبہ پھر ونود نے پوری قوت کے ساتھ چیخنا چاہا لیکن اس کی چیخ اس کے حلق میں پھنس کر رہ گئی۔ حالات

نے اس کو ایک مردہ لاش بنا دیا تھا۔ اچانک شاتو یا شانتا نے اپنی نگاہیں اوپر اٹھائیں۔ اف۔۔۔ ان نگاہوں میں کتنی پیاس تھی، ان نگاہوں میں تمناؤں کی کتنی محرومی تھی، ان نگاہوں میں کتنی گہرائی تھی۔ ان نگاہوں میں کتنی سپردگی تھی۔۔ ونود ان نگاہوں کی طرف دیکھتا کا دیکھتا رہ گیا۔۔۔ یقیناً یہ شانتا کی نگاہیں نہیں تھیں۔ ونود کی طرف اس وقت شانتا نہیں شاتو دیکھ رہی تھی۔ ان نگاہوں نے ایک بار ونود کی طرف دیکھا اور دوسری بار فضاء میں لہراتے ہوئے خنجر کی جانب۔۔۔ اور پھر جیسے یہ نگاہیں مسکرانے لگیں۔۔۔ نگاہوں کے ساتھ شاتو کے لب مسکرانے لگے۔۔۔ لبوں کے ساتھ شاتو کا سارا چہرہ مسکرانے لگا۔ شاتو اپنی جگہ سے اٹھی اس نے ہاتھ اونچا کر کے خنجر کو پکڑ لیا اور بڑے ہی آہنی عزم کے ساتھ کہا:

"کنور جی۔۔۔ اب تم شاتو کو نہیں مار سکتے۔۔۔ کیونکہ آتمانہ قتل کر سکتی ہے اور نہ قتل ہو سکتی ہے"۔ شاتو نے خنجر ہاتھ میں لے کر اس کو غور سے دیکھا اور ایک مرتبہ پھر مسکرائی لیکن اس مرتبہ اس کی مسکراہٹ میں زہر بھرا ہوا تھا۔ ونود سمجھتا تھا کہ شاتو یہ خنجر پھینک دے گی لیکن وہ خنجر کے دستے پر اپنی گرفت مضبوط کر چکی تھی، وہ اب اسی زہریلی مسکراہٹ کے ساتھ اس خنجر کو دیکھ رہی تھی جیسے وہ خبر کو نہ دیکھ رہو اس میں خون کو دیکھ رہی ہو جو کبھی اس کے پھل پر لگا ہو گا۔ جیسے وہ خنجر کو نہ دیکھ رہی ہو اس ہاتھ کو دیکھ رہی جس نے اسی خنجر سے اس کے باپ کا قتل کیا تھا۔ چند لمحات اسی طرح گذر گئے۔ آخر۔۔۔ شاتو نے دوبارہ ونود کی طرف دیکھا اور بڑی آہستہ آواز میں کہا:

"میں دلہن بن گئی ہوں، مجھے دلہن بننے کی بڑی تمنا تھی آج میری یہ تمنا پوری ہو گئی راج کمار۔۔۔"

"لیکن میں راج کمار نہیں ہوں۔۔۔" اب ونود نے ہمت کر کے کہا: "تم کوئی بھی ہو۔۔۔ لیکن میر ے لیے میرے راج کمار ہی ہو۔ وہ راج کمار جس سے میں نے دنیا میں سب سے زیادہ محبت کی تھی اور جس کی خاطر میرے پتا کا قتل ہوا تھا"۔ شاتو اتنا کہہ کر خاموش ہو گئی اور دوبارہ خنجر کی طرف دیکھنے لگی اور پھر دیکھتے ہی دیکھتے اس کی آنکھوں میں آنسو آ گئے۔ آنسو صاف کئے بغیر اس نے ونود سے مزید کہا: "میں نے ابھی تمہیں اپنی ادھوری کہانی سنائی ہے۔۔۔ آج میری سب سے بڑی تمنا پوری ہو گئی ہے اس لیے میں تمہیں اپنی پوری کہانی سنا دوں گی کیونکہ میری بت کی زندگی کا ایک

مقصد یہ بھی ہے"۔

"لیکن۔۔۔ میری شانتا کہاں ہے"۔ ونود اچانک چیخا۔

"میں کسی شانتا کو نہیں جانتی راج کمار۔۔۔ اور نہ تمہیں کسی شانتا کو جاننا چاہیے"۔ شاتو نے بڑے محبت بھرے لہجے میں جواب دیا: "ہم دونوں صرف ایک دوسرے کیلیے زندہ تھے، اور آج بھی زندہ ہیں جب کہ ہم دونوں کی زندگی کو صدیاں گذر چکی ہیں"۔ ایک لمحے کے توقف کے بعد شاتو نے مزید کہا: "میں نے تمہارا بڑا انتظار کیا راج کمار۔۔۔" اتنا کہہ کر شاتو نے کچھ ان نظروں سے ونود کو طرف دیکھا کہ ونود پگھل کر رہ گیا۔ شاتو نے اپنی بات جاری رکھی اس نے کہا: "میں تمہیں بتا چکی ہوں کہ میں راج کمار دشونت سنگھ کی بیٹی ہوں۔ میرے باپ کا میرے چچا راجہ بلونت سنگھ نے قتل کر دیا تھا۔ لیکن میں نے تمہیں یہ نہیں بتایا کہ تھا کہ بڑے بھائی نے چھوٹے بھائی کا قتل کیوں کیا؟ میں دراصل تم سے محبت کرتی تھی راج کمار۔۔۔ اور راجہ بلونت سنگھ نہیں چاہتے تھے کہ میں تم سے محبت کروں یا تم مجھ سے محبت کرو کیونکہ تم ان کی اولاد تھے، تم ان کی اولاد ہی نہیں اکلوتی اولاد ہونے کے ناطے ان کی ریاست کے وارث تھے اور وہ تمہاری شادی ریاست چاند پوری کی راج کماری سے کر کے اپنی ریاست کی حدوں کو بڑھانا چاہتے تھے۔ انہوں نے اپنے بھائی کو منع کیا کہ وہ مجھے تم سے نہ ملنے دیں لیکن میرا باپ میری محبت کے تقدس کو جانتا تھا اس لیے وہ میری راہ میں حائل نہیں ہوا۔ جب میرے چچا نے یہ دیکھا کہ معاملات دن بدن ان کے خلاف ہی ہوتے جا رہے ہیں تو انہوں نے ایک اور فیصلہ کیا۔۔۔

ایک بڑا بھیانک فیصلہ۔ انہوں نے یہ طئے کر لیا کہ وہ مجھے بھی مار ڈالیں گے اور میرے باپ کو بھی۔ لیکن میرے باپ کو کسی طرح ان کے اس فیصلے کی خبر مل گئی۔ انہوں نے مجھے محل سے بھگا دیا اور خود اسی تہہ خانے میں چھپ گئے جہاں تمہیں ان کی لاش ملی تھی۔ چند دن بعد راجہ بلونت سنگھ کو تہہ خانے کا پتہ چل گیا اور انہوں نے انہیں اسی جگہ قتل کر دیا"۔

"لیکن ابھی میری کہانی ختم نہیں ہوئی ہے راج کمار۔۔۔" شاتو نے ایک لمبی سانس لینے کے بعد کہا:

"ابھی میری کہانی کا وہ حصہ باقی ہے جس نے مجھے بت میں تبدیل کیا۔ ابھی میری کہانی کا وہ حصہ باقی ہے جس کا تعلق تمہاری ذات سے ہے"۔ اب ونود اپنے اعصاب کی کشیدگی پر قابو پا چکا تھا۔ اب اس کا وہ خوف بھی دور ہو چکا تھا جو اس پر شاتو کو دلہن بنے دیکھ کر طاری ہوا تھا۔ وہ اب تک غور سے بت کی کہانی سن رہا تھا لیکن پھر اسے اچانک شانتا کی یاد آگئی۔ اس نے شاتو کی بات کاٹ دی۔ اور بڑی بے چینی سے پوچھا: "تم مجھے سب سے پہلے شانتا کے بارے میں بتاؤ۔۔ مجھے بتاؤ کہ وہ کہاں ہے؟"

"میں تم سے کہہ چکی ہوں کہ میں کسی شانتا کو نہیں جانتی"۔ شاتو نے جواب دیا۔

"شانتا میری بیوی ہے۔ یہ کمرہ اسی کا ہے۔ اور یہ پلنگ بھی اسی کا ہے جس پر تم دلہن بنی بیٹھی ہو"۔ ونود نے لگ بھگ چیختے ہوئے کہا۔ شاتو نے ونود کے بدلے ہوئے لہجے کی کوئی پرواہ نہیں کی۔ وہ کہتی رہی: "اپنے باپ کے قتل کے بعد میں چند ماہ تک حویلی سے دور رہی۔ اسی اثناء میں میرے چچا راجہ بلونت سنگھ نے زبردستی تمہاری شادی اپنی مرضی سے کر دی۔ تم نے بہت انکار کیا لیکن آخر کار تمہیں اپنے پتا کی بات ماننا ہی پڑی۔ تم نے شادی تو کر لی لیکن تم میری یاد کو اپنے دماغ سے کھرچ نہ سکے۔ تم نے میرا ایک بت بنانا شروع کر دیا اور پھر۔۔۔"

شاتو یہیں تک اپنی داستان سنانے پائی تھی کہ وہ اچانک چیخنے لگی۔۔۔۔ "مار ڈالو۔۔۔۔ مار ڈالو۔۔۔۔"

ایک دن قبل بھی وہ اسی طرح چیخی تھی اور اسی طرح اس کی داستان ادھوری رہ گئی تھی کیونکہ آج بھی کل کی طرح "مار ڈالو۔۔۔۔ مار ڈالو" کہتے کہتے آج بھی اس کا جسم فضاء میں تحلیل ہونے لگا اور دیکھتے ہی دیکھتے اس کا وجود کمرے سے غائب ہو گیا۔ اب ونود کی نگاہوں کے سامنے پلنگ پر شاتو کے بجائے وہ لباس اور وہ زیور بکھرا پڑا تھا جو ابھی چند لمحات قبل تک شاتو پہنے بیٹھی تھی۔ ونود ڈرے بغیر آگے بڑھا۔ پلنگ کے نزدیک آیا اور غور سے کپڑوں اور زیوروں کی طرف دیکھنے لگا۔ یقیناً یہ وہی کپڑے اور وہی زیور تھے جو اسے تہہ خانے میں بند صندوق کے اندر سے ملے تھے۔ ونود کی حیرت کی کوئی حد و انتہا نہ رہی۔ کیونکہ وہ آج تک روح کو صرف روح سمجھتا رہا تھا لیکن آج وہ عمر میں پہلی مرتبہ روح کو ایک ٹھوس حقیقت سمجھ رہا تھا۔

ایک مرتبہ پھر ونود خوف کی وجہ سے لرز گیا۔ اس کی آنکھیں خوف کی وجہ سے پھٹنے لگیں اور وہ

دیوانوں کی طرح کمرے سے باہر نکل آیا۔ اب وہ حویلی میں شانتا کو تلاش کرنے لگا تھا۔ لیکن شانتا کا حویلی میں کوئی پتہ نہ تھا۔ شانتا کو نہ پاکر ونود کی وحشت کی کوئی حد و انتہا نہ رہی۔ اس نے نوکروں کو آوازیں دیں۔ تمام نوکر جمع ہو گئے، سب نے مل کر شانتا کی تلاش کی لیکن شانتا حویلی میں تھی ہی کب۔ جو وہ تلاش کرنے والوں کو مل جاتی۔ اچانک ونود کے ذہن میں تہہ خانے کا نقشہ ابھرا کیوں کہ اب حویلی میں صرف تہہ خانہ ہی باقی رہ گیا تھا۔ جہاں ونود نے شانتا کو تلاش نہیں کیا تھا۔ نوکروں کو بتائے بغیر وہ تہہ خانے میں داخل ہو گیا۔ تہہ خانے میں حسب معمول گہری تاریکی تھی اور زبردست سناٹا، لیکن ونود چونکہ اس ماحول کا عادی ہو چکا تھا اس لیے اسے اب ڈراؤنے ماحول سے کوئی ڈر وخوف محسوس نہ ہوا وہ پاگلوں کی طرح سیڑھیوں سے اتر کر تہہ خانے میں داخل ہوا اور چیخنے لگا:

"شانتا۔۔۔ شانتا۔۔۔ شانتا تم کہاں ہو؟" اس کی آواز تہہ خانے کی وسعتوں میں دیر تک گونجتی رہی اور پھر گونج کر فضا میں تحلیل ہو گئی۔ اس کا مطلب یہ تھا کہ شانتا اس تہہ خانے میں بھی نہیں تھی۔ ونود کی وحشت اور بڑھ گئی اور اس نے ہمت نہیں ہاری۔ وہ تہہ خانے کا گوشہ گوشہ دیکھنے کیلیے آگے بڑھا اور پھر جیسے ہی اس چبوترے کے قریب پہنچا جہاں ہڈیوں کا پنجر اپڑا ہوا تھا اس کے قدیم اپنی جگہ جم کر رہ گئے۔

کیونکہ اس چبوترے کے قریب ہی شانتا فرش پر بے ہوش پڑی ہوئی تھی۔ ونود تیزی سے شانتا کی طرف لپکا اور اس نے شانتا کو اپنے ہاتھوں پر اٹھالیا۔ پندرہ منٹ کے اندر وہ شانتا کا ہوش واپس لانے میں کامیاب ہو چکا تھا۔ شانتا کی آنکھ کھلی تو وہ اپنے کمرے میں اپنے پلنگ پر لیٹی ہوئی تھی۔ وہ اس وقت برسوں کی بیمار معلوم ہو رہی تھی۔ اس کے چہرے کی ساری شادابی اور شگفتگی ختم ہو چکی تھی۔ سرخ رنگ سفید رنگ میں تبدیل ہو چکا تھا۔ ہونٹ خشک تھے اور آنکھیں ویران ہو چکی تھیں۔ ہوش میں آنے کے بعد اس نے بڑی آہستہ بلکہ تقریباً مردہ آواز میں ونود سے کہا: "تم نے مجھ سے جھوٹ کیوں بولا"۔

"میں نے کوئی جھوٹ نہیں بولا شانتا۔۔۔"ونود نے کہا۔"صرف میں نے تم سے کچھ باتیں چھپائی تھیں لیکن سب سے پہلے تم یہ بتاؤ کہ تم تہہ خانے میں کیسے پہنچیں؟"۔

"میرا دل کانپ رہا ہے ونود۔۔۔"شانتا نے بڑے مایوس لہجے میں کہا:"وہ مجھے زبردستی اس تہہ خانے میں لے گیا تھا"۔

"کون لے گیا تھا۔۔۔"ونود نے حیرت سے پوچھا۔

"وہی جو اس حویلی میں رہتا ہے اور جو مجھے اپنی بیوی سمجھتا ہے"۔شانتا نے جواب دیا۔

"کون رہتا ہے۔۔۔"ونود مجسم حیرت بن گیا۔

"میں تم سے بتا چکی ہوں کہ مجھے ایک آدمی کی آواز سنائی دیتی رہتی ہے"۔شانتا نے کہا:"یہی آواز آج بھی مجھے مقناطیس کی طرح گھسیٹ کر اس تہہ خانے میں لے گئی"۔

"کیا تم نے اس آدمی کو دیکھا؟"

"نہیں۔۔۔"شانتا نے جواب دیا:"میں نے صرف اس کی آواز سنی ہے۔وہ مجھے اب تک نظر نہیں آیا ہے"۔

"تہہ خانے میں تم پر کیا بیتی؟"ونود نے پوچھا۔

"میں کسی جادوئی اثر سے تہہ خانے پہنچ گئی ونود۔وہاں میں نے چمگادڑیں اڑتی دیکھیں لیکن مجھے دیکھتے ہی جیسے ان چمگادڑوں کو سانپ سونگھ گیا۔وہ بالکل خاموش ہو گئیں اور پھر میں خود بخود ایک چبوترے کے پاس پہنچ گئی جس پر ہڈیوں کا ایک پنجر پڑا تھا میں ایک زندہ بت کی طرح اس پنجر کو دیکھنے لگی اور پھر۔۔۔"

"اور پھر کیا ہوا۔"ونود نے بے چین ہو کر پوچھا۔

"اور پھر۔میں دوبارہ اسی آدمی کی آواز سننے لگی۔یہ آواز مجھ سے کہنے لگی۔تم آگئیں تو مجھے اپنی دنیا مل گئی۔آج تم میرے بالکل قریب ہو، آج تم نے مجھے میری کھوئی ہوئی جنت واپس دلا دی ہے۔آج تم نے مجھے جو خوشی دی ہے وہ مجھے صدیوں سے نہیں ملی تھی۔میں چبوترے کے پاس کھڑی رہی اور مجھ پر ایک سکتہ سا طاری رہا اور پھر۔میں ایک چیخ مار کر بیہوش ہو گئی اس کے بعد میری آنکھ کھلی تو

میں اپنے بستر پر پڑی تھی اور تم میرے سامنے بیٹھے۔"

"اس آواز نے تمہیں اپنا نام بتایا۔" ونود نے پوچھا۔

"نہیں۔" شانتا نے مری ہوئی آواز میں جواب دیا: "لیکن وہ مجھے اپنی بیوی کہتا ہے، اور ونود میں سچ کہتی ہوں وہ بھوت ہے۔ اس حویلی کا مرد بھوت۔ یہ حویلی چھوڑ دو ونود، یہ حویلی بھوتوں کا مسکن ہے۔"

"نہیں شانتا"۔ ونود نے جواب دیا: "میں یہ حویلی نہیں چھوڑوں گا۔ میں مانتا ہوں کہ یہ حویلی بھوتوں کا مسکن ہے لیکن یہ بھی تو سوچو کہ یہ بھوت ہمیں کوئی نقصان نہیں پہنچاتے"۔

"لیکن یہ بھوت ہماری زندگی کا سکون درہم برہم کر رہے ہیں ونود"۔

"تم مت گھبراؤ شانتا۔" ونود نے جواب دیا: "میں ان بھوتوں کے وجود سے اس حویلی کو بالکل پاک کر دوں گا"۔

"کیسے پاک کر دوگے؟" شانتا نے پوچھا۔

"یہ روحیں کسی الجھن کا شکار ہیں ان روحوں کے کچھ کام ادھورے رہ گئے ہیں، ان روحوں کی کچھ تمنائیں باقی رہ گئی ہیں اور یہ اسی لیے بھٹک رہی ہیں جیسے ہی انہیں ان کے ملکوں میں پہنچا دوں گا ان کے وجود سے یہ حویلی پاک ہو جائے گی"۔

ونود نے اتنا کہنے کے بعد شانتا کو اپنی اور شاتو کی ملاقات کی داستان بھی سنا دی۔ اس نے کہا: "یہ کتنا دلچسپ اتفاق ہے کہ اس حویلی میں رہنے والی عورت کی روح مجھے اپنا محبوب کہتی ہے اور اس حویلی میں بھٹکنے والی مرد روح تمہیں اپنی بیوی کہتی ہے۔ ایک کا نام شاتو ہے اور دوسرے کا نام ہمیں ابھی تک نہیں معلوم ہو سکا"۔

ابھی ونود کچھ اور کہنا چاہتا تھا کہ کالکا نے آکر کہا: "پروفیسر تارک ناتھ آ گئے ہیں"۔

تارک ناتھ کی آمد کی خبر سنتے ہی ونود کو ایک اطمینان سا ہو گیا۔ اس نے کالکا سے کہا: "تم یہاں شانتا کے پاس موجود رہو گے کالکا۔ اور ایک منٹ کیلیے بھی اس کمرے سے باہر نہیں جاؤ گے۔" ونود اتنا کہہ کر کمرے سے باہر نکلا۔ باہر پورٹیکو میں پروفیسر تارک ناتھ موجود تھے۔ انہوں نے ونود کو دیکھتے

ہی کہا: "میں نے آپ کی دی ہوئی کتاب کا مطالعہ کر لیا ہے۔ مسٹر ونود"۔

"لیکن میں آپ کو ایک اور کتاب سنانے والا ہوں"۔ ونود نے ایک مردہ مسکراہٹ کے ساتھ کہا۔

"کیسی کتاب؟" پروفیسر نے حیرت سے پوچھا: "کیا آپ کو کوئی دوسری کتاب بھی مل گئی ہے"۔

"نہیں پروفیسر صاحب"۔ ونود نے جواب دیا: "کتاب نہیں ملی ہے لیکن حویلی کی داستان نے ایک بالکل نئی کروٹ لے لی ہے۔ آپ اطمینان سے کمرے میں بیٹھیں میں آپ کو ابھی اس کہانی کا یہ دلچسپ باب سنا دوں گا"۔ جلد ہی ونود نے پروفیسر کے رہنے کیلیے حویلی کے اس کمرے میں انتظام کر دیا جو اس کے رہائشی کمرے کے بالکل متصل تھا۔ اس اثناء اس نے ایک مرتبہ پھر شانتا کو جا کر دیکھا وہ بدستور سکتے کے عالم میں بستر پر نڈھال پڑی تھی۔ شانتا کے اعصاب پر حویلی کے واقعات نے بہت برا اثر ڈالا تھا۔

اب رات کی تاریکی چاروں طرف پھیلی تھی۔ حویلی پر موت کا سا سکوت طاری تھا۔ چاروں طرف ایک ہولناک خاموشی پھیلی ہوئی تھی۔ باہر ہوا کے تیز تھپیڑوں سے درختوں کی پتیاں کبھی کبھی اس طرح شور مچانے لگتیں جیسے ایک ساتھ بہت سے درندوں نے چیخنا شروع کر دیا ہو۔ یہ آوازیں اتنی دردناک معلوم ہوتی تھیں کہ سننے والوں کے رونگٹے کھڑے ہو جاتے تھے۔ ماحول ایسا تھا کہ یہ گمان ہو رہا تھا کہ آج رات کو آسمان سے بلائیں اتر آئی ہیں۔ اس ماحول میں سب سے زیادہ پر اسرار شانتو کا مجسمہ معلوم ہو رہا تھا جو اپنی مخصوص ادا کے ساتھ فوارے کے چبوترے پر بڑی دل ربائی کے ساتھ کھڑا ہوا تھا۔ ونود کا اضطرات لمحہ بہ لمحہ بڑھتا ہی جا رہا تھا۔ اس کے دل میں یہ تصور کر کے ہی ہول اٹھنے لگتا تھا کہ اس کی شانتا کی دعوے دار ایک روح ہو گئی ہے۔ وہ سوچ رہا تھا کہ اب تک اس کا سابقہ صرف ایک بت سے تھا۔ صرف ایک عورت کی غم نصیب روح سے تھا لیکن اب اس کا مقابلہ ایک مرد کی روح سے بھی ہو گیا تھا اور اسے کوئی اندازہ نہیں تھا کہ یہ روح اچھی ہے یا بری۔

رات کو تقریباً نو بجے وہ پروفیسر تارک ناتھ کے کمرے میں آیا۔ پروفیسر صاحب خیالوں کی دنیا میں بالکل کھوئے بیٹھے تھے۔ ونود کو دیکھتے ہی ایک بڑی سنجیدہ مسکراہٹ ان کے لبوں پر پھیل گئی۔ انہوں

نے کہا: "میں آپ کا ہی انتظار دیکھ رہا تھا"۔

"میں خود آپ سے باتیں کرنے کیلیے بیتاب تھا اور اس کا انتظار ہی کر رہا تھا کہ آپ کھانے سے فارغ ہو جائیں تو اپ کے پاس آجاؤں"۔ ونود نے کہا۔

"آپ سب سے پہلے مجھے اپنی نئی کتاب سنا دیجئے"۔ پروفیسر نے اتنا کہنے کے بعد سگریٹ سلگالی اور آرام سے پیر پھیلا کر بیٹھ گئے۔ ونود نے تفصیل سے پروفیسر کو اب تک کے واقعات سنا دیئے اور کہا: "میری سمجھ میں نہیں آتا کہ یہ مرد روح کس کی ہو سکتی ہے"۔

"میرا خیال ہے کہ یہ روح راج کمار دشونت سنگھ کی ہو سکتی ہے"۔ پروفیسر نے کچھ سوچ کر کہا۔ وہ اتنا کہہ کر ونود کی طرف غور سے دیکھنے لگے۔

"لیکن آپ کے اس خیال کی بنیاد کیا ہے"۔ ونود نے پوچھا۔

"وہ کہانی جو اس قدیم کتاب میں لکھی ہوئی ہے"۔

"آپ کے کہنے کا مطلب یہ ہے کہ یہ روح شاتو کے باپ کی ہے"۔ ونود نے کہا۔

"ہاں۔۔۔" پروفیسر نے کہا۔

"اور اس جملہ کے بارے میں آپ کا کیا خیال ہے"۔

"کون سا جملہ۔۔۔" پروفیسر نے پوچھا۔

"وہی جو شاتو کی روح اپنی داستان سنانے کے دوران کہتی ہے: 'مار ڈالو۔ مار ڈالو' اور پھر نہ صرف یہ کہ اپنی داستان نامکمل چھوڑ دیتی ہے بلکہ اس جملہ کے ساتھ ہی اس کا وجود بھی غائب ہو جاتا ہے"۔

"اس سلسلے میں یہ کتاب بالکل خاموش ہے۔ لیکن میرا خیال ہے کہ جب وہ آپ کے پاس موجود ہوتی ہے اور اپنی داستان سناتی ہوتی ہے تو اسے کوئی اور دشمن روح نظر آجاتی ہے اور وہ دیوانوں کی طرح چیخنے لگتی ہے"۔

"پروفیسر صاحب۔۔۔" ونود نے ایک ٹھنڈی سانس لے کر کہا: "میں تھک گیا ہوں آپ مجھے مشورہ دیں کہ میں کیا کروں؟ شانتا کہتی ہے میں یہ حویلی چھوڑ دوں، مجھے یہ بتایئے کہ کیا میں اس کے مشورے پر عمل کر لوں"۔

"میرے خیال میں اگر آپ یہ حویلی چھوڑ بھی دیں گے تب بھی آپ کی الجھنیں باقی رہیں گی مسٹر ونود۔۔۔کیونکہ آپ آواگون کے پھیر میں پڑ گئے ہیں"۔

پروفیسر نے ابھی یہ جملہ پورا ہی کیا تھا کہ ان کے کمرے کا بند دروازہ خود بخود کھل گیا۔ پروفیسر اور ونود دونوں چونک پڑے۔ دوسرے ہی لمحہ کمرے میں ایک آواز گونجی:

"چاچاجی۔۔۔ آخر تم میرے جال میں آ ہی گئے"۔

ونود نے آواز پہچان لی۔ یہ آواز شانتو کی تھی اور شانتو نے یہ جملہ یقیناً پروفیسر ناتھ کو مخاطب کر کے کہا تھا۔

تو۔۔۔ کیا پروفیسر تارک ناتھ کے جسم میں راجہ بلونت سنگھ کی روح موجود تھی؟ ونود نے فوراً سوچا کیوں کہ کمرے میں اس کے اور پروفیسر کے علاوہ کوئی تیسرا موجود نہیں تھا۔

☆☆☆

باب : ٦

بُت کا انتقام

خود پروفیسر صاحب ایک اجنبی عورت کی آواز سن کر چونک گئے۔ وہ اس جملے کا مطلب سمجھ ہی نہیں پائے۔

"چاچاجی۔۔۔ آخر تم میرے جال میں آہی گئے"۔

انہوں نے جملہ سننے کے بعد ادھر ادھر چونک کر دیکھا اور جب انہیں کوئی عورت دروازے یا کھڑکیوں میں کھڑی نظر نہیں آئی تو انہوں نے گھبرا کر ونود سے پوچھا: "یہ کس عورت کی آواز ہے مسٹر ونود۔۔۔؟"

"شاتو کی۔۔۔" ونود نے پھیکی مسکراہٹ کے ساتھ جواب دیا۔

"شاتو کی۔۔۔؟" پروفیسر نے حیرت سے پوچھا: "تمہارے کہنے کا مطلب یہ ہے کہ یہ بت کی آواز ہے"۔

"جی ہاں۔۔۔" ونود نے جواب دیا: "یہ شاتو کی روح کی آواز ہے اور میرا خیال ہے کہ یہ جملہ اس نے آپ سے مخاطب ہو کر کہا ہے۔۔۔"

"لیکن میں اس کا چچا کب ہوں۔۔۔" پروفیسر نے گھبرا کر کہا۔

"جس طرح میں اس کا محبوب ہوں اسی طرح آپ اس کے چچا ہیں"۔ ونود نے سمجھایا۔

"یعنی تم یہ کہنا چاہتے ہو کہ میں وہ راجہ بلونت سنگھ ہوں جس نے شاتو کے باپ کو تہ خانے میں قتل کیا تھا"۔

"جی ہاں"۔۔۔ ونود مسکرایا۔

پروفیسر تارک ناتھ نے دو ایک منٹ تک کمرے کے ماحول کا کچھ اس طرح جائزہ لیا جیسے وہ 'شاتو' کی روح کو کمرے میں تلاش کر رہے ہوں اور پھر جیسے وہ مطمئن ہو گئے انہوں نے بھی حالات کے آگے سپر ڈال دی۔ اب انہوں نے بڑے سکون کے ساتھ ونود سے کہا: "شاتو کی روح خاموش کیوں ہو گئی؟"

"میں نہیں جانتا لیکن اتنا ضرور جانتا ہوں کہ وہ اس کمرے میں موجود ضرور ہے"۔ ونود نے بڑے یقین کے ساتھ کہا۔

"وہ نظر کیوں نہیں آتی"۔ پروفیسر نے بے چین ہو کر پوچھا۔

"یہ بھی مجھے نہیں معلوم۔۔۔" ونود نے جواب دیا۔

"لیکن میں اس سے باتیں کرنا چاہتا ہوں"۔ پروفیسر نے کہا۔

ابھی پروفیسر کی پوری بات ختم نہیں ہوئی تھی کہ کمرے میں دوبارہ آواز گونجی: "میں تمہاری غلام نہیں ہوں چاچا جی کہ تم اگر باتیں کرنا چاہو تو تم سے باتیں کرنے لگوں"۔

"لیکن میں تمہارا چچا نہیں ہوں شاتو۔۔۔" پروفیسر نے بات بڑھانا چاہی۔

"لیکن۔۔۔" آواز میں اب کچھ غصہ بھی شامل تھا۔ "تم میرے چچا راجہ بلونت سنگھ ہو، میرے پتا کے قاتل۔۔ تم نے میری زندگی برباد کی ہے، تم نے مجھے ایک بت میں تبدیل کیا ہے، تم میرے بھی قاتل ہو، کیوں کہ تم نے میری حسرتوں کا بھی خون کیا ہے اور میرے ارمانوں کا بھی۔۔۔ میں تم کو کبھی معاف نہیں کر سکتی چاچا جی۔۔۔"

شاتو نظر تو نہیں آ رہی تھی لیکن اس کی آواز کمرے میں بادلوں کی گرج کی طرح گونج رہی تھی، ونود اور پروفیسر دم بخود بیٹھے تھے۔

اچانک کمرے میں شاتو کی آواز دوبارہ گونجی اس نے کہا: "میں جا رہی ہوں اور اب رات کو ٹھیک بارہ بجے آؤں گی لیکن میں یہی چاہوں گی کہ اب اس حویلی کا کوئی آدمی حویلی سے باہر نہ جائے"۔

کمرے میں دوبارہ قبرستان کا سا سناٹا پھیل گیا۔ چند منٹ ونود اور پروفیسر دونوں ایک دوسرے کو سکتہ کے عالم میں دیکھتے رہے۔ شاتو کے آخری جملے کا مطلب یہ تھا کہ اب حویلی کے سارے مکین اس کے

قیدی تھے۔ یہ صورتحال ونود کے لیے ناقابل برداشت تھی۔ اس نے پروفیسر سے کہا: "میں حویلی سے باہر ضرور جاؤں گا۔۔۔"

"لیکن کس لیے؟" پروفیسر نے پوچھا۔

"محض یہ دیکھنے کیلیے شاتو پر اس کا کیا ردعمل ہوتا ہے؟ میں یہ دیکھنا چاہتا ہوں کہ وہ اپنے حکم کی خلاف ورزی پسند کرتی ہے یا نہیں۔۔۔" ونود نے مزید کہا: "مجھے حیرت بھی ہے کیونکہ آج پہلی مرتبہ اس نے ہم سب پر ایک پابندی بھی لگائی ہے"۔

"لیکن میرا مشورہ ہے کہ تم ایسا نہ کرو۔۔۔" پروفیسر نے سنجیدہ ہو کر کہا۔

"یعنی میں شاتو کا قیدی بننا منظور کر لوں"۔

"ہاں۔۔۔" پروفیسر نے کہا۔

"لیکن یہ بالکل ناممکن ہے پروفیسر۔۔۔" ونود نے کھڑے ہو کر کہا: "میں ابھی اور اسی وقت حویلی سے باہر جاؤں گا"۔

"یہ تمہارا بچپنا ہے مسٹر ونود۔۔۔" پروفیسر نے کہا: "ویسے تمہیں اختیار ہے کہ تم جو چاہو کرو لیکن بلاوجہ شاتو کی روح کو دشمن بنانے میں ہمارا کوئی فائدہ نہیں۔۔۔ میرا مشورہ ہے کہ تم کم از کم آج رات حویلی سے باہر نہ جاؤ اور میرے پاس ہی بیٹھے رہو، کیونکہ میں تم کو کتاب کا بقیہ حصہ سنانا چاہتا ہوں۔۔۔"

"ڈر گئے پروفیسر۔۔۔" ونود نے طنز کیا۔

"یہ تمہاری غلط فہمی ہے۔۔۔" پروفیسر نے جواب دیا: "میں ڈرا نہیں ہوں، نہ میں شاتو کی روح سے کوئی مصلحت کر رہا ہوں بلکہ میں تمہیں خوش اسلوبی کے ساتھ روحوں کے جال سے نکالنا چاہتا ہوں اور اس میں کسی قسم کی رکاوٹ پیدا نہیں کرنا چاہتا۔۔۔"

"آپ خود بھی اسی جال میں پھنس چکے ہیں پروفیسر۔۔۔" ونود نے کہا: "اب ہم آپ سب ایک ہی کشتی میں سوار ہیں"۔

"خیر۔۔۔" پروفیسر نے ایک لمبی سانس لینے کے بعد کہا۔ "اب تم کتاب کی بقیہ کہانی سنو اور تھوڑی

دیر کیلیے بھول جاؤ کہ شاتو نے ابھی چند منٹ قبل ہم پر کیا پابندی لگائی ہے۔۔۔"

"نہیں پروفیسر صاحب۔۔۔" ونود نے کرسی سے کھڑے ہوتے ہوئے کہا: "مجھے حویلی کے باہر ضرور جانا ہے۔۔۔ میں شاتو کی طاقت آزمانا چاہتا ہوں، جب کہ مجھے معلوم ہے کہ شاتو کی روح مجھے کوئی نقصان نہیں پہنچا سکتی کیونکہ میں اس کا محبوب ہوں۔۔۔"

پروفیسر نے دوبارہ ونود کو روکنا چاہا لیکن ونود مسکراتا ہوا کمرے سے باہر نکل گیا۔

ونود باہر آیا تو چاروں طرف سناٹا پھیلا ہوا تھا اور اندھیرا ابھی۔ ہوا چونکہ بہت تیز چل رہی تھی اس لیے درختوں سے ایک مہیب شور پیدا ہو رہا تھا۔ ماحول ڈراؤنا بھی تھا اور بھیانک بھی۔ ایک لمحہ کیلیے ونود کے دل میں ایک خوف سا پیدا ہوا اور اس نے سوچا کہ وہ پروفیسر کا مشورہ مان لے اور حویلی کے باہر نہ جائے لیکن پھر جیسے وہ خود پر ہنسا اس نے اپنے سر کو کچھ اس انداز سے جھٹکا دیا جیسے وہ خوف کو اپنے دل و دماغ سے نکال دینا چاہتا ہو اور پھر شانتا کے کمرے کی طرف مڑ گیا۔

شانتا اپنے بستر پر گہری نیند سو رہی تھی۔ خوف کی لکیریں اب بھی اس کے چہرے پر ابھری ہوئی تھیں اس کے خوابیدہ نقوش پر اس وقت بھی الجھنوں کا ڈیرا باقی تھا۔ وہ دروازے پر کھڑا ہو کر دیر تک شانتا کے چہرے کی طرف دیکھتا رہا، پھر اس نے اشارے سے کالکا کو باہر بلایا اور پوچھا: "شانتا کو کس وقت نیند آئی"۔

"تقریباً بیس منٹ قبل" کالکا نے جواب دیا۔

"وہ میرے جانے کے بعد پلنگ پر لیٹی رہی تھی یا کمرے کے باہر گئی تھی" ونود نے دوسرا سوال کیا۔

"بس۔۔۔ پلنگ پر لیٹی رہی تھیں۔۔۔"

"خاموش رہی تھیں یا انہوں نے تم سے کوئی گفتگو کی تھی"۔

"جی نہیں۔۔۔" کالکا نے جواب دیا" وہ بالکل خاموش بستر پر پڑی رہی تھیں۔۔۔"

"اچھا۔۔۔" ونود نے کہا: "ان کو سونے دینا، وہ اگر اٹھ کر باہر جانا چاہیں تو ان کو باہر نہ جانے دینا، اور تم خود کمرے میں ہر وقت موجود رہنا۔۔۔"

ونود کالکا کو یہ ہدایت دے کر پورٹیکو میں آیا تو شاتو کا بت بدستور چبوترے پر نصب تھا۔۔۔ لیکن اس

وقت سخت تاریکی کی وجہ سے اس کے خد و خال نظر نہیں آ رہے تھے۔۔۔ اس کی مسکراہٹ کی ساری ادائیں اس وقت تاریکی میں مستور تھیں۔

ونود فوارے کے پاس آ کر رکا۔۔۔ بت کی طرف دیکھتے ہی دیکھتے اس کے لبوں پر ایک فاتحانہ مسکراہٹ پھیلی۔۔۔ اس نے شاتو کے بت کو مخاطب کرتے ہوئے بڑی آہستہ آواز میں کہا "شاتو۔۔۔ تم کہتی ہو میں تمہارا محبوب ہوں۔۔۔ تم نے میری خاطر اپنی زندگی برباد کی ہے۔۔۔ شاتو۔۔۔ تم خود ہی بتاؤ کہ پھر یہ کیسے ممکن ہے کہ میں تمہارا قیدی بننا منظور کرلوں۔۔۔"

ونود اتنا کہہ کر چند لمحات کیلیے خاموش ہوا اور اس نے پھر کہا: "قیدی تو میں تمہیں بناؤں گا شاتو۔۔۔"

لیکن ونود کے یہ دونوں جملے جو یقیناً اس کی ذہنی سراسمیگی کے ثبوت تھے، ونود کے علاوہ اور کسی نے نہیں سنے۔۔۔ شائد بت نے بھی نہیں سنے اور شاید شاتو کی روح نے بھی نہیں سنے کیونکہ بت اسی طرح خاموش کھڑا رہا۔۔۔ سناٹا اسی طرح باقی رہا اور تیز ہوا کے جھکڑ اسی طرح چلتے رہے۔

چند منٹ بت کے سامنے کھڑا رہنے کے بعد ونود ٹہلتا ہوا حویلی کے پھاٹک کی طرف روانہ ہو گیا۔۔۔ اس وقت وہ واقعی بڑا مطمئن نظر آ رہا تھا۔۔۔ اس کے قدموں میں کوئی لغزش نہیں تھی اس کے چہرے پر بھی کوئی خوف نہیں تھا۔ وہ حویلی کے پھاٹک کی طرف اس انداز سے بڑھ رہا تھا جیسے وہ کسی خطرے کی طرف نہیں جا رہا ہو اپنی کسی جانی پہچانی محبوبہ سے ملنے جا رہا ہو۔۔۔ اپنی کوئی پرانی تمنا پوری کرنے جا رہا ہو۔۔۔

لیکن حویلی کے پھاٹک کے قریب پہنچتے ہی ونود کے قدم جیسے جم کر رہ گئے۔ وہ اگلا قدم اٹھا ہی نہ سکا کیونکہ حویلی کے پھاٹک پر شاتو کھڑی تھی۔

شاتو نے بڑی محبت بھری آواز میں اس سے کہا: "میں نے تم کو منع کیا تھا راج کمار کہ تم حویلی سے باہر نہیں جاؤ گے۔۔۔"

"لیکن میں تمہارا حکم ماننے کیلیے مجبور نہیں ہوں۔۔۔" ونود نے ہمت کر کے کہا۔

"میں نے تمہیں حکم نہیں دیا تھا راج کمار۔۔۔" شاتو کا لہجہ بدستور نرم بھی رہا اور محبت بھرا بھی۔ "میں نے تو التجا کی تھی کیوں کہ میں تم کو کسی نئی پریشان میں نہیں دیکھنا چاہتی تھی"۔

"حویلی سے باہر جانے میں میرا کیا نقصان ہو گا۔۔۔" ونود نے کہا۔۔۔

"دشمن تمہاری گھات میں ہے۔۔۔" شاتو کی روح نے سرگوشی کی۔

"کون ہے میرا دشمن۔۔۔" ونود چونکا۔ "وہی جو ہمیشہ سے تمہارے دشمن ہیں۔۔۔" شاتو نے جواب دیا اور پھر پھاٹک کے باہر اشارہ کرتے ہوئے کہا: "اگر تم دیکھنا ہی چاہتے ہو کہ تمہارے دشمن کون ہیں تو تم خود اپنی آنکھوں سے دیکھ لو۔۔۔"

اور پھر جیسے ہی ونود نے سامنے کی طرف دیکھا اس کے حلق سے ایک بھیانک چیخ نکلتے نکلتے رہ گئی۔۔۔ وہ بے تحاشہ بھاگ کھڑا ہوا۔

شاتو نے ٹھیک ہی کہا تھا، پھاٹک کے باہر ایسے بے شمار دیو قامت انسان کھڑے تھے جن کے رنگ کوئلے کی طرح سیاہ تھے، جن کے سروں پر سینگ اگے ہوئے تھے، آنکھیں مشعل کی طرح روشن تھیں اور جن کے مونہہ سے آگ کے شعلے نکل رہے تھے۔

ونود وہاں سے بھاگ کر سیدھا فوارہ کے قریب پہنچا۔ شاتو کا بت ہمیشہ کی طرح اپنی جگہ کھڑا تھا۔ وہ انتہائی تیزی کے ساتھ پروفیسر کے کمرے میں داخل ہو گیا اور دھم سے اسی کرسی پر گر گیا جس پر سے وہ ابھی چند منٹ قبل اٹھ کر بھاگا تھا۔ ونود کو پریشان دیکھ کر، اس کے چہرے پر ہوائیاں اڑتی دیکھ کر اور اس کے جسم کو پسینے میں نہایا ہوا دیکھ کر پروفیسر سمجھ گیا کہ ونود کسی بہت ہی بھیانک حادثہ سے دوچار ہوا ہے۔ اس نے کہا: "شاتو نے ہم پر ٹھیک ہی پابندی لگائی تھی نا۔۔"

"ہاں۔۔۔" ونود نے مری ہوئی آواز میں جواب دیا۔

"تم نے حویلی سے باہر نکلنے کی کوشش کی تھی۔۔۔" پروفیسر نے پوچھا۔

"ہاں۔۔۔"

"اور پھر۔۔۔" پروفیسر نے پوچھا۔

ونود نے جواب میں ساری بات تفصیل سے بتا دی اور پھر کہا: "اب آپ اپنی کتاب کا بقیہ حصہ سنا دیجئے۔۔۔"

"ضرور سناؤں گا لیکن یہ بتاؤ کہ تم نے سوچا کیا ہے؟" پروفیسر نے پوچھا۔

"میں نے اپنے ایک دوست کو اپنی مدد کیلیے بلایا ہے پروفیسر۔۔۔"

"اس کے علاوہ۔۔۔" پروفیسر نے دوسرا سوال کیا۔

"آپ بھی آگئے ہیں اور اب میرا خیال ہے کہ ڈرامہ کا صرف ڈراپ سین باقی رہ گیا ہے۔۔۔" ونود نے بڑی سنجیدگی سے کہا۔

"میرا خیال ہے کہ آج رات کو حسب وعدہ بارہ بجے کے بعد شاتو کی روح بھی ضرور آئے گی اور بت زندہ ہو جائے گا۔۔۔"

چند لمحات کی خاموشی کے بعد اس نے مزید کہا: "شاتو مجھے اپنا راج کمار محبوب کہتی ہے اور آپ کو اپنا چچا بلونت سنگھ کہتی ہے، اس کا مطلب یہ ہوا کہ ہم دونوں ماضی میں باپ بیٹے رہ چکے ہیں لیکن سوال یہ ہے کہ وہ آواز کس کی ہے جو شانتا کو اپنی بیوی کہتی ہے"۔

"جلد ہی اس سوال کا جواب بھی معلوم ہو جائے گا۔۔۔" پروفیسر نے جواب دیا: "کیوں کہ واقعات بڑی تیزی سے آگے بڑھ رہے ہیں۔۔۔ روزانہ کوئی نئی الجھن پیدا ہوتی ہے، کوئی نیا انکشاف ہوتا ہے اس لیے بہت ممکن ہے کہ جلد ہی اس راز پر سے پردہ اٹھ جائے۔۔۔" اچانک پروفیسر نے پوچھا: "آپ کی بیوی شانتا کہاں ہے۔۔۔"

"اپنے کمرے میں۔۔۔" ونود نے جواب دیا۔

"لیکن میرا خیال ہے کہ وہ اپنے کمرے میں نہیں ہے۔۔۔" پروفیسر نے کہا۔

"کیوں۔۔۔؟" ونود نے گھبرا کر پوچھا: "آپ یہ کس بنیاد پر کہہ رہے ہیں کہ شانتا اس وقت اپنے کمرے میں نہیں ہے"۔

"میں نے ابھی تمہاری آمد سے قبل برآمدے میں کسی کے قدموں کی آواز سنی تھی۔ میں اٹھ کر کھڑکی تک آیا تھا لیکن اس وقت جانے والا گزر چکا تھا۔۔۔ مجھے صرف اس کی پرچھائیں ہی نظر آئی تھی۔۔۔"

"میں ابھی آیا۔۔۔" ونود اتنا کہہ کر کمرے سے نکل کر شانتا کے کمرے کی طرف دیوانہ وار بھاگا۔۔۔ شانتا کے کمرے کا دروازہ بدستور کھلا ہوا تھا اور کالکا شانتا کے پلنگ کے قریب بیٹھا ہوا اونگھ رہا تھا۔۔۔

لیکن۔۔۔

شانتا کا بستر خالی تھا۔۔۔

شانتا نہ اپنے بستر پر تھی اور نہ کمرے میں۔۔۔

صاف ظاہر تھا کہ وہ کالا کی لاعلمی میں دبے پاؤں کمرے سے باہر نکل گئی تھی اور پروفیسر نے واقعی شانتا کا ہی سایہ دیکھا تھا۔۔۔

وہ چلایا: "شانتا۔۔۔"

اس کی چیخ اتنی دلدوز تھی کہ کالا اونگھتے اونگھتے اچھل گیا وہ بھی گھبرا کر چلایا: "کیا ہوا مالک۔۔۔"

ونود نے بدستور چلاتے ہوئے کہا کہ "شانتا کہاں گئی ہے؟"

"مجھے نہیں معلوم مالک۔۔۔" کالا نے تقریباً روہانسا ہو کر شانتا کے خالی بستر کی طرف دیکھتے ہوئے کہا: "میں ذرا سی دیر کیلیے اونگھ گیا تھا سرکار۔۔۔ لیکن بی بی جی بھی تو سو رہی تھیں وہ آخر اچانک چلی کہاں گئیں۔۔۔"

ونود کے اعصاب پر جیسے فالج گر چکا تھا۔ وہ بت کی طرح کھڑا رہا اور پھٹی پھٹی نظروں سے شانتا کے خالی بستر کی طرف دیکھتا رہا۔ اس کے بعد وہ دیوانوں کی طرح تہہ خانے کی سمت بھاگا۔۔ تاریکی سے ڈرے بغیر۔۔۔ سناٹے سے ڈرے بغیر۔۔۔ انجام سے ڈرے بغیر۔۔۔ لیکن تہہ خانہ بھی خالی تھا۔۔۔ شانتا تہہ خانے میں بھی نہیں گئی تھی۔۔۔

تہہ خانے میں شانتا کو نہ پاکر ونود کے غم کی کوئی حد و انتہا نہ رہی۔ اب اس نے تمام نوکروں کو بھی ساتھ لے لیا۔۔۔ تاکہ شانتا کو تلاش کیا جا سکے۔۔۔ لیکن کوٹھی میں شانتا کا کوئی پتہ نہ تھا۔ سوال یہ تھا کہ شانتا کہاں چلی گئی۔۔۔۔

اس وقت رات کے ساڑھے گیارہ بج رہے تھے۔۔۔ بت کی بیداری میں صرف تیس منٹ باقی رہ گئے تھے۔ ونود چاہتا تھا کہ بت کے جاگنے سے پہلے وہ شانتا کو تلاش کرے لیکن شانتا واقعی حویلی میں نہیں تھی۔

ونود شانتا کی تلاش میں ناکامی کے بعد کوٹھی کے ایک گوشہ میں کھڑا تھا کہ ایک نوکر دوڑتا ہوا اس

کے نزدیک آیا اور اس نے بڑی پریشانی کے عالم میں کہا: "مالکن باغ میں بے ہوش پڑی ہیں۔۔۔"
لیکن جب ونود تمام نوکروں کے ہمراہ اس جگہ پہنچا تو شانتا پر اسرار کنویں کی جگت پر بے ہوش پڑی تھی۔۔۔ اس کی سانس بڑی مدھم رفتار سے چل رہی تھی۔
تقریباً دس منٹ کی کوشش کے بعد شانتا ہوش میں آ گئی۔ ونود نے پوچھا: "تم باغ کیوں گئی تھیں۔۔۔"
"میں باغ خود نہیں گئی تھی مجھے کوئی انجانی طاقت وہاں گھسیٹ کر لے گئی تھی۔۔۔" شانتا نے مردہ آواز میں کہا۔
"باغ میں تم بے ہوش کیسے ہو گئیں۔۔۔" ونود نے دوسرا سوال کیا۔
"میرے کانوں میں ایک آواز آ رہی تھی۔۔۔ آؤ میرے ساتھ۔۔۔ آؤ میرے ساتھ۔۔۔ میں اس آواز کے حکم پر بستر سے اٹھی کمرے سے باہر نکلی، باغ پہنچی۔۔۔ لیکن آواز مسلسل گونجتی رہی 'آؤ میرے ساتھ۔۔۔ آؤ میرے ساتھ۔۔۔' حد یہ کہ میں کنویں کی جگت پر پہنچ گئی۔۔۔"
"اور پھر کیا ہوا۔۔۔" ونود نے گھبرا کر پوچھا۔
"میں خود محسوس کر رہی تھی کہ میں نیم بیداری کی حالت میں ہوں۔" شانتا نے کہا۔
"میں یہ بھی محسوس کر رہی تھی کہ اپنے اعصاب پر میرا کوئی اختیار باقی نہیں رہا ہے۔۔۔ میں کنویں کی جگت پر ایک زندہ لاش کی طرح کھڑی تھی کہ اچانک مجھے اندھیرے میں ایک روشنی نظر آئی میں نے اس روشنی کی طرف غور سے دیکھا تو یہ روشنی آہستہ آہستہ ایک جسم میں تبدیل ہونے لگی اور پھر یہ روشنی ایک مکمل جسم بن گئی۔"
"یہ جسم کس کا تھا شانتا" ونود نے پوچھا۔۔۔ "آدمی کا یا عورت کا۔"
"یہ مرد کا جسم تھا" شانتا نے جواب دیا: "اور پھر یہ جسم میرے قریب آنے لگا۔۔۔ حد یہ کہ بالکل قریب آ گیا۔ اب اس جسم سے آواز آئی "میں تمہیں لینے آیا ہوں نرمل۔۔۔ تم میری ہو۔۔۔ آج میں تمہیں اپنے ساتھ لے جاؤں گا یہاں سے بہت دور۔۔۔ بادلوں سے بھی آگے۔۔۔"
شانتا نے اپنے خشک لبوں پر زبان پھیرتے ہوئے مزید کہا: "جب یہ جسم میرے بالکل قریب آ گیا تو

میں نے ایسا محسوس کیا جیسے میں برف ہوتی جا رہی ہوں۔۔۔ اچانک مجھے بہت زیادہ سردی لگنے لگی اور پھر میں بے ہوش ہو گئی، آنکھ کھلی تو آپ مجھے جگا رہے تھے"۔

ونود شانتا کی یہ داستان سن کر حیران ہو گیا۔ اس نے پوچھا: "کیا تم اس جسم کا حلیہ بتا سکتی ہو۔۔۔"

"ہاں۔۔۔" شانتا نے کہا: "وہ سفید لباس پہنے تھا۔ اس کے چہرے پر داڑھی اور مونچھیں تھیں، تندرستی اچھی تھی، آنکھیں بڑی بڑی اور روشن تھیں، خدوخال بڑے تیکھے تھے اور۔۔۔ اور اس کی عمر بھی زیادہ نہیں تھی۔۔۔"

"کیا تم بتا سکتی ہو کہ تمہیں بالکل اچانک ٹھنڈ کیوں لگنے لگی" ونود نے مزید پوچھا۔

"میرا خیال ہے کہ یہ ٹھنڈ اس جسم سے ہی آ رہی تھی کیونکہ جب تک یہ جسم میرے قریب نہیں آیا تھا مجھے ٹھنڈ نہیں لگ رہی تھی"۔ شانتا نے کچھ سوچ کر جواب دیا۔

شانتا کی حالت اتنی خراب ہو رہی تھی کہ ونود اپنا سابقہ فیصلہ بدلنے پر مجبور ہو گیا۔ اس نے کہا: "تم پریشان نہ ہو شانتا۔۔۔ میں کل صبح ہی تمہیں پتاجی کے پاس شہر بھیج دوں گا"۔

"اور آپ یہیں رہیں گے۔۔۔" شانتا نے پوچھا۔

"ہاں۔۔۔ مجھے اپنے دوست کا انتظار ہے۔۔۔ وہ آ جائے گا تو میں بھی چلا جاؤں گا"۔ ونود نے کچھ سوچ کر جواب دیا۔۔۔ ونود اسی دن مجھے خط بھیج کر اگات پور طلب کر چکا تھا اور اس نے اس خط کا تذکرہ شانتا سے نہیں کیا تھا۔

"پھر میں بھی نہیں جاؤں گی۔۔۔" شانتا نے ذرا مضبوط لہجے میں کہا: "تمہارا دوست آ رہا ہے یہ تم نے پہلے کیوں نہیں بتایا تھا۔۔۔"

"خیر۔۔۔" ونود نے کہا: "اور تم سو جاؤ۔۔۔ میں ذرا پروفیسر کے پاس جا رہا ہوں۔۔۔"

اتنا کہہ کر ونود نے گھڑی دیکھی۔۔۔ "بارہ بج کر پچیس منٹ ہو چکے تھے۔ اس کا مطلب یہ تھا کہ بت بیدار ہو چکا تھا۔

وہ بڑی تیزی سے کمرے سے باہر نکلا۔۔۔ اور پھر یہ دیکھ کر حیران رہ گیا کہ فوارے کے چبوترے سے

شاتو کا مجسمہ غائب تھا۔ بت زندہ ہو چکا تھا۔

ونود اب پروفیسر کے کمرے میں داخل ہوا۔۔۔ اور داخل ہوتے ہی چیخنے لگا کیونکہ پروفیسر تارک ناتھ کمرے کے فرش پر مردہ پڑے تھے۔

پروفیسر تارک ناتھ مر چکے تھے!

☆☆☆

باب : ۷

قتل اور گرفتاری

پروفیسر تارک ناتھ کی لاش فرش پر بالکل چت پڑی تھی۔

ان کی آنکھیں کھلی ہوئی تھیں۔ پہلی نظر میں ایسا معلوم ہوتا تھا جیسے ان کی گردن کو آہنی ہاتھوں سے دبا دیا گیا ہو، ان کے جسم کے کسی حصے پر کسی چوٹ کا نشان نہیں تھا، کوئی زخم نہیں تھا، لیکن ان کے چہرے پر خوف اور دہشت جم کر رہ گئی تھی۔ پروفیسر کی اس خلاف توقع موت نے ونود کے حواس معطل کر دیئے، چند لمحات کیلیے وہ بالکل ساکت ہو کر رہ گیا۔ وہ سوچتا رہا کہ کیا ایک روح بھی کسی کا قتل کر سکتی ہے؟

اچانک اس کے کانوں میں وہی جانی پہچانی آواز گونجی۔ شانتو اسی کمرے میں موجود تھی۔ اور اب بالکل صاف نظر آ رہی تھی۔ بت واقعی زندہ ہو گیا تھا۔ شانتو نے بڑے محبت بھرے لہجے میں ونود کو مخاطب کرتے ہوئے کہا:

"آج میری ایک بڑی دیرینہ تمنا پوری ہو گئی راج کمار۔۔۔"

"یعنی اپنے چچا کو قتل کرنے کی تمنا۔۔۔" ونود نے بڑی دھیمی آواز میں کہا۔

"نہیں۔۔۔" شانتو نے کہا: "میں نے اپنے چچا کا قتل نہیں کیا ہے"۔

"تم روح ہو کر جھوٹ بول رہی ہو شانتو۔۔۔" ونود نے کہا۔

"پروفیسر تارک ناتھ میرے مہمان تھے اور تم نے ان کا قتل کر کے میری راہ میں کانٹے بو دیئے ہیں۔۔۔ مجھے بتاؤ کہ جب پولیس مجھ سے یہ پوچھے گی کہ ان کا قتل کس نے کیا ہے تو میں کیا جواب دوں گا؟ میں اگر پولیس سے کہوں گا کہ ان کا قتل ایک عورت کے زندہ بت نے کیا ہے تو دنیا میں

میری بات کا کون یقین مانے گا"۔

"پروفیسر تارک ناتھ کا قتل میں نے نہیں کیا ہے راج کمار۔۔۔" شاتو نے مسکراتے ہوئے کہا:"تم خود سوچو کہ ایک بھتیجی اپنے چچا کا قتل کیسے کر سکتی ہے"۔

"بالکل اسی طرح جس طرح ایک بھائی اپنے بھائی کا قتل کر سکتا ہے۔ تمہارے چچا نے تمہارے باپ کا قتل کیا تھا اس لیے تم نے اس کا بدلہ بے چارے پروفیسر کا قتل کر کے لے لیا حالانکہ ان کا قصور صرف یہ تھا کہ ان کی شکل تمہارے ظالم چچا سے ملتی جلتی تھی"۔

"میں پھر کہتی ہوں کہ میں نے پروفیسر کا قتل نہیں کیا ہے"۔ شاتو نے اب اپنی مسکراہٹ ختم کر دی۔ وہ اچانک سنجیدہ ہو گئی۔

"پھر۔۔۔ ان کا قتل کس نے کیا؟" ونود نے تقریباً چلاتے ہوئے کہا:"میں ابھی دس پندرہ منٹ قبل ان کو اسی کمرے میں زندہ چھوڑ گیا تھا۔ یقیناً ان کا قتل ہوا ہے"۔

"انہوں نے خود کشی کی ہے راج کمار۔۔۔" شاتو نے کہا۔

"خود کشی۔۔۔؟" ونود نے گھبرا کر کہا۔

"ہاں۔۔۔ خود کشی۔۔۔" شاتو دوبارہ مسکرائی:"وہ مجھے دیکھ کر ڈر گئے، میں ان کے سامنے اپنے مکمل جسم کے ساتھ آ گئی تھی۔۔۔ میں نے ان سے صرف اتنا کہا تھا" کہو چاچا جی۔۔۔ اب تم میرے جال میں آ گئے نا۔۔۔"

"اور اس کے بعد۔۔۔" ونود نے جلدی سے پوچھا۔

"اور اس کے بعد ان کے حلق سے خود بخود گھٹی گھٹی چیخیں نکلنے لگیں، میں جیسے جیسے ان کے قریب آتی گئی وہ پیچھے ہٹتے گئے۔ اور پھر وہ اس طرح چیخنے لگے جیسے میں ان کا گلا دبا رہی ہوں۔ حالانکہ حقیقت یہ ہے میں نے ان کے جسم کو چھوا تک نہیں تھا"۔

شاتو نے مزید کہا:"وہ ڈر گئے تھے، خوف کی وجہ سے ان کا دم نکل گیا۔۔۔ اور یہی میری تمنا تھی"۔

چند لمحات کی خاموشی کے بعد شاتو نے دوبارہ اپنے خوبصورت چہرے پر مسکراہٹ پیدا کی اور کہا: "اس میں کوئی شک نہیں کہ میں ان کی موت چاہتی تھی بلکہ خود اپنی آنکھوں سے ان کو مرتے دیکھنا

چاہتی تھی۔ میں نے اسی لیے کہا تھا کہ آج میری ایک بہت پرانی تمنا پوری ہو گئی۔۔۔"

"اور اب مجھے یہ بھی بتا دو کہ تم اس حویلی میں اور کس کس کی موت چاہتی ہو۔۔۔" ونود نے اپنی آواز میں زہر کی تلخی گھولتے ہوئے کہا۔

"ہر اس انسان کی موت جو میرے اور تمہارے درمیان حائل ہو گا" شاتو بولی۔

"میں تمہیں ختم کر دوں گا شاتو۔۔۔" ونود چیخا۔

"مجھے فنا نہیں ہے راج کمار۔۔۔" شاتو نے جواب دیا۔

"نکل جاؤ یہاں سے" ونود غصہ میں دیوانوں کی طرح چیخا۔

"ونود میرا غم نہ بڑھاؤ۔۔۔" شاتو نے بڑی نرمی سے جواب دیا: "صدیوں سے میں جس آگ میں جل رہی ہوں اس میں تیل نہ ڈالو۔۔۔"

"میں کہتا ہوں نکل جاؤ یہاں سے" ونود دوبارہ چلایا۔

"بہت اچھا! میں چلی جاؤں گی لیکن ایک بات یاد رکھنا راجکمار کہ عورت کی محبت اگر نفرت میں بدل جاتی ہے تو اس کا نتیجہ اچھا نہیں ہوتا ہے"۔ شاتو نے بڑی مدھم آواز میں کہا: "عورت کا انتقام بڑا بھیانک ہوتا ہے راج کمار"۔

"میں تیرے انتقام سے نہیں ڈرتا" ونود نے کہا۔

"ڈرنا پڑے گا تمہیں راج کمار۔۔۔" شاتو نے جواب دیا اور آہستہ قدموں کے ساتھ کمرے کے باہر جانے لگی۔۔۔ لیکن جیسے ہی وہ ونود کے قریب آئی اور ونود نے اس کے آنکھوں میں آنسو کے موتی چمکتے دیکھے ونود کا سارا غصہ کافور ہو گیا۔ اس کے دل میں بالکل اچانک شاتو کیلیے ایک محبت سی پیدا ہو گئی۔

شاتو کیلیے ونود کا یہ جذبہ بالکل نیا تھا۔ کیونکہ آج تک اس کے دل میں شاتو کیلیے کوئی محبت نہیں پیدا ہوئی تھی۔ شاتو کمرے سے باہر نکلی تو ونود نے کہا" شاتو۔۔۔ میری ایک بات سنتی جاؤ۔۔۔"

لیکن شاتو نے مڑ کر بھی نہیں دیکھا۔

ونود بھی اس کے ساتھ کمرے سے باہر نکلا۔ اس نے دوبارہ شاتو کو آواز دی لیکن شاتو جیسے بہری ہو

چکی تھی وہ آگے بڑھتی رہی۔ حوض میں داخل ہوئی، چبوترے پر چڑھی اور ونود کے دیکھتے ہی دیکھتے دوبارہ بت میں تبدیل ہوگئی۔

ونود حوض کے قریب آیا، اس نے شانتو کے بت کی طرف دیکھا، محض چند لمحات قبل شانتو کی آنکھوں میں آنسو تھے لیکن وہ آنسو زندہ شانتو کی آنکھوں میں تھے۔ اس وقت جو شانتو اس کے سامنے تھی وہ مسکرا رہی تھی۔

ونود دیر تک اس دل فریب مسکراہٹ پر نظریں جمائے رہا اور پھر خود اس کی آنکھوں میں آنسو آگئے اس نے آہستہ سے کہا: "مجھے معاف کردو شانتو"۔

لیکن شانتو کا بت خاموش رہا۔

شانتا اپنے کمرے میں بے ہوش پڑی تھی۔ پروفیسر تارک ناتھ کی لاش اپنے کمرے کے فرش پر پڑی تھی۔ باہر ونود بالکل ساکت نگاہوں سے شانتو کے بت کی طرف دیکھ رہا تھا اور وقت بڑی تیزی سے گذر رہا تھا۔ ایسا معلوم ہو رہا تھا جیسے حویلی میں موت کا سایہ پھیل گیا ہو۔

اب تک حویلی کے نوکر اس صورتحال سے بے خبر تھے، ونود نے ان کو حویلی کے آسیب کے بارے میں کچھ بھی نہیں بتایا تھا۔ لیکن اب حویلی کے نوکروں کو بھی سب کچھ معلوم ہو گیا تھا۔ دو نوکر تو اپنا سامان لے کر اگات پور کی آبادی میں چلے گئے۔ اور باقی نوکروں نے یہ فیصلہ کر لیا تھا کہ وہ صبح ہوتے ہی حویلی کی ملازمت چھوڑ دیں گے۔

لیکن۔۔۔ ونود کو حویلی کے حالات کی ان تبدیلیوں کا کوئی علم نہ تھا وہ بس شانتو کے مسکراتے بت کی طرف دیکھے جا رہا تھا۔ اس بات کو اب تک اس نے سینکڑوں مرتبہ دیکھا تھا۔ اس وقت بھی دیکھا تھا جب بت کو کنویں سے نکالا گیا تھا اور وہ کیچڑ میں لت پت تھا اور اس وقت بھی دیکھا تھا جب بت کو صاف کر کے فوارے کے چبوترے پر نصب کیا گیا تھا۔

اس نے اب تک بت کے بدلتے ہوئے کئی انداز دیکھے تھے۔ اس نے اس بت کو زندہ بھی دیکھا تھا، بولتے ہوئے بھی دیکھا تھا، ہنستے ہوئے بھی دیکھا تھا اور آنسو بہاتے ہوئے بھی دیکھا تھا۔ لیکن آج

پہلی مرتبہ پتھر کے اس بت نے اس کے حواس خمسہ پر ایک جادو سا کر دیا تھا۔ آج پہلی مرتبہ اس کو بت سے ہمدردی ہو رہی تھی۔ آج پہلی مرتبہ اس کو بت کی آنکھوں میں خود اپنی جھلک نظر آ رہی تھی۔ وہ بت کی طرف دیکھ بھی رہا تھا اور سوچ بھی رہا تھا کہ شاتو کی اس مسکراہٹ کے پیچھے غم کی کتنی دل سوز داستان مستور ہے۔ شاتو کی اس مسکراہٹ میں کتنی الم ناک کہانی پوشیدہ ہے۔

اور اب ونود کو افسوس ہو رہا تھا کہ وہ شاتو سے اس کی کہانی نہ سن سکا۔۔۔ شاتو کی یہ کہانی ادھوری رہ گئی۔ کیونکہ شائد اب شاتو کی روح دوبارہ کبھی بھی اس سے ملنے نہیں آئے گی۔ شائد اب شاتو کا بت دوبارہ کبھی نہیں زندہ ہو گا۔

سوچتے سوچتے ونود کی آنکھوں میں آنسو چھلک آئے۔ ایک مرتبہ پھر اس کے لبوں سے بے ساختہ نکلا۔

"شاتو مجھے معاف کر دو۔ میں اپنے الفاظ واپس لیتا ہوں شاتو۔ مجھے بڑا افسوس ہے کہ میری وجہ سے تم کو دکھ پہنچا۔"

لیکن شاتو کا بت بدستور خاموش رہا۔ ونود کے الفاظ کا شاتو پر کوئی رد عمل نہیں ہوا۔ اب ونود کی قوت فیصلہ جواب دے چکی تھی۔ وہ ٹوٹے ہوئے دل کے ساتھ فوارے کے بت پر آخری نظر ڈالنے کے بعد وہاں سے شانتا کے کمرے کی طرف روانہ ہو گیا۔ راستے میں وہ کمرہ پڑتا تھا جس میں پروفیسر تارک ناتھ کی لاش پڑی ہوئی تھی۔ اس نے کمرے کے دروازے پر کھڑے ہو کر ایک مرتبہ لاش پر نظر ڈالی۔ چند لمحات تک کچھ سوچا اور پھر اس نے آگے بڑھ کر کمرے کا دروازہ بند کر دیا۔

ونود جب شانتا کے کمرے میں داخل ہوا تو وہ نیم بے ہوشی کے عالم میں پلنگ پر پڑی ہوئی تھی۔ اس نے شانتا کو جگانا مناسب نہیں سمجھا اور خاموشی کے ساتھ پلنگ کے قریب رکھی ہوئی ایک کرسی پر بیٹھ گیا۔

پلنگ کے قریب وفادار کالکا فرش پر بیٹھا ہوا تھا۔ اس کی آنکھیں سوجی ہوئی تھیں۔ ایسا معلوم ہوتا تھا جیسے وہ کافی دیر تک روتا رہا ہو ونود نے اس سے کہا: "غم نہ کرو کالکا، سب ٹھیک ہو جائے"۔

"نہیں مالک۔۔۔"کالکانے روہانسی آواز میں کہا:"اب آپ کو یہ حویلی خالی کر دینا چاہیے"۔

"میں خود بھی یہی فیصلہ کر چکا ہوں"۔ ونود نے ہاتھ کی کلائی پر بندھی ہوئی گھڑی دیکھتے ہوئے کہا: "اس وقت رات کے دو بجے ہیں۔۔۔ صبح آٹھ بجے ہم یہ حویلی خالی کر دیں گے۔ تم ضروری سامان باندھ لو۔ باقی سامان پھر منگوا لیا جائیگا"۔

"پھر میں جاؤں۔۔۔"کالکانے اٹھتے ہوئے پوچھا۔

"ہاں۔۔۔ لیکن میں چاہتا ہوں کہ تم آج کی رات ایک لمحہ کیلیے بھی نہ سونا۔ شانتا کی حالت ٹھیک نہیں ہے کسی وقت بھی اس کی طبعیت زیادہ خراب ہو سکتی ہے اور اس وقت اگر تم سو رہے ہو گے تو میری پریشانی بڑھ جائے گی۔ میں بھی اسی لیے تمام رات جاگنا چاہتا ہوں"۔ ونود نے کہا اور گردن گھما کر شانتا کی طرف دیکھنے لگا۔

تقریباً پندرہ منٹ بعد شانتا نے آنکھیں کھولیں۔ ونود کو اپنے بالکل قریب بیٹھے دیکھ کر اس کے لبوں پر ایک خفیف سی مسکراہٹ پھیلی اور اس نے بڑی آہستہ آواز میں کہا:

"میں اب ٹھیک ہوں ونود۔۔۔ تم زیادہ پریشان نہ ہو"۔

"ہم صبح سات بجے یہ حویلی خالی کر دیں گے"۔ ونود نے کہا۔

"اور بت کا کیا کرو گے" شانتا نے پوچھا۔

"میں اس کو چلتے وقت کنویں میں دوبارہ پھینک دوں گا"۔ ونود نے بڑے ڈرامائی انداز میں جواب دیا۔ "اور شانتا اس طرح ہم ہمیشہ ہمیشہ کیلیے اس بت کی نحوست سے نجات پا جائیں گے"۔

"پروفیسر تارک ناتھ کیا سو گئے ہیں" شانتا نے پوچھا۔

"ہاں۔۔۔ میں ابھی ان کے کمرے سے ہی آرہا ہوں"۔ ونود نے پروفیسر کی موت کی بات شانتا سے چھپانا ہی مناسب سمجھی۔

تمام رات ونود شانتا کے پلنگ کے پاس بیٹھا رہا۔ دونوں کی رات آنکھوں آنکھوں میں کٹ گئی۔ ایک مرتبہ شانتا نے ونود سے کچھ پوچھنا بھی چاہا لیکن ونود نے بات ٹال دی۔ یہ پہلا موقع تھا کہ اس پر کچھ خوف بھی طاری تھا۔ اسے رہ رہ کر خیال آجاتا تھا کہ شانتا اس سے اپنی بے عزتی کا بدلہ ضرور لے گی۔

رات اسی طرح گذر گئی۔

صبح چھ بجے کالکا نے اس سے آکر کہا۔۔۔ "مالک میں نے ضروری سامان باندھ لیا ہے"۔

ونود نے جواب دیا: "بہت اچھا کیا۔۔۔ اب تم ناشتہ تیار کرو۔۔۔ ہم یہاں سے آٹھ بجے تک روانہ ہو جائیں گے۔" کالکا کے جانے کے بعد شانتا نے ونود سے کہا: "آپ پروفیسر تارک ناتھ سے بھی جاکر کہہ دیجئے کہ وہ بھی اپنا سامان باندھ لیں"۔

اور جیسے پروفیسر تارک ناتھ کا نام سنتے ہی وہ چونک پڑا۔ اب اسے یاد آیا کہ حویلی میں ایک ایسے آدمی کی لاش بھی پڑی ہے جو کل رات کو بارہ بجے تک زندہ تھا جو اس کا مہمان تھا اور جس کی موت حادثہ قتل بھی سمجھی جاسکتی ہے۔ اس نے شانتا کے سوال کے جواب میں کہا: "تم نے ٹھیک کہا۔ میں ابھی جا کر ان کو بھی اپنے فیصلے سے مطلع کر دیتا ہوں کہ ہم لوگ یہ حویلی خالی کر رہے ہیں"۔ ونود اتنا کہہ کر شانتا کے کمرے سے باہر نکلا، حویلی میں چاروں طرف سناٹا پھیلا ہوا تھا۔

ابھی دن کی روشنی بھی اچھی طرح نہیں پھیلی تھی۔ ونود چند منٹ تک راہداری میں کھڑا سوچتا رہا کہ پروفیسر تارک ناتھ کی لاش کے سلسلے میں اس کو کیا قدم اٹھانا چاہئے۔ اور پھر جیسے اس کے ذہن میں ایک حل بجلی کے کوندے کی طرح لپکا۔

اس نے سوچا: "کیوں نہ پروفیسر کی لاش کو اسی تہہ خانے میں رکھ دیا جائے جس میں ہڈیوں کا انسانی پنجر پڑا ہے۔"

ونود نے سوچا اس طرح ایک عرصہ تک کسی کی لاش کے بارے میں کوئی پتہ نہ چل سکے گا۔ اس اثناء میں لاش سڑ گل جائے گی، اور پرفیسر کی موت کا راز تہہ خانے کے اندھیرے میں ہمیشہ ہمیشہ کے لیے نظروں سے اوجھل ہو جائے گا۔ ونود کو پوری طرح یہ احساس تھا کہ اگر اس نے پروفیسر کی لاش نہ چھپائی تو لازمی طور پر اسی پر قتل کا شک کیا جائے گا، کیوں کہ وہ جس سے بھی ان کی موت کا اصل سبب بیان کرے گا وہ اس کو دیوانہ سمجھے گا۔

پروفیسر کی لاش کو تہہ خانے میں چھپانے کا فیصلہ کرتے ہی جیسے ونود کو اطمینان بھی ہو گیا اور اس کے بدن میں ایک نئی چستی بھی پیدا ہو گئی۔ وہ بلی کی طرح دبے پاؤں پرفیسر کے کمرے میں داخل ہوا اس

نے اس کی لاش کندھے پر اٹھائی اور حویلی کے اندرونی راستے سے حویلی کے پچھلے حصے پہنچ گیا۔ یہاں پہنچنے کے بعد اس نے یہ اطمینان کرنے کے لیے کہ کوئی نوکر تو آس پاس موجود نہیں ہے اس نے چاروں طرف دیکھا اور تہہ خانے کی طرف روانہ ہو گیا۔ تہہ خانے میں بڑا سخت اندھیرا تھا لیکن چوں کہ ونود یہاں کئی مرتبہ آچکا تھا اس لیے اس کو اس کے اندر داخل ہونے میں کوئی خاص دقت نہیں ہوئی۔ تہہ خانے کے چبوترے پر انسانی پنجر بدستور پڑا ہوا تھا۔

ایک لمحہ کے لیے ونود کے دل میں ایک خوف سا طاری ہوا لیکن دوسرے ہی لمحے اس نے اس خوف پر قابو پا لیا اور پروفیسر کی لاش چبوترے کے قریب فرش پر لٹا دی۔ ونود اس کے بعد فوراً تہہ خانے سے باہر نکل آیا کیوں کہ ابھی اس کو ایک اور کام بھی کرنا تھا۔ وہ چاہتا تھا کہ پروفیسر کا اٹیچی کیس بھی اسی تہہ خانے میں رکھ دے۔ پندرہ منٹ کے اندر وہ اس کام سے بھی فارغ ہو گیا۔

تہہ خانے میں پروفیسر کی لاش اور اس کا سامان رکھنے کے بعد جب وہ واپس آ رہا تھا تو غیر ارادی طور پر اس کی نظر شانتو کے بت پر پڑ گئی اور جیسے وہ اپنی جگہ لرز کر رہ گیا۔ اسے ایسا محسوس ہوا جیسے شانتو اس کی طرف بڑی طنزیہ نگاہوں سے دیکھ رہی تھی۔ دوسرے ہی لمحہ اس نے بت کی طرف سے نگاہیں پھیر لیں اور تیز تیز قدموں کے ساتھ شانتا کے کمرے میں داخل ہو گیا۔ شانتا بدستور پلنگ پر لیٹی تھی۔ اس نے ونود سے پوچھا "کیا پروفیسر تارک ناتھ جانے کے لیے تیار ہو گئے۔"

"ہاں۔" ونود نے کہا: "تیار بھی ہو گئے اور چلے بھی گئے۔"

"تم نے ان کو ناشتہ تو کرا دیا ہو گا۔" شانتا نے کہا۔

"انھیں جانے کی جلدی تھی۔" ونود نے مختصر سا جواب دیا۔

اس گفتگو کے بعد دونوں خاموش ہو گئے۔ ونود کا دل اب بھی بڑی تیزی سے دھڑک رہا تھا۔ اس کا جسم پسینے میں نہایا ہوا تھا اور اس کے ہونٹ بالکل خشک ہو گئے تھے۔ شانتا اپنے شوہر کا دکھ چونکہ بڑھانا نہیں چاہتی تھی اس لیے اس نے بھی خاموشی اختیار کر لی۔ اس نے ونود سے اور کوئی سوال نہیں کیا۔

اور۔۔۔بس۔۔۔

یہی وہ وقت تھا جب میں ونود کی اس آسیب زدہ حویلی میں داخل ہوا۔ حویلی کے باغیچے میں چونکہ مجھے کالا کامل گیا تھا۔ پھر حوض کے بیچ نصب بت کو دیکھتے ہوئے میں اسی وقت چونکا جب ونود میرے قریب آکر مجھ سے لپٹ گیا۔ پھر میں ونود کے ہمراہ شانتا کے کمرے میں پہنچا۔ شانتا اور ونود کے پژمردہ چہرے دیکھ کر میری حیرت کی کوئی حد و انتہا نہ رہی۔ دونوں مجھے دیکھ کر ایک ساتھ مسکرائے۔۔۔ مجھ سے ملاقات کے بعد ونود کے چہرے پر ایک بالکل انوکھا سکون ابھر آیا تھا۔ اس نے مجھ سے کہا: "تم بالکل ٹھیک وقت پر آگئے دوست۔۔۔۔۔۔ ورنہ ہم لوگ ایک گھنٹہ کے اندر یہ حویلی خالی کرنے والے تھے۔"

"تم بلاتے اور میں نہ آتا یہ کیسے ممکن تھا ونود۔۔" میں نے اتنا کہہ کر شانتا کی طرف دیکھا۔۔ وہ واقعی برسوں کی بیمار نظر آرہی تھی۔۔۔۔

میں پہلے ہی اس کا اعتراف کر چکا ہوں کہ کبھی شانتا میری محبوبہ تھی، کبھی شانتا میری دنیا تھی، کبھی شانتا میری تمناؤں کا آخری مرکز تھی۔ یہ ہم دونوں کی بدقسمتی تھی کہ شانتا کی شادی میرے بجائے ونود سے ہوگئی۔ اس ونود سے جو میرا دوست تھا، ونود اور شانتا کی شادی پر میں خاموش تماشائی بنا رہا تھا۔ ونود کے ہاتھوں میری دل کی دنیا لٹ چکی تھی۔ اور میں نے اپنے دوست سے اس کا تذکرہ کبھی نہیں کیا تھا۔ اپنی شادی کے بعد شانتا نے بھی خود کو اپنے شوہر کے وجود میں ضم کر دیا تھا۔ اور میں اس کے لیے بالکل اجنبی ہو گیا تھا یا اس کے شوہر کا دوست۔ لیکن اس کا مطلب یہ بھی نہیں تھا کہ میں نے شانتا کی تصویر اپنے دل سے بالکل مٹا دی تھی۔ شانتا مجھے اب بھی یاد تھی، اس کا شبنم سے دھلا چہرہ، اس کی جھیل جیسی آنکھیں، اس کے پھول جیسے رخسار، اس کے سرخ لب، اس کا خوبصورت جسم مجھے اب بھی یاد آیا کرتا تھا۔۔۔ حالاں کہ حقیقت یہ ہے کہ میں اس یاد کو کبھی ایک گناہ سمجھتا تھا۔۔۔ آج بھی جب شانتا نے اپنی کمھلائی ہوئی آنکھوں سے مجھے دیکھا تو میرا دل اندر ہی اندر تڑپ کر رہ گیا۔۔۔۔ میں بیان بھی نہیں کر سکتا تھا کہ شانتا کو اس حالت میں دیکھ کر مجھے کتنا دکھ ہوا تھا۔۔۔۔۔

بہر حال۔۔۔ میں نے ونود سے بہت سے سوالات کئے اور ونود نے مجھے سب کچھ بتا دیا۔ لیکن اس نے

جس طرح تارک ناتھ کا انجام شانتا سے چھپایا تھا اسی طرح اس نے مجھے بھی تاریکی میں رکھا، وہ مجھے بھی جھوٹ بول گیا۔۔۔

شاتو کے بت کی داستاں سننے کے بعد میں نے ونود سے کہا: "اب تمہیں حویلی سے جانے کی ضرورت نہیں۔۔۔۔۔"

"لیکن۔۔۔۔۔۔۔۔۔۔۔۔۔" ونود نے کہا: "مجھے پورا یقین ہے کہ اب شاتو مجھ سے اپنی بے عزتی کا بدلہ یا اپنی ناکامی کا انتقام ضرور لے گی۔۔۔"

جواب میں میں نے کہا: "روح کسی کو نقصان نہیں پہنچا سکتی ونود۔ تم کہتے ہو کہ بت روزانہ رات کو بارہ بجے زندہ ہو جاتا ہے، آج میں بھی اس کو زندہ دیکھنا چاہتا ہوں۔ میں شاتو سے باتیں بھی کروں گا۔ اور اس سے یہ بھی دریافت کروں گا کہ آخر اس کا مقصد کیا ہے۔"

ونود نے اس کے بعد خاموشی اختیار کر لی۔ ویسے میں اس کا چہرہ دیکھ کر یہی اندازہ لگا رہا تھا کہ وہ حویلی سے جانے کے لیے بہت بے چین ہے۔ ونود اور شانتا سے گفتگو کے بعد میں باہر نکلا۔۔۔ راہداری سے گزرنے کے بعد میری نگاہ بھی شاتو کے بت پر پڑی۔ بت واقعی بڑا خوبصورت تھا۔ میں دیر تک اس بت کو دیکھتا رہا اور پھر جیسے چونک گیا۔ کیوں کہ حویلی میں پولیس کی موٹر داخل ہو رہی تھی۔

موٹر میں ایک پولیس انسپکٹر تھا اور آٹھ سپاہی۔۔۔ میں پولیس کی اس بھاری جمیعت کو دیکھ کر حیران رہ گیا۔

انسپکٹر نے موٹر سے اتر کر سب سے پہلے مجھ سے ہی بات کی۔ اس نے پوچھا: "میں مسٹر ونود سے ملنا چاہتا ہوں، کیا آپ کا نام ہی ونود ہے؟"

"جی نہیں۔" میں نے کہا: "مسٹر ونود اندر حویلی میں موجود ہیں۔ میں ان کا دوست ہوں اور ابھی ابھی آیا ہوں۔ لیکن آپ کو ونود سے کیا کام ہے؟"

"آپ مجھے ان کے پاس لے چلیے۔" انسپکٹر نے بڑے تحکمانہ لہجے میں کہا۔ چنانچہ میرے پاس اس کے علاوہ اور کوئی چارہ کار نہیں رہ گیا کہ میں اس کو ونود کے کمرے تک پہنچا دوں۔

پولیس انسپکٹر کو دیکھتے ہی ونود کے چہرے کا رنگ اڑ گیا۔۔۔ اور انسپکٹر نے اس کے قریب آکر کہا: "

میں آپ کو پروفیسر تارک ناتھ کے قتل کے الزام میں گرفتار کر رہا ہوں مسٹر ونود۔"

ونود چیخ پڑا۔۔۔ اس نے کہا: "لیکن میں نے ان کا قتل نہیں کیا ہے۔۔۔۔"

"مجھے سب معلوم ہے۔۔۔۔ اور آپ یہ سن کر حیران ہوں گے کہ میں تہہ خانے سے ان کی لاش برآمد کرنے بھی جا رہا ہوں۔"

میری حیرت کی بھی کوئی انتہا نہ رہی میں نے پوچھا: "آپ کو یہ سب اطلاعات کس نے دی ہیں۔۔۔۔"

"ایک عورت نے۔" انسپکٹر پولیس نے کہا: "اس نے مجھے اطلاع دی ہے کہ ونود نے پروفیسر تارک ناتھ کا قتل کر کے ان کی لاش تہہ خانے میں چھپا دی ہے۔۔۔۔۔۔۔۔۔۔"

"کیا اس عورت نے اپنا نام بتایا ہے؟" میں نے پوچھا۔

"جی ہاں۔۔۔۔" انسپکٹر نے کہا "اس کا نام شاتو ہے اور وہ اسی حویلی میں رہتی ہے۔"

شاتو کا نام سنتے ہی ونود چیخنے لگا۔

☆☆☆

باب : ۸
قتل یا خودکشی؟

ونود چیختا رہا۔۔۔

"یہ بالکل جھوٹ ہے۔۔۔ یہ بالکل بکواس ہے۔ میں نے تارک ناتھ کا خون نہیں کیا ہے۔۔۔" لیکن انسپکٹر پولیس نے اس کی چیخوں کو بالکل نظر انداز کر دیا اور اس کے ہاتھوں میں ہتھکڑیاں ڈال دیں۔ ہتھکڑیاں پہننے کے بعد ونود پر جیسے سکتہ ساطاری ہو گیا۔

چند منٹ بعد انسپکٹر پولیس تہہ خانے سے پروفیسر تارک ناتھ کی لاش بھی نکال لایا۔۔۔ اب اس نے ونود سے پوچھا: "یہ پروفیسر تارک ناتھ کی لاش ہے جو کل شام کو شہر سے آئے تھے، آپ نے ان کو اس حویلی میں ٹھہرایا تھا اور رات کے بارہ بجے کے بعد آپ نے ان کا قتل کر دیا تھا"۔

ونود جواب دینے کے بجائے خاموش رہا۔

انسپکٹر پولیس نے مزید کہا: "اب میں آپ سے ایک سوال پوچھنا چاہتا ہوں۔۔۔ مجھے پوری ایمانداری سے بتا دیجیے کہ آپ نے پروفیسر کا قتل کیوں کیا ہے؟"

لیکن ونود ایک بت کی طرح خاموش رہا۔

"آپ کی خاموشی، آپ کی مصیبتوں میں اضافہ کر دے گی، مسٹر ونود۔"

انسپکٹر نے بڑے ملائم لہجے میں کہا: "اس لیے میں جو کچھ پوچھوں آپ مجھے بتا دیجیے۔۔"

"میں نے تارک ناتھ کا قتل نہیں کیا ہے۔" ونود نے مری مری آواز میں جواب دیا۔

"یہ ہر مجرم کہتا ہے۔۔۔۔" انسپکٹر نے کہا: "خیر۔۔۔ آپ یہ بتائیے کہ تہہ خانے میں جو انسانی ہڈیاں پڑی ہیں وہ کس کی ہیں؟"

"یہ ہڈیاں صدیوں پرانی ہیں۔" ونود نے جواب دیا۔

"میں شانتو سے ملنا چاہتا ہوں۔۔۔۔۔ آپ اس کو بلوائیے۔۔۔۔"

انسپکٹر نے کہا۔

شانتو بھی مر چکی ہے۔۔۔" ونود نے کہا۔

"کیا آپ نے اس کا بھی قتل کر دیا ہے۔۔؟" انسپکٹر نے بڑی حیرت سے سوال کیا: "وہ ابھی چار گھنٹے قبل مجھ سے مل چکی ہے۔"

"میں آپ سے سچ کہتا ہوں شانتو نام کی کوئی عورت زندہ نہیں ہے۔" ونود نے کہا: "آپ سے جو عورت ملنے آئی تھی وہ شانتو نہیں تھی۔ وہ شانتو کا بھوت تھا۔۔۔ وہ شانتو کی روح تھی، وہ شانتو کا سایہ تھا۔۔۔۔"

"میرا خیال ہے کہ آپ پاگل ہو گئے ہیں مسٹر ونود۔۔" انسپکٹر نے بڑی حیرت سے کہا۔

"جی نہیں۔۔ ونود نے کہا: "میں پاگل نہیں ہوں۔۔ میں آپ کو پوری کہانی سنائے دیتا ہوں، کہانی سننے کے بعد آپ یقیناً میرے بارے میں اپنا فیصلہ بدل دیں گے۔"

ونود نے اس کے بعد اب تک کی پوری کہانی انسپکٹر کو سنا دی۔ ونود نے واقعی اب کوئی بات نہیں چھپائی تھی۔ کہانی سن کر خود مجھے بھی حیرت ہوئی، کیوں کہ ونود نے مجھے بھی تارک ناتھ کے بارے میں کچھ نہیں بتایا تھا۔۔۔ میں نے بھی اس کی داستان کی تصدیق کر دی اور شانتا نے بھی۔۔۔ لیکن انسپکٹر نے اس کہانی پر بالکل یقین نہیں کیا۔ اس نے کہا: "واقعی آپ ایک بے مثال افسانہ نگار ہیں مسٹر ونود۔۔۔"

اب انسپکٹر مجھ سے مخاطب ہوا اس نے مجھ سے پوچھا: "آپ یہاں کیوں آئے ہیں۔"

"ونود نے مجھے بلایا تھا۔" میں نے جواب دیا۔

"کس لیے بلایا تھا۔" انسپکٹر نے مجھ سے پوچھا۔۔۔

"وہ مجھے اپنی کہانی سنا کر مجھ سے مشورہ لینا چاہتا تھا کہ ان پر اسرار حالات میں اسے کیا کرنا چاہیے۔ میں اس کا بہت پرانا دوست ہوں۔" میں نے جواب دیا۔

انسپکٹر پولیس نے اس کے بعد مجھ سے کوئی سوال نہیں کیا۔ اس نے شانتا سے پوچھا: "آپ نے پروفیسر تارک ناتھ کو دیکھا تھا۔"

"جی۔۔۔ نہیں۔" شانتا نے مردہ آواز میں جواب دیا: "البتہ میرے پتی نے مجھے ان کی آمد کی اطلاع ضرور دی تھی۔" شانتا نے مزید کہا: "لیکن میں آپ کو یقین دلاتی ہوں کہ میرے پتی نے ان کا قتل نہیں کیا ہے۔"

انسپکٹر پولیس مسکرایا۔۔۔۔۔۔۔ اس کی یہ مسکراہٹ اس امر کا ثبوت تھی کہ وہ ہم سب کو جھوٹا سمجھ رہا ہے، اس نے ہماری کہانی پر قطعی یقین نہیں کیا ہے۔ اچانک میرے ذہن میں ایک خیال بجلی کے کوندے کی طرح لپکا۔۔۔ میں نے انسپکٹر سے پوچھا: "شاتو آپ سے کس وقت ملنے آئی تھی۔۔۔۔۔۔۔۔"

"تقریباً چار بجے صبح۔۔۔" انسپکٹر نے جواب دیا۔ وہ اب بھی مسکرا رہا تھا۔

"کیا اس نے آپ کو قتل کی اطلاع دینے کے علاوہ اور بھی کچھ کہا تھا۔۔۔" میں نے پوچھا۔

"جی ہاں۔۔۔۔۔۔ اس نے کہا تھا کہ وہ ونود کی حویلی میں رہتی ہے۔۔۔" انسپکٹر نے جواب دیا: "اور اسی لیے میں اس سے ملنا چاہتا تھا اور اسی لیے میں آپ کی اس کہانی پر ایک فیصد بھی یقین کر رہا ہوں کہ شاتو نام کی کوئی عورت اس حویلی میں نہیں رہتی ہے اور یہ کہ اس کو مرے ہوئے ایک صدی سے زیادہ عرصہ گزر چکا ہے۔"

"لیکن انسپکٹر صاحب۔۔۔ می ابھی اور اسی جگہ ثابت کر سکتا ہوں کہ شاتو ایک زندہ عورت کا نام نہیں ہے۔" میں نے کہا۔

"وہ کیسے؟" انسپکٹر نے حیرت سے پوچھا۔

"آپ میرے ساتھ باہر چلنے کی زحمت گوارا کریں۔" میں اتنا کہہ کر کھڑا ہو گیا۔

انسپکٹر نے میرا جملہ سن کر چند لمحات تک میری طرف حیرت بھری نظروں سے دیکھا اور پھر ونود کو اسی کمرے میں چھوڑ کر میرے ساتھ باہر نکل آیا۔۔۔ میں نے اس سے کہا: "میں آپ کو شاتو سے ملانے لیے جا رہا ہوں۔۔۔"

"لیکن ابھی آپ کہہ چکے ہیں کہ شاتو زندہ نہیں ہے۔۔"

انسپکٹر نے کہا۔

"میں نے ٹھیک کہا تھا۔۔۔" میں نے جواب دیا اور اس کو لے کر حوض تک پہنچ گیا۔ اب میں نے شاتو کے بت کی طرف اشارہ کرتے ہوئے کہا: "انسپکٹر صاحب۔۔۔ آپ اس بت کو غور سے دیکھیں اور پھر یہ بتائیں کہ کیا یہ اسی عورت کا بت نہیں ہے جو آپ کے پاس قتل کی اطلاع دینے کے لیے آئی تھی:۔

انسپکٹر نے بت کی طرف دیکھا اور پھر دیکھتا ہی رہ گیا۔ اب اس کی حیرت کی باری تھی۔ چند لمحات کے بعد اس نے کہا: "واقعی۔۔۔۔ یہ اسی عورت کا بت ہے، وہی آنکھیں، وہی لب، وہی جسم، وہی قد، حد یہ کہ اس بت کا لباس بھی وہی ہے جو وہ عورت پہنے تھی:۔

"بت کی طرف سے نظریں ہٹانے کے بعد انسپکٹر نے مجھ سے مزید کہا: "فی الحال میں یہ ایک طلسم ہی کہوں گا۔۔ لیکن مجھے افسوس ہے کہ میں ونود کو رہا کرنے کی غلطی نہیں کر سکتا۔ میں ونود کو اپنے ساتھ لے جانے اور اس کو پروفیسر کے قتل کے الزام میں حراست میں رکھنے پر مجبور ہوں۔ حالات اس کے خلاف ہیں لیکن اگر آپ چاہیں تو افسران اعلیٰ سے مل کر اس کی رہائی کی کوشش کر سکتے ہیں۔۔۔ ورنہ عدالت کے دروازے کھلے ہیں"۔

انسپکٹر نے مزید کہا: "میرا خیال ہے کہ دنیا میں کوئی بھی شخص یہ بات ماننے کو تیار نہیں ہوگا کہ ایک بت بھی زندہ ہو سکتا ہے۔"

"لیکن اگر آپ چاہیں تو آج رات کو بارہ بجے یہاں آکر بت کو زندہ دیکھ سکتے ہیں۔" میں نے ونود کی رہائی کے لیے مزید وکالت کی۔

"مجھے یہ تماشہ دیکھنے کی فرصت نہیں ہے۔" انسپکٹر نے جواب دیا اور اس کمرے کی طرف روانہ ہو گیا جہاں ونود سپاہیوں کی حراست میں بیٹھا تھا۔

میں نے ونود کی موجودگی میں ایک مرتبہ پھر انسپکٹر کو سمجھانے کی کوشش کی لیکن وہ بالکل نہیں پسیجا۔ اس نے پنچ نامہ تیار کیا اور ہم سب کی دستخط لے لیے۔۔۔۔۔ اب وہ روانگی کے لیے بالکل تیار

تھا۔ پروفیسر کی لاش لاری میں لادی جا چکی تھی۔
میں نے انسپکٹر سے پوچھا "آپ ونود کو اپنی حراست میں کب تک رکھیں گے۔۔۔۔ میرے کہنے کا مطلب یہ ہے کہ آپ اسے جیل کب بھجیں گے۔۔۔۔۔"
"مجسٹریٹ کے سامنے حاضر کرنے کے بعد میں شام تک انھیں جیل بھیج دوں گا۔" انسپکٹر نے جواب دیا۔
"اور پروفیسر کی پوسٹ مارٹم رپورٹ آپ کو کب مل جائے گی۔" میں نے پوچھا۔
"آج شام تک۔۔۔۔" انسپکٹر نے کہا: "لیکن آپ کو پوسٹ مارٹم رپورٹ سے کیا دلچسپی ہے۔"
"اس لیے دلچسپی ہے کہ پوسٹ مارٹم رپورٹ یہ ظاہر کردے گی کہ پروفیسر کی موت کیسے واقع ہوئی۔ اس کا قتل ہوا ہے یا وہ قدرتی موت مرا ہے۔"
میرا جواب سن کر انسپکٹر نے غور سے میری طرف دیکھا اور پھر پوچھا: "معلوم ہوتا ہے آپ کو ڈاکٹری لائن کا بھی تجربہ ہے۔"
"تجربہ نہیں۔۔۔۔۔" میں نے کہا: "میں خود ڈاکٹر ہوں اور پروفیسر کی لاش پر سرسری نظریں ڈالنے کے بعد ہی میں اس نتیجہ پر پہنچ چکا ہوں کہ ان کی موت قدرتی طور پر ہوئی ہے کوئی بھی انسانی ہاتھ ان کی موت کا ذمہ دار نہیں ہے۔"
"تم ٹھیک کہتے ہو کمار۔" اچانک ونود نے کہا "وہ ڈر کر مرا ہے۔۔۔۔۔ اور یا پھر جیسا کہ میں کہہ چکا ہوں شانتو نے اس کو انتہائی خوف زدہ کر کے مرنے پر مجبور کر دیا ہے۔"
"بہر حال۔۔۔" انسپکٹر نے ایک طویل سانس لینے کے بعد کہا: "سارا فیصلہ عدالت کرے گی۔ میں تو قانون کا غلام ہوں اور قانون پر عمل کرنا میرا فرض ہے۔"
انسپکٹر اتنا کہہ کر کھڑا ہو گیا۔۔۔۔۔ اور اس نے ونود سے کہا: "آیئے مسٹر ونود۔۔۔" اور ونود بھی کھڑا ہو گیا۔ لیکن حقیقت یہ ہے کہ اس کے پیر کانپ رہے تھے، وہ بید مجنوں کی طرح لرزاں تھا۔ اس کو دیکھ کر ایسا معلوم ہو رہا تھا جیسے اس کی جسمانی قوتوں نے اس کا ساتھ چھوڑ دیا ہو۔ منظر اتنا دل خراش تھا کہ خود میری آنکھیں بھی نم ہو گئیں۔ میرے تصور میں بھی نہ تھا کہ میرے حویلی پہنچتے ہی

ونود ایک خوف ناک مصیبت سے دوچار ہو جائے گا ایک ایسی مصیبت سے جس سے نجات پانے کی بظاہر کوئی صورت نہ تھی۔ میں نے ونود کی طرف دیکھا اور ونود نے میری طرف۔ اف، کتنی مایوسی تھی اس کی آنکھوں میں۔۔۔ آج بھی جب میں ان آنکھوں کو ویرانی کا تصور کرتا ہوں تو میرا کلیجہ کانپ جاتا ہے۔

ونود پولیس کی حراست میں باہر جانے لگا تو شانتا دوڑ کر اس سے لپٹ گئی وہ چیخنے لگی: "نہیں نہیں میں اپنے دیوتا کو نہیں جانے دوں گی۔۔۔۔۔۔ وہ بالکل بے گناہ ہے۔ اس نے کوئی قتل نہیں کیا ہے۔۔۔ یہ ظلم ہے۔۔۔۔۔۔ میں یہ بے انصافی نہیں ہونے دوں گی۔۔۔۔۔۔۔"

ونود ایک بے بس اور مجبور انسان کی طرح شانتا کی یہ بے کسی دیکھتا رہا۔ اس کے بعد اس نے شانتا سے کہا: "یہ تمہاری دیوانگی ہے، تم اپنا یہ حال بنا کر میری مشکل آسان نہیں کرو گی شانتا۔۔۔۔ مجھے جانے دو، میرا یہ دوست یہاں موجود ہے، وہ تمہاری بھی حفاظت کرے گا اور میری رہائی کی کوشش بھی کرے گا۔ اس لیے اب تم اپنے آنسو پونچھ ڈالو۔۔۔"

ونود نے شانتا کو کچھ اس طرح سمجھایا اور تسلی دی کہ شانتا نے اس کا دامن چھوڑ دیا۔۔ اور ایک بت کی طرح کھڑی ہو گئی۔ اب نوکروں نے بھی رونا اور چلانا بند کر دیا تھا۔۔۔ لیکن یہ خاموشی بالکل لمحاتی تھی کیوں کہ جیسے ہی پولیس کی حراست میں ونود پولیس لاری میں سوار ہوا، ایک مرتبہ پھر سب رونے لگے۔۔۔ لاری باہر نکلی تو شانتا دوبارہ پچھاڑیں کھا رہی تھی۔۔۔ بالک ایسا معلوم ہو رہا تھا جیسے زندہ ونود باہر نہ جا رہا ہو، ونود کی لاش باہر جا رہی ہو۔

ونود کی لاری باہر نکلی اور میں نے شاتو کے بت کی طرف دیکھا۔ بت کے چہرے پر بدستور مسکراہٹ موجود تھی، لیکن میں نے ایسا محسوس کیا جیسے بت کی یہ مسکراہٹ کچھ اور بھی زیادہ گہری ہو گئی تھی۔ میں دیر تک بت کی طرف دیکھتا رہا۔۔۔ شانتا روتی رہی، نوکر آنسو بہاتے رہے اور ماحول کی افسردگی بڑھتی رہی۔ یقیناً شاتو نے اپنے انتقام کی ابتدا کر دی تھی۔ میں نے شانتا کو سمجھانے کیلیے اس کا بازو پکڑا اور کہا:

"شانتا۔ رونے کے بجائے آؤ اب ہم دونوں یہ سوچیں کہ ونود کی رہائی کیلیے ہمیں فوری طور پر کیا کارروائی کرنا چاہئے۔۔۔"

میرا جملہ سن کر شانتا نے میری طرف آنسو بھری نظروں سے دیکھا اور جیسے میرا کلیجہ کانپ گیا۔۔۔ بڑی اداسی تھی ان نظروں، میں بڑی مجبوری تھی ان آنکھوں میں۔۔۔ یہ آنکھیں کیا تھیں، درد اور غم کا ایک لہریں مارتا ہوا سمندر تھا۔۔۔ میں ان نظروں کی تاب نہ لا سکا اور اب خود میری آنکھوں میں آنسو چھلک آئے۔ میں نے شانتا سے کہا:

"خود مجھے بھی کچھ کم غم نہیں ہے شانتا۔۔۔ تم یقین جانو خود میرا کلیجہ بھی ونود کی اس مصیبت پر پھٹا جارہا ہے"۔

چند منٹ تک میں شانتا کو اس طرح سمجھاتا رہا۔ حد یہ کہ شانتا کو کچھ صبر آگیا۔ اور وہ تھکے تھکے قدموں کے ساتھ اپنے کمرے کی طرف جانے لگی۔ میں نے شانتا سے کہا۔ تم چل کر آرام کرو، میں ابھی آتا ہوں۔

"آرام اب قسمت میں کہاں رہ گیا ہے کمار"۔۔۔ شانتا نے ایک ٹھنڈی سانس لے کر کہا۔

"لیکن ہر مصیبت عارضی ہوتی ہے شانتا۔۔۔" میں نے مزید سمجھایا۔

شانتا نے میری بات کا کوئی جواب نہیں دیا وہ خاموشی کے ساتھ اپنے کمرے میں داخل ہوگئی۔ میں نوکروں کے پاس آیا۔ کالکا سے میری واقفیت چوں کہ پرانی تھی اس لیے میں نے اس سے پوچھا ونود کا اسکوٹر کہاں ہے؟

"میں نے اسے رات ہی کو گیرج میں رکھ دیا تھا"۔ کالکا نے جواب دیا۔

"تم اس کی ضروری صفائی کردو، میں تھوڑی دیر بعد شہر جاؤں گا"۔ میں نے کہا۔

اتنا کہہ کر جب میں دوبارہ شانتا کے کمرے میں داخل ہوا تو شانتا پلنگ پر لیٹ چکی تھی اور خالی خالی نظروں سے چھت کی طرف دیکھ رہی تھی۔ مجھے دیکھ کر وہ چونکی اور اس نے پوچھا: "تم ابھی کالکا سے کیا کہہ رہے تھے۔۔۔؟"

"میں اس سے کہہ رہا تھا کہ وہ ونود کا اسکوٹر صاف کردے"۔

"لیکن کیوں۔۔۔۔" شانتا نے پوچھا۔

"میں ونود کی رہائی کے سلسلے میں شہر جانا چاہتا ہوں۔ میں کسی وکیل سے مل کر قانونی مشورہ کرنا چاہتا ہوں"۔ میں نے جواب دیا۔

"میں بھی تمہارے ساتھ جاؤں گی۔۔۔" شانتا نے بڑی آہستہ آواز میں کہا۔

"نہیں۔۔۔ میں تمہیں ساتھ نہیں لے جاؤں گا اور اصولاً تمہیں حویلی ہی میں موجود رہنا چاہئے"۔

"میں اس حویلی میں تنہا نہیں رہ سکتی کمار"۔ شانتا نے بڑے دلگیر لہجے میں کہا: "میں پاگل ہو جاؤں گی، میں مر جاؤں گی"۔

"نہیں شانتا، میں نے کہا ہے کہ میں تمہیں ساتھ نہیں لے جاؤں گا"۔

"مجھے اپنے ساتھ نہ لے جاکر تم میرے ساتھ دشمنی کروگے کمار"۔ شانتا نے کہا۔

"تم پہیلیوں میں باتیں نہ کرو" میں نے الجھ کر کہا۔

"میں پہیلیاں نہیں بجھا رہی ہوں کمار۔۔۔" شانتا نے بڑی نرم آواز میں کہا "تمہیں خود یہ بات معلوم ہے کہ اس حویلی میں شاتو کے علاوہ ایک مرد کی روح بھی موجود ہے اور یہ روح مجھے تنہا پاتے ہی میرے قریب آجاتی ہے اور مجھ سے باتیں کرنے لگتی ہے"۔ ایک لمحہ تک خاموش رہنے کے بعد اس نے مزید کہا:

"وہ مجھے اپنے ساتھ لے جانا چاہتی ہے کمار۔۔۔ تم اگر مجھے حویلی میں تنہا چھوڑ دو گے تو وہ مجھے دبوچ لے گا۔۔۔ وہ میرا خون پی لے گا"۔

"لیکن شانتا میں شام تک واپس آجاؤں گا اور اس دوران کالکا تمہارے بالکل قریب موجود رہے گا وہ ایک لمحہ کیلیے بھی تم کو تنہا نہیں چھوڑے گا"۔

"جیسی تمہاری مرضی۔" شانتا نے انتہائی ناامید ہو کر کہا۔ اس نے اپنی آنکھیں بند کرلیں اور مجھے اطمینان ہو گیا۔

اب میں نے کالکا کو آواز دی۔ وہ آیا تو قبل اس کے کہ میں اس سے کچھ کہتا اس نے مجھ سے کہا: "بڑا غضب ہوا بابو جی"۔

"کیا ہوا۔۔۔؟" میں نے پریشان ہو کر پوچھا۔

"تمام نوکر حویلی چھوڑ کر جا چکے ہیں۔۔۔ میں نے ان کو بہت سمجھایا، لیکن وہ یہاں رہنے پر راضی نہیں ہوتے وہ بڑے خوف زدہ بھی تھے اور بہت پریشان بھی" کالکا نے کہا۔

"اس کا مطلب یہ ہوا کہ اب حویلی میں تمہارے علاوہ اور کوئی نوکر نہیں ہے"۔ میں نے انتہائی پریشانی کے عالم میں پوچھا۔

"جی ہاں"۔ کالکا نے جواب دیا۔

شانتا بھی میری اور کالکا کی گفتگو سن رہی تھی اور اس نے آنکھیں کھولیں اور کہا "میری بات مانو کمار۔۔۔۔ تو ہم یہ حویلی ہی کیوں نہ چھوڑ دیں۔۔۔ آخر یہاں رہنے سے فائدہ بھی کیا ہے"۔

"حویلی چھوڑ دیں گے تو کہانی ادھوری رہ جائے گی شانتا"۔ میں نے جواب دیا۔

"اور میں یہاں کہانی مکمل کرنے آیا ہوں۔۔۔۔ ونود نے مجھے یہاں مسائل کو حل کرنے کیلیے بلایا تھا اور میں اس حویلی کے مسائل حل کر کے رہوں گا"۔

الغرض۔۔۔! کالکا کو شانتا کے کمرے میں چھوڑ کر میں ونود کا اسکوٹر لے کر شہر روانہ ہو گیا۔ میں جلد از جلد ونود کی رہائی کے سلسلے میں کسی بڑے وکیل سے مشورہ کرنا چاہتا تھا۔ روانگی سے قبل میں نے شاتو کے خاموش بت کی طرف دیکھا۔ بت مسکرا رہا تھا اچانک خود بخود میرے لبوں پر بھی مسکراہٹ تیرنے لگی۔ میں نے شاتو کے بت سے مخاطب ہو کر کہا: "میں آج رات کو بارہ بجے تم سے ملاقات ضرور کروں گا شاتو اور دیکھوں گا کہ تم کتنے پانی میں ہو"۔

مجھے پورا یقین تھا کہ شاتو کی روح میرے قریب ضرور موجود ہو گی ورنہ میں یہ جملہ نہ کہتا۔ میں شاتو کو چیلنج نہ کرتا۔

جب میں شہر پہنچا ونود کو حوالات میں بند کیا جا چکا تھا۔ وہ ایک تحریری بیان بھی دے چکا تھا جس میں اس نے وہی سب لکھا تھا جو وہ حویلی میں انسپکٹر پولیس سے کہہ چکا تھا۔ میں اسپتال پہنچا تو وہاں پروفیسر کی لاش کا پوسٹ مارٹم ہو چکا تھا۔ میں نے پولیس ڈاکٹر سے ملاقات کی، اپنا تعارف کرایا اور اس سے کہا: "میں آپ کا بے حد ممنون ہوں گا اگر آپ مجھے یہ بتا دیں کہ مقتول کی موت کا اصل سبب کیا تھا؟"

"میں حیران ہوں ڈاکٹر کمار" پولیس ڈاکٹر نے کہا: "عمر میں پہلی مرتبہ میں نے ایک ایسی لاش کا پوسٹ مارٹم کیا ہے جس کی موت کا سبب معلوم کرنے میں مجھے ناکامی ہوئی ہے"۔

"یعنی۔۔۔۔" میں نے گھبرا کر کہا۔

"یعنی یہ کہ بظاہر پروفیسر کی موت گلا گھٹنے سے ہوئی ہے لیکن اس کی گردن پر انگلیوں یا ہاتھوں کا کوئی نشان نہیں ہے" آپ ہی بتایئے ان حالات میں ثبوت کے بغیر یہ کیسے لکھا جا سکتا ہے کہ موت گلا دبانے سے ہوئی ہے۔"

"پھر آپ پوسٹ مارٹم رپورٹ میں موت کا کیا سبب لکھیں گے"۔ میں نے پوچھا۔

"وہی جو میں آپ سے کہہ چکا ہوں۔۔۔ میں صاف لکھ دوں گا، کہ میں موت کا اصل سبب معلوم کرنے میں ناکام رہا ہوں۔ مقتول کے جسم پر کوئی زخم نہیں ہے، کسی چوٹ کا نشان نہیں ہے۔ اس کا دل آخر وقت تک ٹھیک طرح سے کام کرتا رہا تھا، اس کے دماغ کا نظام بالکل ٹھیک تھا، اس کو کوئی بیماری نہیں تھی لیکن پھر بھی وہ مر گیا۔۔۔"ڈاکٹر نے تفصیل سے کہا۔

میں نے اس کے بعد ڈاکٹر سے اور کوئی بات نہیں کی۔۔۔ میں وہاں سے چلا آیا۔ میں یہ کہہ کر اس کے دماغ کو الجھانا نہیں چاہتا تھا کہ مقتول کی قاتل ایک روح ہے اور اس روح کے علاوہ دنیا میں اور کوئی نہیں بتا سکتا کہ اس نے پروفیسر کا قتل کیسے کیا؟

اب میں دوبارہ ونود سے ملا۔ میں نے اسے تسلی دی اور کہا کہ میں جلد ہی اس کو رہا کرا لوں گا میں نے اس کے مزید اطمینان کیلیے اس کو ڈاکٹر کے فیصلے سے بھی مطلع کر دیا۔ ونود نے مجھ سے کہا:

"شانتا کا خیال رکھنا کمار۔۔۔۔ مجھے ڈر ہے حویلی کی روح شانتا کیلیے بھی کوئی نئی مصیبت نہ کھڑی کر دے"۔

ونود نے ٹھیک ہی کہا تھا۔۔۔ حویلی کی روح شانتا کیلیے بھی ایک خوفناک گڑھا کھود رہی تھی اور یہ گڑھا صرف شانتا کی تباہی کے لیے نہیں تھا۔ اس گڑھے میں خود مجھے بھی گرنا تھا۔ روح اب مجھ پر بھی وار کرنے جا رہی تھی۔ میں نے ونود کی فوری رہائی کیلیے ایک بڑے وکیل سے بھی ملاقات کی۔ میں نے اس کو ونود کی پوری داستان سنائی اور میں نے اس کو یقین دلا دیا کہ ونود نے واقعی پروفیسر تارک ناتھ کا

قتل نہیں کیا ہے، بلکہ یہ قتل یا شاتو کی روح نے کیا ہے یا پھر پروفیسر دہشت میں خود ہی مر گیا ہے۔
وکیل نے میری باتیں بڑے غور سے سنیں اور مجھ سے وعدہ کیا کہ وہ دو دن کے بعد عدالت میں ونود کی درخواست ضمانت پیش کر دے گا۔۔۔ میں نے اس کو اس کی فیس کی رقم بھی ادا کر دی۔ کیونکہ میں نہیں چاہتا تھا کہ ونود کی رہائی میں کوئی چیز بھی رکاوٹ بنے۔
میں یہ سب کچھ تمام دن کرتا رہا اور شاید شاتو کی روح تمام دن میری نگرانی کرتی رہی۔۔۔ کیوں کہ تمام دن میں یہ محسوس کرتا رہا کہ جیسے میں تنہا نہیں ہوں۔۔۔ جیسے کوئی میرے بالکل قریب موجود ہے ہر وقت میرے ساتھ ہی رہا ہے۔
شام کے چار بجے میں اگات پور واپس ہو گیا۔ جب میں حویلی میں داخل ہوا تو اندھیرا پھیل چکا تھا۔۔۔ حویلی کے صرف اس کمرے میں روشنی نظر آ رہی تھی جہاں میں دن میں شانتا اور کالکا کو چھوڑ کر گیا تھا۔۔۔ میں نے پورٹیکو میں اسکوٹر روکا اور کالکا کو آواز دی۔۔ لیکن کالکا نے کوئی جواب نہیں دیا۔ اور جیسے ایک انجانے خوف کے تحت اسی لمحے میرے سارے جسم میں سردی کی ایک لہر سی دوڑ گئی میں نے پلٹ کر بت کو دیکھا تو بت کا چبوترہ خالی تھا۔
ابھی شام کے سات بجے تھے لیکن بت جاگ چکا تھا جب کہ وہ روزانہ رات کو بارہ بجے ہی جاگا کرتا تھا۔۔۔ حوض کا چبوترہ خالی دیکھ کر میرے جسم کے رونگٹے کھڑے ہو گئے۔۔۔ میری ساری بہادری پلک جھپکتے میں رخصت ہو گئی۔۔۔ میں نے ایک مرتبہ پھر پوری قوت سے کالکا کو پکارا۔۔۔ لیکن۔۔۔

جواب میں مجھے بالکل قریب سے ایک آواز سنائی دی۔۔۔ یہ آواز میرے لیے بالکل اجنبی تھی۔۔۔ یہ ایک عورت کی آواز تھی۔۔۔ آواز کیا تھی ایک موسیقی تھی جس نے ایک ثانیے کیلیے مجھے مسحور سا کر دیا۔۔۔
یہ یقیناً شاتو کی آواز تھی۔

☆☆☆

باب : ۹

دلہن اور نادیدہ وجود

آواز میرے بالکل قریب سے آ رہی تھی۔۔

چند لمحات تک میں اس آواز کے سحر میں مبتلا رہا۔ میں نے اب تک شاتو کی آواز سنی نہیں تھی جو میں اس آواز کو پہچان جاتا۔ میں نے اب تک شاتو کو دیکھا بھی نہیں تھا۔ لیکن چوں کہ شاتو کا بت اپنے چبوترے پر موجود نہیں تھا، اس لیے شاتو کی آواز کو پہچانے بغیر میں سمجھ گیا کہ یہ آواز شاتو کی ہے۔

شاتو مجھ سے کہہ رہی تھی: "کالکا کو آواز نہ دو۔۔ وہ سو رہا ہے۔۔ تم شانتا کو بھی نہ پکارو وہ اس وقت دلہن بن رہی ہے۔۔۔"

شاتو نے اپنا یہ جملہ تین مرتبہ دہرایا اور پھر کہا: "میں تمہارا انتظار ہی کر رہی تھی، حالانکہ تم مجھ سے بارہ بجے رات کو ملاقات کرنے کے لیے کہا تھا۔۔"

"لیکن تم ہو کہاں۔۔۔ تمہارا زندہ وجود مجھ کو نظر کیوں نہیں آ رہا ہے۔۔" میں نے اپنے حواس جمع کرتے ہوئے بڑی بہادری سے کہا۔

"میں تمہارے بالکل قریب موجود ہوں۔" شاتو نے جواب دیا۔ اب میں نے محسوس کیا کہ آواز پشت کی جانب سے آ رہی تھی میں نے پلٹ کر دیکھا اور جیسے میری آنکھوں کے سامنے بجلی کوند گئی۔

شاتو اپنی بے مثال راجپوتانہ حسن کا ایک زندہ مجسمہ بنی میری طرف اپنی چمکتی نظروں سے دیکھ رہی تھی اور اس طرح مسکرا رہی تھی جیسے مسکراہٹ اس کے لبوں کا حصہ بن چکی ہو۔ میرا دل دھڑکنے لگا۔ دل کا قاعدہ ہے کہ وہ کبھی سونے اور چاندی کا غلام نہیں بنتا، دل ہمیشہ آنسوؤں اور مسکراہٹوں کا غلام بننے میں ایک مسرت سی محسوس کرتا ہے۔ یہی مسرت اس وقت میرے دل نے بھی شاتو کو

مسکراتے دیکھ کر محسوس کی۔۔۔۔ شاتو کو اس طرح مسکراتے دیکھ کر میں نے دوسرے ہی لمحہ ایسا محسوس کیا جیسے ہوا میں بھینی بھینی خوشبو پھیل گئی ہو، جیسے فضا میں ایک انجانی موسیقی بکھر گئی ہو۔ جیسے اندھیرے میں ایک ننھی سی کرن نے چاروں طرف روشنی کر دی ہو۔

میں نے غور سے شاتو کی چمکتی آنکھوں کی طرف دیکھا۔ واقعی اس کی سیاہ آنکھوں میں پہاڑی جھیلوں کی سی گہرائی تھی۔ وہ ایک خواب کی طرح نظر آرہی تھی اور اس سے بھلا کون انکار کر سکتا ہے کہ جوانی میں رنگین خواب سے زیادہ زندگی میں کوئی چیز حسین نظر نہیں آتی۔۔۔ میں شاتو کی طرف والہانہ انداز میں دیکھتا رہا۔۔۔

اچانک شاتو کی مسکراہٹ ایک طویل ہنسی میں تبدیل ہو گئی اور مجھے ایسا محسوس ہوا جیسے چاند کی کرنوں سے بنے ہوئے تاروں پر کوئی نغمہ چھیڑ دیا گیا ہو۔۔۔ ایک ایسا نغمہ جو بر اہ راست دل کی گہرائیوں میں اترتا چلا جاتا ہے۔

میں نے شاتو سے پوچھا: "تم ہنس کیوں رہی ہو۔"

"میں ونود کے انجام پر ہنس رہی ہوں" شاتو نے بدستور ہنستے ہوئے جواب دیا۔

"یعنی اپنے محبوب کی تباہی پر تمہارا دل خوش ہو رہا ہے۔" میں نے کہا۔۔۔ اب میں اپنے عارضی جذبات پر قابو پا چکا تھا جو شاتو کے بے مثال حسن کو دیکھ کر مجھ پر طاری ہو گئے تھے۔

"ہاں۔۔۔" شاتو نے کہا "اب تم مجھ کو یہ بتاؤ کہ تم مجھ سے کیوں ملنا چاہتے تھے۔"

"تم سے پروفیسر کی موت کا اصل سبب پوچھنے کے لیے اور یہ دریافت کرنے کے لیے کہ۔۔۔۔" میں ایک لمحہ کے لیے خاموش ہو گیا۔

"ہاں۔۔۔ ہاں۔۔۔ اپنا جملہ پورا کرو، خاموش کیوں ہو گئے۔" شاتو نے کہا۔۔۔

"اور تم سے یہ دریافت کرنے کے لیے کہ تم چاہتی کیا ہو؟" میں نے اپنا جملہ پورا کر دیا۔

"مجھے معلوم ہے کہ ونود تم سے سب کچھ کہہ چکا ہے۔"

"ہاں۔۔"

"اور پھر بھی تم مجھ سے یہ دریافت کر رہے ہو کہ میں کیا چاہتی ہوں؟" شاتو نے اچانک بڑی سنجیدہ

آواز میں کہا۔ اب تک وہ بڑے شوخ لہجے میں بات کر رہی تھی۔

"لیکن میں تمہارے مونہہ سے سننا چاہتا ہوں کہ تم کیا چاہتی ہوں۔۔" میں نے کہا۔

"میں ونود کو اپنے ساتھ لے جانا چاہتی ہوں۔"

"لیکن کہاں۔۔۔"

"جہاں میرا دل چاہے۔۔۔" شاتو نے مختصر جواب دیا۔

"تمہاری بات میری سمجھ میں نہیں آئی شاتو۔۔" میں نے کہا۔

"تم مردہ ہو۔۔۔ تمہاری صرف روح زندہ ہے تمہارے جسم کا کوئی وجود نہیں ہے۔۔۔ تم زندہ اور گوشت پوست کے ایک وجود کو جس کا نام ونود ہے لے کر کیا کرو گی۔"

"میں مردہ نہیں ہوں۔۔" شاتو نے کہا: "میں ونود کے لیے اب تک زندہ ہوں اور اس وقت تک نہیں مروں گی جب تک میں ونود کو حاصل نہ کر لوں۔"

اب شاتو کا لہجہ سخت ہو چکا تھا۔ اس نے مجھ سے مزید کہا: "پروفیسر کا قتل ونود نے نہیں کیا اور نہ میں نے اس کا قتل کیا ہے، وہ مجھ کو دیکھ کر خوف زدہ ہوا اور مر گیا۔۔۔ وہ مجھے دیکھتے ہی غالباً پاگل بھی ہو گیا تھا۔ کیوں کہ وہ خود بخود اپنے ہاتھوں سے اپنا گلا دبانے لگا تھا۔۔"

"تم جھوٹ بول رہی ہو۔۔" میں نے کہا۔ "کیوں کہ پروفیسر کے گلے پر کسی بھی انگلیوں کے نشان نہیں پائے گئے ہیں۔"

"میں جھوٹ نہیں بول رہی ہوں، کیوں کہ میں کسی سے نہیں ڈرتی ہوں اور جھوٹ وہی بولتے ہیں جو کسی سے ڈرتے ہیں۔" شاتو نے بڑے اطمینان سے جواب دیا اور پھر مجھ سے کہا: "میں تمہارے بارے میں بھی سب کچھ جانتی ہوں مجھے تمہارے اور شانتا کے پرانے تعلقات کا اچھی طرح علم ہے، مجھے یہ بھی معلوم ہے کہ تم شانتا کے لیے اپنے دل میں اب بھی ایک نرم گوشہ رکھتے ہو۔۔۔ میں نے اسی لیے شانتا کو دلہن بنا دیا ہے۔۔۔ وہ تمہارا انتظار کر رہی ہے۔۔۔ اور آج کی رات بہت خوب صورت بھی ہے اور تنہا بھی۔۔"

"دغا باز عورت۔۔" میں اچانک چیخا۔۔۔ اور شاتو کا وجود دوسرے ہی لمحے میری نظروں سے اوجھل

ہو گیا۔ البتہ اس کے ہلکے ہلکے قہقہوں کی آواز دیر تک فضا میں گونجتی رہی۔ میں دیر تک وہاں کھڑا حوض کے خالی چبوترے کو دیکھتا رہا اور سوچتا رہا کہ شاتو اس وقت کہاں ہو گی؟ ایک سوال یہ بھی میرے ذہن میں کانٹے کی طرح چبھ رہا تھا کہ آخر شاتو کا بت وقت مقررہ سے قبل ہی کیوں زندہ ہو گیا۔ شاتو نے شانتا کے بارے میں جو آخری جملے مجھ سے کہے تھے وہ جیسے اب بھی میرے کانوں میں گونج رہے تھے اور میرے تن بدن میں آگ سی لگتی جارہی تھی۔ میں سوچ بھی نہیں سکتا تھا کہ شاتو مجھے اتنا گھناؤنا مشورہ دے گی۔ شاتو واقعی ونود سے بڑا سخت انتقام لینا چاہتی تھی۔

اچانک میں نے سوچا کہ خود شانتا دلہن بننے پر راضی کیوں ہو گئی؟ آخر وہ کون سی پر اسرار طاقت تھی جس نے شانتا کو دلہن بننے پر مجبور کر دیا؟ لیکن۔۔۔ اس کے ساتھ ہی ساتھ میں نے یہ بھی سوچا کہ کہیں شاتو نے ایک تیر سے دو شکار تو نہیں کھیلے ہیں۔ یہ بات میرے ذہن میں اس لیے آئی کہ شانتا مجھ سے کہہ چکی تھی کہ اس حویلی میں شاتو کی روح کے علاوہ ایک مرد کی روح بھی موجود ہے جو شانتا کو اپنے ساتھ لے جانا چاہتی ہے۔۔۔ میں نے سوچا کہ کہیں شاتو نے اس روح کی تسکین کے لیے تو شاتو کو دلہن نہیں بنایا ہے؟۔۔ اور اگر ایسا ہے تو واقعی اس وقت شانتا خطرے میں ہے۔

چنانچہ۔۔۔

اپنا ایک لمحہ بھی ضائع کئے بغیر میں کالکا کو پکارتا ہوا شانتا کے کمرے کی طرف دوڑنے لگا۔۔ لیکن جیسے ہی میں شانتا کے کمرے کے قریب پہنچا میں یہ دیکھ کر حیران رہ گیا کہ کالکا کمرے کے باہر فرش پر اوندھا پڑا ہوا تھا۔ میں نے اس کو سیدھا کیا تو وہ گہری نیند میں تھا۔ میں سمجھ گیا کہ وہ سو نہیں رہا ہے بلکہ بے ہوش ہے۔

اب میں نے پریشان ہو کر شانتا کے کمرے کا دروازہ کھٹکھٹایا دروازہ اندر سے بند نہیں تھا وہ فوراً کھل گیا۔ میں بدحواسی کے عالم میں اندر داخل ہوا تو میرے قدم زمین پر جم کے رہ گئے کیونکہ۔۔۔ اندر پلنگ پر شانتا نیم عریاں حالت میں پڑی تھی اور ایک ایسا وجود جس کی حیثیت ایک گہرے دھوئیں کی سی تھی اس پر جھکا ہوا تھا۔۔ میں چیخا "شانتا۔۔" اور جیسے ہی میری آواز کمرے میں گونجی یہ دھواں

فضاء میں تحلیل ہو گیا۔۔۔شانتا بدستور پلنگ پر لیٹی رہی۔۔۔میں لپک کر اس کے قریب آیا تو یہ دیکھ کر اور بھی زیادہ حیران رہ گیا کہ شانتا جاگ رہی تھی اس کی آنکھیں کھلی ہوئی تھیں اور اس کے چہرے پر کسی پریشانی یا الجھن کے آثار نہیں تھے۔

میں شانتا کے چہرے کی اس تبدیلی کو دیکھ اور بھی زیادہ حیران پریشان ہو گیا کیوں کہ جس شانتا کو میں صبح حویلی میں چھوڑ کر گیا تھا، وہ مردوں سے بدتر تھی اس کا چہرہ برسوں کے بیماروں کا سا تھا، اس کی آنکھیں خشک تھیں، ہونٹ مرجھائے ہوئے تھے اور وہ غم کی وجہ سے بالکل دیوانی نظر آ رہی تھی لیکن اس وقت جو شانتا میری نگاہوں کے سامنے پلنگ پر نیم عریاں حالت میں پڑی تھی اس کا انداز ہی کچھ اور تھا۔

یہ شانتا سولہ سنگھار کئے ہوئے تھے اس کے بال بڑے خوبصورت انداز میں گندھے ہوئے تھے وہ تمام زیور پہنے ہوئے تھی اس کے چہرے پر شادابی ہی شادابی تھی اور وہ اپنے بہترین لباس میں تھی۔

میں آنکھیں پھاڑ پھاڑ کر شانتا کو دیکھتا رہا جیسے مجھے یقین ہی نہ آ رہا ہو کہ میں شانتا کو دیکھ رہا ہوں۔

چند لمحات کے بعد میں نے آگے بڑھ کر شانتا کا بلاؤز جو قریب ہی رکھا تھا اس کے عریاں سینے پر ڈال دیا۔۔ مجھ سے شانتا کی عریانیت دیکھی نہیں جا رہی تھی۔۔۔اب میں نے بہت آہستہ آواز میں اسے پکارا۔۔۔۔

لیکن۔۔۔۔

اس مرتبہ بھی شانتا نے کوئی جواب نہیں دیا۔ وہ اپنی نشیلی آنکھوں سے میری طرف دیکھتی رہی اور میری الجھنوں میں اضافہ ہوتا رہا۔ میں نے اسے دوبارہ پکارا سہ بارہ پکارا لیکن شانتا نے کوئی حرکت نہیں کی، اس پر نہ میرے پکارنے کا اثر ہوا اور نہ میری موجودگی کا۔۔ اب میں نے ہاتھ بڑھا کر اسے جھنجھوڑا اور پوری قوت سے چلایا "شانتا۔۔" اور جیسے شانتا کو ہوش آ گیا۔۔۔ وہ ہڑبڑا کر اٹھ بیٹھی۔۔۔وہ حیران حیران نظروں سے میری طرف دیکھنے لگی۔

دوسرے ہی لمحہ اس کو یہ احساس بھی ہو گیا کہ وہ نیم عریاں حالت میں ہے اس نے گھبرا کر اپنا سینہ چھپا لیا اور مجھ سے پوچھا: "تم یہاں کب آئے کمار۔۔ تم میرے کمرے میں داخل ہی کیوں

ہوئے۔۔۔؟" میں نے محسوس کیا کہ اس کے لہجہ میں شکایت بھی ہے اور غصہ بھی۔
میں نے کہا: "میں ابھی آیا ہوں۔۔۔۔ لیکن تم مجھے یہ بتاؤ کہ تم کو پہلی رات کی دلہن کس نے بنایا تھا۔۔۔ ذرا آئینہ میں اپنا چہرہ دیکھ کر مجھے بتاؤ کہ کیا یہ اسی ونود کی بیوی شانتا کا چہرہ ہے جس کو پولیس ایک قتل کے الزام میں آج ہی گرفتار کر کے لے گئی ہے اور جو صبح میری موجودگی میں غم سے بالکل پاگل نظر آ رہی تھی۔"
میرا جملہ سن کر شانتا نے اپنے چہرے پر ہاتھ پھیرا، اپنی کلائیوں کی چوڑیاں دیکھیں اپنے جسم پر لپٹی ہوئی ساڑی دیکھی اپنا اترا ہوا بلاؤز دیکھا اور پھر جیسے اسے کچھ یاد آ گیا۔۔۔۔۔۔۔ وہ دوڑ کر میرے سینے سے چمٹ گئی اور پھوٹ پھوٹ کر رونے لگی۔

میں یقیناً اس صورتِ حال کے لیے بالکل تیار نہیں تھا۔۔
شانتا نیم عریاں حالت میں تھی اور میری چھاتی سے لگی دونوں ہاتھوں سے مجھے جکڑے ہوئے روئے جا رہی تھی اور جیسے میرے کانوں میں شاتو کے وہ الفاظ گونج رہے تھے جو وہ ابھی چند منٹ قبل مجھ سے کہہ کر غائب ہوئی تھی۔۔۔۔۔
میں سچ کہتا ہوں شدتِ جذبات سے میں کانپنے لگا۔۔
شانتا میرے سینے سے اس طرح چمٹی ہوئی تھی جیسے ندی کی چھاتی سے کنول چمٹا ہوتا ہے میں نے ایک لمحہ کے لیے اس کے آنسوؤں سے تر چہرے پر نگاہِ گناہ ڈالی اور پھر ایسا محسوس کیا جیسے وہ شفق سے زیادہ رنگین ہو، گلاب کے پھولوں سے زیادہ معطر ہوا اور جیسے وہ رو نہ رہی ہو، فضا میں نغمے بکھیر رہی ہو۔ وہ میرے سینے سے چمٹی ہوئی تھی اور میرے چاروں طرف رات کی گناہ آلود تاریکی پھیل ہوئی تھی۔ خاموش تاریکی، بھیانک تاریکی، جذبات سے بھرپور تاریکی۔۔ اور بتدریج میری یہ حالت ہوتی جا رہی تھی جیسے میں ماضی کو بھول چکا ہوں اور مستقبل کی حدود کو مٹا چکا ہوں۔ مجھے نہیں معلوم اس وقت شانتا کی کیا حالت تھی میں صرف اپنے بارے میں جانتا ہوں کہ میرے جذبات میں ندی کی طرح سیلاب آ چکا تھا اور سیلاب کی یہ صفت ہوتی ہے کہ بڑی بڑی چٹانیں بھی اس کا راستہ نہیں روک

پاتیں۔۔

میں نے کانپتے ہوئے ہاتھوں سے شانتا کا آنسوؤں سے لبریز چہرہ اٹھایا۔۔ جو اب برف کی طرح سفید ہو چکا تھا۔۔۔ اس کی لمبی پلکوں پر اس وقت بھی آنسو اس طرح کانپ رہے تھے جیسے گلاب کی نازک پنکھڑیوں پر شبنم کی قطرے طلوع آفتاب پر کانپنے لگتے ہیں، میں یقیناً بدلتا جا رہا تھا۔۔۔ مجھے ایسا محسوس ہو رہا تھا جیسے میں کوئی خواب دیکھ رہا ہوں کسی محل کی محراب کی نیچے اپنی محبوبہ کو گلے سے لگائے کھڑا ہوں اور تمناؤں کا ہجوم مجھ پر اپنی گرفت مضبوط کرتا چلا جا رہا ہے۔

اب میں نے شانتا کے وجود پر ایک گہری نظر ڈالی۔۔۔ اور ایسا محسوس کیا جیسے اس کی آنکھوں میں ایک نشہ سا انگڑائیاں لے رہا ہے۔ اس کے نرم و گداز جسم سے اس کی ساڑی کچھ اس انداز میں سرک گئی تھی جیسے بادلوں کی جھرمٹ سے چاند نکل آیا ہو۔ مجھے شانتا کے وجود میں اپنی زندگی کا ماضی سمٹا ہوا نظر آیا۔ اور میری دیرینہ آرزوئیں میرے دل میں الاؤ کی طرح سلگنے لگیں اور پھر جیسے میرا جسم اس آگ میں جھلسنے لگا۔ شانتا پر میری گرفت سخت ہونے لگی میں نے اسے عورت نہیں ریشم کا ڈھیر سمجھ لیا۔ میں گناہ کی طرف بڑھتا ہی چلا گیا۔

یقیناً میں شانتو کے سحر میں مبتلا ہو گیا تھا۔ لیکن بالکل اچانک جیسے طوفان سے باہر نکل آیا۔ میں نے شانتا کو دھکا دے کر دور کر دیا۔۔۔ اور کمرے کی تنہائی چیخنے لگی۔

میں نے شانتا سے کہا: "تم اپنے ہوش میں ہو یا نہیں۔"

لیکن اس مرتبہ بھی شانتا نے کوئی جواب نہیں دیا۔ وہ میری طرف بالکل اسی انداز میں دیکھنے لگی جیسے سورج مکھی کا پھول سورج کو دیکھتا ہے۔۔۔ بڑا درد تھا ان کی آنکھوں میں۔ میں نے اس سے دوبارہ کہا: "یہ تمہیں کیا ہو گیا ہے شانتا تم بولتی کیوں نہیں۔۔"

لیکن شانتا پھر بھی خاموش رہی۔۔۔ اب میری قوتِ برداشت نے جواب دے دیا۔۔ میں دونوں ہاتھوں سے اس کو پکڑ جھنجھوڑنے لگا اور کمرے کی خاموشیوں میں میری آواز گونجنے لگی: "شانتا۔۔۔ شانتا۔۔ شانتا۔"

ابھی چند لمحات قبل کمرے میں جو مجھ پر جذباتی طوفان چھایا تھا وہ ختم ہو چکا تھا لیکن ابھی بھی اس

طوفان کے اثرات باقی تھے۔ اب میں جاگ رہا تھا اور میرے ہوش واپس آچکے تھے۔ لیکن شانتا اب بھی مدہوش تھی۔۔۔ اس کے تیور اب بھی بدلے ہوئے تھے اب بھی اسے یہ احساس نہیں ہوا تھا کہ وہ ایک غیر مرد کے سامنے نیم عریاں حالت میں کھڑی ہوئی ہے۔

مجھے خوشی ہو رہی تھی کہ میں گناہ کی وادی میں گرتے گرتے رہ گیا تھا اور شاتو کو شکست ہو گئی تھی۔ لیکن اب مجھے یہ الجھن ہو رہی تھی کہ شانتا پر کون سی کیفیت طاری ہے؟ آخر اس کو ہو کیا گیا ہے؟ اور پھر اچانک مجھے دھوئیں سے بنا ہوا وہ وجود یاد آگیا جو نیم عریاں شانتا پر جھکا ہوا تھا اور جو میرے کمرے میں داخل ہوتے ہی فضاء میں تحلیل ہو گیا تھا۔۔۔

یہاں میں اس بارے میں یہ بھی بتا دینا چاہتا ہوں کہ میں ہر گز ہر گز ڈرپوک نہیں ہوں۔ میں اب تک بھوت پریت اور ارواح خبیثہ کا قائل ہی نہیں تھا اس لیے ان سے ڈرتا بھی نہیں تھا۔ لیکن صرف ایک دن کے اندر اس آسیب زدہ حویلی میں جو کچھ مجھے نظر آیا اس میں نہ صرف مجھے بھوت پریت کا قائل بنا دیا تھا بلکہ مجھے ڈرا بھی دیا تھا۔

شانتا اب بھی میری طرف مسلسل دیکھے جا رہی تھی۔۔۔ نتیجہ یہ ہوا کہ میں ڈر گیا۔۔ اب مجھے یہ بھی محسوس ہونے لگا کہ کمرے میں میرے اور شانتا کے علاوہ بھی کوئی موجود ہے۔ میں نے گردن گھما کر چاروں طرف دیکھا اور پھر خود بخود میری پیشانی عرق آلود ہو گئی۔ میں پسینے میں نہا گیا۔۔ میرے اعصاب اور میرے ذہن کا رشتہ ٹوٹنے لگا۔۔

لیکن ابھی میری ہمتوں نے میرا ساتھ نہیں چھوڑا تھا۔ میں چلایا: "اس کے کمرے میں کون ہے۔" مجھے کوئی جواب نہیں ملا۔۔ میں دوبارہ چلایا: "شاتو۔۔۔ شاتو۔۔۔ کیا تم یہاں موجود ہو۔۔۔" اور اس مرتبہ بھی میری آواز صدا بہ صحرا ثابت ہوئی۔۔ مجھے کوئی جواب نہیں ملا۔

شانتا اب بھی میری طرف درد بھری نظروں سے دیکھ رہی تھی میں گھبرا کر کمرے سے باہر نکلا اور تقریباً دوڑتا ہوا پورٹیکو تک آیا۔ میں دراصل یہ دیکھنا چاہتا تھا کہ شاتو کا بت اپنی جگہ پر ہے یا نہیں؟ لیکن چبوترہ خالی تھا اور اس کا مطلب یہ تھا شاتو بھی بت میں تبدیل نہیں ہوئی تھی۔۔ وہ یہ سارا تماشہ

دیکھنے کے لیے میرے قریب ہی موجود تھی۔ میں دوبارہ شانتا کے کمرے کی طرف مڑا۔۔ لیکن اچانک ایک آواز سن کر میرے قدم زمین جم گئے۔ یہ آواز شاتو کی تھی۔۔۔

شاتو نے کہا: "تم نے مجھے پکارا تھا۔ لیکن میں شانتا کے کمرے میں موجود نہیں تھی۔ کیوں کہ میں اس کمرے میں داخل ہی نہیں ہو سکتی تھی۔۔ میں باہر سے تمہارا تماشہ دیکھ رہی تھی۔"

"مجھے یہ بتاؤ کہ شانتا کے جسم پر کون جھکا ہوا تھا۔۔"

میں نے پوچھا۔۔

"میری طرح ایک روح ہے۔۔" شاتو نے جواب دیا: "جو بھٹک رہی ہے۔"

"یہ کس کی روح ہے۔" میں نے سوال کیا "یہ روح شانتا سے کیا چاہتی ہے؟"

"یہ سب تم اپنی شانتا ہی سے پوچھنا" شاتو نے طنزیہ لہجے میں کہا: "میں صرف اتنا بتا دینا چاہتی ہوں کہ یہ روح اب بھی شانتا کے کمرے میں موجود ہے اور اس وقت بھی موجود تھی جب تم اس کو اپنے گلے سے لگائے ہوئے تھے"

"شاتو۔۔" اچانک میں نے نرم لہجے میں کہا "میں تمہاری مدد چاہتا ہوں۔"

"لیکن میں تمہاری کوئی مدد نہیں کر سکتی" شاتو نے جواب دیا: "تم جب تک ونود کے دوست رہو گے، تم جب تک ان دونوں کی مدد کرتے رہو گے میں تمہیں کوئی مدد نہیں دے سکتی بلکہ میں تمہیں پریشان کروں گی اور اتنا پریشان کروں گی کہ تم خود ہی اس حویلی سے بھاگ کھڑے ہو گے"۔

"اچھا کم از کم یہ تو بتا دو کہ شانتا اپنا ماضی اور حال کیوں بھول گئی ہے؟" میں نے شاتو سے پوچھا۔

لیکن شاتو نے میرے اس سوال کا کوئی جواب نہیں دیا۔۔ جواب کے بجائے فضا میں ایک قہقہہ سا گونجا اور پھر ماحول پر دوبارہ خاموشی چھا گئی۔ میں نے پلٹ کو چبوترے کی طرف دیکھا تو بت واپس آ چکا تھا۔

اندھیرے میں بت کو اس طرح واپس ہوتے دیکھ کر ایک مرتبہ میں پھر لرز گیا۔ اور میرا جسم پسینے میں نہا گیا۔

اب اس کے علاوہ اور کوئی چارہ کار نہ تھا کہ میں دوبارہ شانتا کے کمرے میں جاؤں اور اس کے ہوش

واپس لانے کے بعد خود اس سے پوچھوں کہ اس پر کیا گزری تھی۔ چنانچہ بہت آہستہ اور مردہ قدموں کے ساتھ میں شانتا کے کمرے کی طرف مڑا۔ برآمدے میں اب بھی کالکا بے ہوش پڑا تھا۔ وفادار اور بوڑھے ملازم کو اس عالم میں دیکھ کر میری آنکھوں میں آنسو آگئے۔

میں شانتا کے کمرے میں داخل ہوا تو شانتا پلنگ پر لیٹی ہوئی تھی۔ اس کی آنکھیں اب بھی کھلی ہوئی تھیں۔ اب وہ چھت کی جانب دیکھ رہی تھی۔۔اس کے جسم کا بالائی حصہ اب بھی عریاں تھا۔۔

تھکے تھکے قدموں کے ساتھ میں اس کے پلنگ کے نزدیک آیا۔ اور آہستہ سے اس کو پکارا لیکن شانتا کے کانوں تک جیسے میری آواز پہنچی ہی نہیں۔۔ وہ اسی طرح چھت کی جانب دیکھتی رہی شاید اس پر سکتہ طاری تھا۔

اب میں نے ہاتھ بڑھا کر شانتا کی ساڑی کا پلو اٹھایا اور اس پلو سے اس کے جسم کے عریاں حصے کو ڈھانکنا چاہا لیکن دوسرے ہی لمحے جیسے میری آنکھوں کے سامنے تارے ناچ گئے۔۔۔ کسی اَن دیکھے ہاتھ نے میرے گال پر اتنی زور سے تھپڑ مارا کہ میرا سارا جسم ہل کر رہ گیا اور میرے ہاتھ سے ساڑی کا پلو گر گیا۔

میں اس چوٹ سے سنبھلنے بھی نہیں پایا تھا کہ میرے گال پر ایک دوسرا تھپڑ پڑا اور پھر تو جیسے مجھ پر لاتوں اور گھونسوں کی بارش سی شروع ہوگئی۔۔۔ میں ذبح ہوتے ہوئے بکرے کی طرح چیختا رہا اور نہ دکھائی دینے والا وجود مجھے بری طرح مارتا رہا حد یہ کہ میں زمین پر گر گیا۔۔۔

شانتا اب بھی چھت کی طرف دیکھے جا رہی تھی۔۔۔

☆☆☆

باب : ۱۰

روح کی شرط

اب مجھ پر سکتہ طاری ہو گیا تھا۔

میں نے اب تک اس وجود کو نہیں دیکھا تھا جس نے مجھ کو بہت مارا پیٹا تھا لیکن اب میں بھوت پریت کا قائل ہو چکا تھا۔ میری ساری ترقی پسندی رخصت ہو چکی تھی۔ میں دیر تک کمرے کے فرش پر پڑا ہانپتا رہا۔ آخر میں کراہتا ہوا اٹھا۔ شانتا اب بھی مسہری پر نیم عریاں حالت میں پڑی تھی۔ شانتا کو اس عالم میں دیکھ کر ایک مرتبہ پھر میری بہادری واپس آگئی۔ میں نے چلا کر کمرے میں موجود اَن دیکھے وجود کو مخاطب کرتے ہوئے کہا "میں نہیں جانتا کہ تم کون ہو لیکن تم جو کوئی بھی ہو میں تم سے کچھ باتیں کرنا چاہتا ہوں۔۔"

کمرے میں میری آواز گونج کر رہ گئی۔ میں نے ہمت کر کے دوبارہ اپنا جملہ دہرایا۔ اب میں نے دیکھا کہ شانتا کے پاس رکھی ہوئی کرسی اپنی جگہ سے کھسکی۔ کرسی کے کھسکنے کا انداز بالکل ایسا ہی تھا جیسے کوئی اس پر بیٹھ گیا ہو۔

میں ٹکٹکی باندھ کر کرسی کی طرف دیکھنے لگا۔

چند لمحے بعد کمرے میں ایک ہلکی سی آواز پھیلی۔۔ ایک ایسی آواز جو سنی نہ جا سکتی ہو، صرف محسوس کی جا سکتی ہو۔ آواز مجھ سے ہی مخاطب تھی۔ اَن دیکھا وجود۔۔ شانتا کا عاشق، حویلی کی وہ روح جو شانتا پر اپنا منحوس سایہ ڈال چکی تھی، مجھ سے کہنے لگی: "میں یہاں موجود ہوں اور تم سے پوچھ رہا ہوں کہ تم مجھ سے کیا باتیں کرنا چاہتے ہو۔"

"میں تمہاری مدد چاہتا ہوں"۔ میں نے کہا: "میں تمہارے تعاون سے اس حویلی کی نحوست کا خاتمہ

کرنا چاہتا ہوں۔ میں اپنے ونود کو شانتو کے سحر سے نکالنا چاہتا ہوں اور میں یہ جاننا چاہتا ہوں کہ تم کون ہو۔"

"میں بھی کبھی اس حویلی میں رہتا تھا۔ لیکن میں اپنے بارے میں تمہیں کچھ بھی نہیں بتاؤں گا۔ البتہ میں اس شرط پر تمہارے ساتھ ہر قسم کا تعاون کرنے کے لیے تیار ہوں آج کے بعد تم میرے اور شانتا کے معاملات میں کوئی دخل نہیں دو گے۔"

"میں تمہارا مطلب نہیں سمجھا۔" میں نے بڑی دھیمی آواز میں کہا۔۔۔

"میرا مطلب بالکل صاف ہے۔ میں ایک پیاسی روح ہوں میں اپنی زندگی میں ہمیشہ عورت کے پیار کے لیے ترستا رہا ہوں۔

شانتا جب اس حویلی میں داخل ہوئی تھی اسی وقت مجھے اس کے چہرے پر اپنی روح کا سکون نظر آ گیا تھا اور میں نے فیصلہ کر لیا تھا کہ میں شانتا کو ہمیشہ کے لیے اپنا لوں گا اور جب کہ میں نے شانتا کو اپنی گرفت میں لے لیا ہے۔ میں نہیں چاہتا کہ کوئی بھی میرے اور اس کے درمیان دیوار بنے۔۔۔۔۔"

"تم چاہتے کیا ہو؟" میں نے بدستور خوف زدہ آواز میں سوال کیا۔

"میں یہ چاہتا ہوں کہ شانتا اسی طرح، اسی نیم عریاں حالت میں اسی طرح بناؤ سنگھار کیے ہوئے اس مسہری پر لیٹی رہے، اور میں اس کو دیکھتا رہوں۔" چند لمحوں کی خاموشی کے بعد آواز دوبارہ پھیلی: "میں چاہتا ہوں کوئی انسان اس کمرے میں داخل نہ ہو۔"

"تو کیا شانتا ہمیشہ اسی طرح سوتی رہے گی؟" میں نے پوچھا۔

"ہاں۔۔۔ یہ میری اپنی مرضی پر منحصر ہے کہ وہ کب تک سوئے اور کب جاگے، میں اسی شرط پر اس چڑیل کے خلاف تمہارا ساتھ دینے کے لیے تیار ہوں کہ اس وقت کے بعد تم اس کمرے میں نہیں ہو گے۔"

"اور اگر میں تمہاری شرط نہ مانوں۔۔؟" میں نے ہمت سے کام لیتے ہوئے کہا۔

"تو تکلیف اٹھاؤ گے۔" روح نے جواب دیا۔

کمرے کی روح کا یہ جواب سن کر میں نے ایک مرتبہ شانتا کے جسم کی طرف دیکھا۔ وہ بدستور

مسہری پر بے ہوش پڑی تھی اور اس کی ادھ کھلی آنکھیں بدستور چھت کو دیکھے جا رہی تھیں۔

میں عجیب الجھن میں پھنس چکا تھا۔

شاتو نے ابھی چند منٹ قبل مجھ سے کہا تھا: "تم جب ونود کے دوست رہو گے، تم جب تک ونود کی مدد کرتے رہو گے میں تمہاری کوئی مدد نہیں کر سکتی، بلکہ تمہیں پریشان کروں گی اور اتنا پریشان کروں گی کہ تم خود ہی اس حویلی سے بھاگ کھڑے ہو گے۔"

اور اب۔۔۔

حویلی کی یہ دوسری روح مجھ سے شانتا کو طلب کر رہی تھی۔ میرے ایک طرف ونود تھا اور دوسری طرف شانتا تھی، مجھے دونوں سے محبت تھی دونوں سے پیار تھا۔ ایک میرا بچپن کا دوست تھا اور دوسری میری بچپن کی محبوبہ۔

میں اگر ونود کو شاتو کے سحر سے نجات دلانے کی ٹھانتا تھا تو مجھے شانتا کو قربان کرنا تھا اور اگر شانتا کو اس روح کے شکنجے سے بچانا تھا تو مجھے ونود کو قربان کرنا تھا۔۔ میں چند منٹ تک اس نئی صورتِ حال پر غور کرتا رہا اور میری الجھنیں بڑھتی گئیں۔ میری قوتِ فیصلہ جواب دیتی گئی اور میری آنکھیں بوجھل ہوتی گئیں۔

اچانک کمرے میں وہی جانی پہچانی آواز گونجی: "میں تمہارا فیصلہ سننا چاہتا ہوں۔" اور جیسے میں چونک گیا۔ میرے حواس واپس آ گئے میں نے جواب دیا: "اپنا فیصلہ سنانے سے قبل میں تم سے ایک درخواست کرنا چاہتا ہوں۔"

ایک لمحہ تک خاموش رہنے کے بعد میں نے کہا: "میں چاہتا ہوں کہ تم آج رات کے لیے شانتا کو میرے حوالے کر دو۔ میں شانتا سے کچھ باتیں کرنا چاہتا ہوں۔ شاید تمہیں نہیں معلوم کہ ایک مدت تک وہ میری محبوبہ رہ چکی ہے۔"

"مجھے معلوم ہے۔۔" روح نے جواب دیا" اور اسی لیے میں شانتا میں تمہاری دلچسپی برداشت کر رہا تھا۔ بہر حال۔۔ میں یہ جاننا چاہتا ہوں کہ اگر آج کی رات کے لیے میں نے شانتا کی نیم بے ہوشی ختم کر دی تو کیا تم صبح اپنا فیصلہ مجھے سنا دو گے؟"

"ہاں۔ میں نے جواب دیا: "میں وعدہ کرتا ہوں۔"

اور اس کے بعد۔۔۔

میں نے دوبارہ کرسی کو کھسکتے دیکھا، دروازے کو کھلتے دیکھا اور پھر اچانک ایسا محسوس کیا کہ اب تک کمرے میں جو خاص قسم کی بو پھیلی ہوئی تھی وہ غائب ہو چکی ہے ٹھیک اسی لمحے میں نے شانتا کو انگڑائی لیتے ہوئے دیکھا اور میرے دیکھتے ہی دیکھتے شانتا بیدار ہو گئی۔ بیدار ہوتے ہی اس نے ایک نظر اپنے نیم عریاں بدن پر ڈالی اور دوسری نظر مجھ پر۔۔ اور پھر وہ جیسے زخمی شیرنی بن گئی۔

وہ مجھ پر جھپٹ پڑی اور چیخ چیخ کر میرے بال نوچنے لگی وہ چلا رہی تھی: "بدمعاش لفنگے مجھے مجبور پا کر دوست کی عزت پر ڈاکہ ڈالنا چاہتا ہے میں کمزور نہیں ہوں، میں تجھے زندہ چبا جاؤں گی، میں تجھے مار ڈالوں گی۔"

اس بدلی ہوئی صورت حال نے مجھے اور بھی حیران کر دیا۔

میں نے تنگ آ کر شانتا کے دونوں ہاتھ پکڑ لیے اور اس سے کہا "تم پاگل ہو گئی ہو شانتا۔"

شانتا نے جواب دیا: "پاگل میں نہیں تو ہو گیا ہے، بدمعاش تو نے میرے کپڑے اتارنے چاہے تھے وہ تو کہو اتفاق سے میری آنکھ کھل گئی، ورنہ تو نے مجھے برباد کرنے میں کوئی کسر نہیں اٹھا رکھی تھی۔"

"نہیں شانتا تمہیں غلط فہمی ہوئی ہے۔۔" میں نے اسے سمجھانا چاہا۔

"عورت کو کبھی غلط فہمی نہیں ہوتی۔" شانتا چلائی "اچھا یہ بتا کہ تو میرے تنہا کمرے میں کیا کرنے آیا تھا؟"

"تم بے ہوش تھیں شانتا۔۔ میں تمہیں ہوش میں لانے آیا تھا اور یہاں آ کر مجھ پر جو بیتی یا جو کچھ میں نے دیکھا ہے اگر تم اس کی تفصیل سنو گی تو ابھی اس حویلی سے بھاگ کھڑی ہو گی۔"

میں نے اس کو سمجھانے کے انداز میں کہا۔

میں چاہتا تھا کہ شانتا کا غصہ ٹھنڈا ہو جائے لیکن شانتا بدستور غصے میں بپھری رہی۔۔ اس نے کہا: "یہ سب تمہاری بکواس ہے۔"

"بکواس نہیں ہے شانتا۔۔" میں نے جواب دیا۔ اگر تم ثبوت چاہتی ہو تو کمرے سے باہر نکل کر دیکھ لو

تمہارا وفادار ملازم کالکا ابھی تک بے ہوش پڑا ہوا ہے۔"

"یہ کوئی ثبوت نہیں ہوا۔۔" شانتا نے کہا: "تم ڈاکٹر ہو تم نے مجھے بھی بے ہوش کر دیا ہو گا اور کالکا کو بھی تاکہ تمہیں اپنی برسوں کی پیاس بجھانے کا موقع مل جائے"۔

"نہیں شانتا نہیں" اب میں چلایا "میری عزت نفس کی توہین نہ کرو، میری نیک نیتی پر کیچڑ نہ اچھالو۔ میں تم سے سچ کہتا ہوں کہ میں نے تمہیں بد نیتی سے ہاتھ تک نہیں لگایا ہے۔ میں مانتا ہوں کہ ماضی میں تم میری محبوبہ رہی ہو میرے دل میں موجود رہی ہو۔ لیکن آج میں تمہیں اپنے دوست کی امانت سمجھتا ہوں ایک مقدس امانت۔"

میرے یہ جملے سن کر شانتا کا غصہ کچھ ٹھنڈا ہوا، اور میں نے اس کے دونوں ہاتھ چھوڑ دیئے۔ اب میں نے اس کو بڑے سکون کے ساتھ ساری داستان سنا دی۔ میں نے جیسے ہی داستان ختم کر کے شانتا کی طرف دیکھا وہ رو رہی تھی اور خوف کی وجہ سے اس کا سارا جسم تھر تھر کانپ رہا تھا۔۔

میرے یہ جملے سن کر شانتا کا غصہ کچھ ٹھنڈا ہوا، اور میں نے اس کے دونوں ہاتھ چھوڑ دیئے۔ اب میں نے اس کو بڑے سکون کے ساتھ ساری داستان سنا دی۔ میں نے جیسے ہی داستان ختم کر کے شانتا کی طرف دیکھا وہ رو رہی تھی اور خوف کی وجہ سے اس کا سارا جسم تھر تھر کانپ رہا تھا۔۔

اب میں نے اس سے کہا: "خوف زدہ مت ہو، میں تمہارے پاس موجود ہوں، لیکن ہمیں بہر حال آئندہ کے لیے غور کرنا ہے اور فیصلہ کرنا ہے کہ موجودہ مصیبتوں سے ہم کس طرح نجات حاصل کریں۔"

"لیکن تم نے اس سلسلے میں کیا سوچا ہے؟" شانتا نے پوچھا۔

"میں نے ابھی کچھ نہیں سوچا ہے۔" میں نے کہا: "میں ابھی تم سے کہہ چکا ہوں کہ میرا دماغ تقریباً ماؤف ہو چکا ہے۔"

ہم دونوں اسی طرح کافی دیر تک بات کرتے رہے اور رات آہستہ آہستہ گزرتی رہی۔ میں نے شانتا سے کہا: "میرے خیال میں مناسب یہ ہے کہ تم آج رات کو ہی یہاں سے چلی جاؤ۔"

"ناممکن۔۔۔" شانتا نے کہا۔ "میں نہ تمہیں مصیبت میں چھوڑ کر جا سکتی ہوں اور نہ ونود کو۔ بلکہ میں تو یہ فیصلہ کر چکی ہوں کہ میں خود کو ونود پر قربان کر دوں، کیوں کہ اس طرح تمہیں شاتو کی خبیث روح کے مقابلے پر ایک اور روح کا تعاون حاصل ہو جائے گا۔"

"یعنی میں تمہیں زندہ در گور ہو جانے دوں؟" میں نے کہا۔

"ہاں۔۔" شانتا نے بڑے مضبوط لہجے میں کہا۔

"نہیں شانتا۔" میں نے جواب دیا "ہمیں کچھ اور سوچنا چاہیے۔ موجودہ مسئلہ کا وہ حل نہیں ہے جو تم میرے سامنے رکھ رہی ہو۔"

"پھر تم ہی بتاؤ کہ آخر کیا کیا جائے۔۔۔" شانتا روہانسی ہو کر بولی۔

"ابھی ساری رات باقی ہے۔" میں نے جواب دیا: "بہر حال میں نے تمہارے عاشق روح سے صبح تک کی مہلت لی ہے۔"

شانتا کچھ دیر تک سوچتی رہی اور میں اس کا چہرہ دیکھ کر اس کے خیالات کے مدو جزر کا اندازہ لگاتا رہا۔ وہ واقعی اپنے شوہر کے لیے اپنا سب کچھ قربان کرتی نظر آ رہی تھی۔ وہ بہر حال ایک ہندوستانی عورت تھی اور ہندوستانی عورت کے کردار کی بنیادی صفت یہ ہوتی ہے کہ وہ شوہر کو اپنا مجازی خدا سمجھتی ہے، شوہر کے قدموں میں جنت تلاش کرتی ہے اور وقت پڑنے پر اپنے شوہر کے لیے اپنی جان تک دے دیتی ہے۔ میں شانتا کے چہرے کی طرف دیکھتا رہا اور مجھے اس کے چہرے پر صرف ایک عورت کا تقدس ہی نظر نہیں آتا رہا بلکہ میں اس طوفان کو بھی دیکھتا رہا جو شانتا کو پوری طرح اپنی گرفت میں لے چکا تھا۔

اچانک شانتا نے کہا "میں عالم ہوش و حواس میں خود اس روح سے بات کرنا چاہتی ہوں۔ میں ابھی اس کو آواز دیتی ہوں۔"

"لیکن یہ کیا ضروری ہے کہ وہ تمہارے پکارنے سے آ جائے۔" میں نے کہا۔

"وہ آئے گی اور ضرور آئے گی۔" شانتا نے بڑے مضبوط لہجے میں کہا: "لیکن تم تھوڑی دیر کے لیے

باہر چلے جاؤ۔ بہت ممکن ہے کہ میرا یہ مردہ عاشق مجھ سے تمہاری موجودگی میں بات نہ کرے۔"
مشورہ معقول تھا۔ اس لیے میں شانتا کے چہرے پر ایک گہری نظر ڈالنے کے بعد کمرے سے باہر نکل گیا۔
باہر کالکا اب بھی عالم بے ہوشی میں تھا۔ میں نے اس پر پانی کے چھینٹے ڈالے اور چند ہی لمحوں کے بعد وہ ہوش میں آگیا۔
اس نے بیدار ہوتے ہی پوچھا "بی بی جی کہاں ہیں؟"
"اپنے کمرے میں۔" میں نے جواب دیا "لیکن مجھے یہ بتاؤ کہ تم پہرہ دینے کے بجائے اتنی گہری نیند کیوں سو رہے تھے؟"
"میں سو نہیں رہا تھا ڈاکٹر صاحب" کالکا نے کہا "میں آپ سے سچ کہتا ہوں کہ کسی نے مجھ پر جادو کر دیا تھا اور اسی جادو کے اثر سے میں بے ہوش ہو گیا تھا۔"
اس کے بعد کالکا نے مجھے بتایا کہ وہ دروازے سے ٹیک لگائے بیٹھا تھا کہ اچانک اس نے ایک تیز قسم کی بدبو محسوس کی اور قبل اس کے کہ وہ کوئی کپڑا اپنی ناک پر رکھتا، وہ بے ہوش ہو چکا تھا۔
کالکا نے مجھ سے پوچھا: "بی بی جی اس وقت کیا کر رہی ہیں؟"
"لیٹی ہوئی ہیں اور خیریت سے ہیں۔ تم ان کی طرف سے فکر مند نہ ہو اور اسی جگہ بیٹھے رہو۔ میں ذرا باغ میں ٹہلنے جا رہا ہوں۔" اتنا کہہ کر میں باغ کی طرف روانہ ہو گیا۔

باغ کے وسط میں شاتو کا بت بدستور مسکرا رہا تھا، میں اب تک اس بت کو کئی مرتبہ مسکراتے دیکھ چکا تھا لیکن اس وقت اس کی مسکراہٹ ایک تیر بن کر مجھے اپنے دل میں اترتی محسوس ہوئی۔ میں بت کے سامنے ٹھٹھک کر کھڑا ہو گیا۔ کافی دیر تک میں بت کے سامنے کھڑا اس کو گھورتا رہا اور میرے دل میں یہ خواہش انگڑائیاں لیتی رہی کہ کیوں نہ میں ابھی اور اسی وقت اس کو توڑ دوں، تاکہ نہ رہے بانس نہ بجے بانسری کے مصداق شاتو کا وجود ہی ختم ہو جائے۔
اور پھر جیسے میں نے محسوس کیا کہ شاتو کا بت توڑنے میں ہی ہم سب کی نجات مضمر ہے۔ میں فوراً باغ

کے اس گوشے کی طرف لپکا، جہاں مالی کی کدال اور پھاوڑے رکھے تھے۔ کسی فوری جذبہ کے تحت میں نے ایک کدال اٹھائی اور تقریباً دوڑتا ہوا دوبارہ بت کی طرف لپکا۔ لیکن حوض کے قریب پہنچتے ہی جیسے میرے قدم زمین پر جم کر رہ گئے۔ اب بت اپنی جگہ سے غائب تھا، میں ابھی مبہوت ہی کھڑا تھا کہ میرے کانوں میں شاتو کی جانی پہچانی آواز گونجی، وہ ہلکے ہلکے قہقہے لگا رہی تھی۔ چند لمحوں کے بعد اس نے مجھ سے کہا: "تم میری مسکراہٹ کو قتل نہیں کر سکتے ڈاکٹر۔۔۔ تم میرے بت کو ہاتھ بھی نہیں لگا سکتے۔"

شاتو نے ایک لمحے کی خاموشی کے بعد مجھ سے مزید کہا: "تم یہ نہ سمجھنا کہ میں کچھ نہیں جانتی، مجھے سب کچھ معلوم ہوتا رہتا ہے، میں ہر بات سے واقف ہوں، میں ایک بار پھر تمہاری طرف دوستانہ ہاتھ بڑھاتی ہوں۔ تم شانتا کو لے کر ہمیشہ ہمیشہ کے لیے یہاں سے چلے جاؤ اور ونود کو اس کے حال پر چھوڑ دو۔"

"اور اگر میں تمہاری بات نہ مانوں تو؟" میں نے کپکپاتے ہوئے لہجے میں کہا۔

"تو میں تمہیں پریشان کروں گی۔۔۔۔۔۔۔ اتنا کہ تم خود ہی یہ حویلی چھوڑ کر بھاگ جاؤ گے۔۔" شاتو نے بڑے زہریلے لہجے میں جواب دیا۔

شاتو نے اس کے بعد اور کچھ نہیں کہا، میرے دیکھتے ہی دیکھتے اس کا بت دوبارہ چبوترے پر واپس آ گیا۔ اور میں نے ایسا محسوس کیا جیسے رات اور بھی زیادہ گہری ہو گئی۔ رات کی تاریکی اور بھی زیادہ بڑھ گئی۔

ٹھیک اسی لمحے دور بہت دور سے الّو کے چیخنے کی آوازیں آنے لگیں۔ درختوں کی شاخیں دیوانہ وار جھومنے لگیں اور میرے چاروں طرف کی ہوا سسکیاں بھرنے لگی۔ ماحول اتنا بھیانک ہو چکا تھا کہ اب میرے لیے وہاں کھڑا رہنا ناقابل برداشت ہو گیا، میں پسینے میں نہا گیا اور میں نے ایسا محسوس کیا جیسے میرے دل کی حرکت رکتی جا رہی ہے، نتیجہ یہ ہوا کہ میں وہاں سے بھاگ کھڑا ہوا۔

چند منٹ کے بعد میں دوبارہ شانتا کے کمرے کے دروازے پر کھڑا ہانپ رہا تھا۔ شانتا کمرے کے اندر تھی اور اندر سے کوئی آواز نہیں آ رہی تھی، میں نے دروازے پر دستک دی۔ دروازہ بلا کسی آواز کے

کھل گیا۔ اندر شانتا مسہری پر بالکل اداس بیٹھی تھی، اس کا چہرہ ایک مرتبہ پھر کمہلا گیا تھا اور وہ برسوں کی بیمار نظر آرہی تھی۔ مجھے کمرے میں داخل ہوتے دیکھ کر وہ کھڑی ہو گئی اور پھر جیسے ہی میں اس کے نزدیک آیا وہ پھوٹ پھوٹ کر رونے لگی۔ میں سمجھ گیا کہ اس کے رونے کا سبب کیا تھا۔ یقیناً حویلی کی روح نے اس کی کوئی بات نہیں مانی تھی، میں شانتا کو تسلی دینے کے لیے اس کے سر پر ہاتھ پھیرنے لگا۔ اور مجھے اعتراف ہے کہ ایک مرتبہ پھر جذبات کی رو میں بہہ نکلا۔ شانتا کی جسمانی قربت نے میرے جسم میں آگ لگا دی۔ شانتا روتی رہی اور میں اس کے دل کی دھڑکنوں کو ایک نغمہ سمجھ کر اس کے نشے میں ڈوبنے لگا۔ میرے احساسات پلک جھپکتے میں پوری شدت سے بیدار ہو گئے اور میں یہ بالکل بھول گیا کہ ابھی چند لمحے پہلے تک میں کتنا پریشان تھا، مجھے کتنی الجھنیں تھیں۔

لیکن بالکل اچانک ایک آواز نے میرے جذباتی خواب کا یہ سارا طلسم توڑ دیا۔ اور کیسے نہ ٹوٹتا جب کہ یہ آواز ونود کی تھی۔

ونود کی آواز سنتے ہی شانتا بجلی کی طرح لپک کر میری چھاتی سے الگ ہو گئی اور دروازے کی طرف دوڑ گئی، جہاں ونود کھڑا ہوا چیخ رہا تھا۔

"میں نے تم کو دوست سمجھا تھا کمار۔۔۔۔۔۔ مجھے نہیں معلوم تھا کہ تم ڈاکو بھی ہو، میری شانتا کے جسم کے ڈاکو۔۔۔۔۔ ذلیل انسان میں ابھی اور اسی جگہ۔۔۔"

ونود کا جملہ نامکمل رہ گیا۔ کیوں کہ اب تک شانتا اس کے منہ پر ہاتھ رکھ چکی تھی۔ میں ونود کی طرف آنکھیں پھاڑ پھاڑ کر دیکھتا رہا اور سوچتا رہا کہ وہ جیل سے کیسے بھاگ آیا؟ اس وقت رات کے دو بج رہے تھے۔ میں نے سوچا: "یہ ونود ہے یا میری نظروں کا دھوکا ہے۔"

لیکن ابھی میں کچھ اور نہیں سوچنے پایا تھا کہ ونود نے چیتے کی طرح جست لگائی اور مجھے دبوچ لیا۔ دوسرے ہی لمحے ہم ایک دوسرے سے گتھم گتھا ہو چکے تھے۔

☆☆☆

باب : ۱۱

جیل سے فرار

میں نے خود کو ونود کی گرفت سے چھڑانے کی بے حد کوشش کی لیکن وہ مجھے اس طرح دبوچ چکا تھا کہ میں جنبش بھی نہ کر سکا۔ وہ مجھے مسلسل مارتا رہا، گھونسوں سے لاتوں سے۔۔۔ اور میں اس کی مار کھاتا رہا، صرف اس لیے کہ میں یہ سمجھ رہا تھا کہ وہ جو کچھ بھی کر رہا ہے غلط فہمی کی بنیاد پر کر رہا ہے۔

اس دوران شانتا مسلسل چیختی رہی۔۔۔۔۔۔"پاگل نہ بنو ونود۔۔۔۔۔۔ کمار صاحب کو چھوڑ دو۔۔۔۔"

لیکن ونود مجھے اس وقت تک مارتا رہا جب تک کہ میں بالکل بے دم نہ ہو گیا۔

اب وہ شانتا کی طرف مخاطب ہوا۔۔۔۔۔۔۔۔"حرافہ۔۔۔۔۔۔۔۔۔۔۔۔میں جیل تھا اور تو یہاں سہاگ رات منا رہی تھی۔"

"نہیں ونود۔۔۔۔۔۔۔"

شانتا بھی جواب میں چیخی۔

"تم پاگل ہو گئے ہو اور تم اپنی بیوی کی وفا پر بھی شک کر رہے ہو اور اپنے دوست پر بھی۔"

"میں شک نہیں کر رہا ہوں۔۔۔۔"ونود بھی چیخا۔

"میں نے اپنی آنکھوں سے تم دونوں کو ہم آغوش دیکھا ہے، تم دونوں آوارہ ہو۔۔۔۔۔۔۔۔ میں تم دونوں کو قتل کر دوں گا۔"

"قتل کرو گے تو پھانسی پاؤ گے۔۔۔"شانتا نے سختی سے جواب دیا:"لیکن پہلے پوری بات سن لو۔"

"میں کچھ نہیں سنوں گا، بد معاش عورت۔۔۔۔۔۔۔۔"ونود اتنا کہہ کر شانتا کی طرف بھی لپکا،

اس کے لپکنے کا انداز بالکل ایسا تھا جیسے وہ اگلے ہی منٹ اپنے دونوں ہاتھوں سے شانتا کا گلا دبا دے گا۔۔۔۔ میں بے حد نڈھال ہو چکا تھا اور مجھ میں کھڑے ہونے کی بھی طاقت نہیں تھی لیکن اس کے باوجود میں تڑپ کر اٹھا اور میں نے ونود کو پیچھے سے پکڑ لیا۔۔۔۔۔۔۔

میں چلایا: "ونود تم واقعی پاگل ہو گئے ہو۔۔۔۔۔۔"

لیکن ونود نے مجھے پلٹ کر اتنی زور سے گھونسہ مارا کہ میں دوبارہ گر گیا۔

شانتا چلائی "ہاں ہاں۔۔۔۔۔۔۔۔۔ دبا دو میرا گلا تا کہ مجھے مکتی مل جائے۔"

ونود شانتا کا یہ جملہ سن کر دیوانوں کی طرح قہقہے لگانے لگا۔ اس نے کہا: "میں تجھے مکتی دلانے ہی یہاں آیا ہوں، بیسوا عورت۔۔۔۔۔۔۔"

اتنا کہہ کو ونود شانتا پر چیتے کی طرح جھپٹا۔۔۔۔ لیکن۔۔۔ دوسرے ہی لمحہ وہ فرش پر پڑا ہانپ رہا تھا۔ نہ دکھائی دینے والے وجود نے اسے دونوں ہاتھوں سے اٹھا کر پٹخ دیا تھا۔۔ ونود کو اس عالم میں دیکھ کر میرے لبوں پر ایک سکون بھری مسکراہٹ پھیل گئی۔ اب میں سمجھ گیا کہ شانتا کی عاشق روح اس کمرے میں موجود ہے اور اس کی موجودگی میں ونود ہم دونوں کو نقصان نہ پہنچا سکے گا۔۔۔۔۔۔

میں کراہتا ہوا اٹھا اور ونود کے قریب آ گیا۔۔ وہ اب بھی فرش پر لیٹا ہانپ رہا تھا۔ اس وقت اس کی حالت دیکھنے کے قابل تھی، ابھی چند لمحات قبل تک وہ شیر کی سی طاقت کا مظاہرہ کر رہا تھا اور دیوانوں کی سی حرکتیں کر رہا تھا لیکن وہ اب بالکل مردوں کی طرح پڑا ہوا تھا۔ اس کو دیکھ کر ایسا معلوم ہوتا تھا جیسے کس نے اس کے جسم کا سارا خون نچوڑ لیا ہو۔ اس کی آنکھوں سے ٹپکنے والی وحشت بھی اب بالکل ختم ہو چکی تھی اور اس کے چہرے پر جنون کے جو آثار تھے ان کا بھی اب کوئی پتہ نہ تھا۔ میں نے ونود سے پوچھا "یہ تمہیں کیا ہو گیا ہے ونود۔۔۔"

ونود نے مردہ آواز میں جواب دیا: "مجھے کچھ نہیں معلوم کمار"

اور میں فوراً سمجھ گیا کہ ونود نے اب تک جو کچھ کیا تھا وہ کسی سحر کے زیر اثر کیا تھا۔ مجھے اس پر رحم آنے لگا۔ اب شانتا بھی قریب آنے لگی تھی۔

میں نے ونود سے سوال کیا: "تم جیل سے کیسے بھاگے۔"

"یہ بھی مجھے نہیں معلوم۔"

"اچھا یہ بتاؤ کہ کیا تمہیں معلوم ہے کہ اس وقت تم کہاں ہو۔۔۔" میں نے سوال کیا۔

"میں حویلی میں موجود ہوں۔۔۔" ونود نے جواب دیا۔

ونود کا یہ جواب ثابت کرنے کے لیے کافی تھا کہ اب وہ ہوش میں ہے اور وہ اب تک جس سحر میں مبتلا تھا وہ ختم ہو چکا ہے۔

"تم نے جیل سے بھاگ کر بہت برا کیا۔۔۔۔۔۔۔" میں نے کہا۔

"اس لیے آؤ میں تمہیں دوبارہ جیل پہنچا دوں۔۔۔۔۔۔"

"مجھے کچھ نہیں معلوم کہ میں جیل سے کیسے بھاگا؟" ونود نے جواب دیا۔

"مجھے یہ بھی نہیں یاد کہ میں جیل سے یہاں تک کیسے آیا؟ مجھے کچھ یاد نہیں کہ مجھ پر آج کی رات کیا بیتی ہے؟"

"خیر۔۔۔" میں نے اسے تسلی دی۔ "تم پریشان مت ہو۔۔۔ میں سب کچھ ٹھیک کر دوں گا۔ تم میرے ساتھ چلو۔"

"کہاں چلوں؟" ونود نے بہت آہستہ سے پوچھا۔

"جیل۔۔۔" میں نے جواب دیا: "تم نے جیل سے بھاگ کر بہت بڑا جرم کیا ہے، میں اگر تمہیں جیل واپس پہنچا دوں گا تو تمہارا یہ جرم ہلکا ہو جائے گا، میں جیل کے حکام کو سمجھا دوں گا کہ تم نے جو کچھ کیا ہے وہ عالم بے ہوشی میں کیا ہے۔"

"لیکن کمار۔۔۔" ونود نے ایک لمبی سانس لے کر کہا۔

"میں اب جیل نہیں جاؤں گا ، میں یہاں سے بھاگا جاتا ہوں، بعد کے حالات تم سنبھال لینا۔۔۔۔۔۔"

"ناممکن۔۔۔۔۔۔۔" میں نے کہا: "اول تو میں تم کو بھاگنے نہیں دوں گا اور دوم یہ کہ اگر تم بھاگ بھی گئے تو پولیس تمہیں ایک نہ ایک دن گرفتار ضرور کر لے گی اور تب بہت برا ہو گا۔"

ونود میرا یہ جملہ سن کر اٹھ کر بیٹھ گیا۔۔۔۔۔۔۔۔۔اس نے کہا:

"نہیں۔۔۔ مجھے مت روکنا، میں اپنے ساتھ شانتا کو بھی لے جانا چاہتا ہوں تاکہ ہمیں حویلی کے آسیب سے بھی نجات مل جائے اور موجودہ طوفانِ حوادث سے بھی۔۔۔"

اب شانتا نے گفتگو میں مداخلت کی، اس نے کہا:

"ونود۔۔۔ میں تمہارے ساتھ چلنے کو تیار ہوں لیکن اتنا سمجھ لو کہ یہ بھی تو ممکن ہے کہ جیسے ہی ہم حویلی سے باہر نکلیں گے پولیس ہمارے استقبال کے لیے موجود ہو۔۔۔۔"

"انجام کچھ بھی ہو۔۔۔" ونود نے کھڑے ہو کر کہا: "میں بہر حال حویلی چھوڑ دینا چاہتا ہوں"۔

اتنا کہنے کے بعد ونود نے شانتا کا ہاتھ پکڑ لیا اور کہا: "آؤ میرے ساتھ۔۔۔"

اور شانتا نے بھی اس کے ساتھ قدم بڑھا دیئے۔

میں اس صورتحال کے لیے قطعی تیار نہیں تھا۔۔۔ مجھے یہ بھی معلوم تھا کہ شانتا اور ونود دونوں کا حویلی سے باہر نکلنا بالکل ناممکن ہے کیونکہ دونوں خبیث ارواح کے اسیر ہیں لیکن پھر بھی میں نے ایک مرتبہ اور ان دونوں کو روکنے کی کوشش کی۔ لیکن ونود نے مجھے دھکا دے دیا۔ یہ رات واقعی میری زندگی کی عجیب وغریب رات تھی۔ اس ایک رات میں اتنے زیادہ واقعات ہو گئے تھے کہ میں خود کو ایک سیلابِ حوادث میں گھرا ہو محسوس کر رہا تھا، حالات نے مجھے اتنا مجبور اور بے بس بھی بنا دیا تھا کہ آج بھی جب میں ماضی کی اس تاریک رات کا تصور کرتا ہوں تو میرے ماتھے پر پسینے کے قطرے نمودار ہو جاتے ہیں۔ ونود جیل سے بھاگ کر آیا تھا اور اس کی حویلی خود میرے لیے ایک جیل بن چکی تھی ایک ایسی جیل جس سے نہ بھاگ سکتا تھا اور نہ جس میں رہ سکتا تھا۔۔۔ واقعی یہ حویلی میرے لیے ایک عذاب بن چکی تھی۔

ونود جس وقت شانتا کا ہاتھ پکڑ کر دروازے کی طرف بڑھا تھا تو ایک لمحہ کے لیے میرے دل میں یہ خیال آیا تھا کہ کیوں نہ میں ونود کو چلا جانے دوں؟ کیوں نہ میں ونود اور شانتا کو ان کے انجام کے حوالے کر دوں؟ کیوں نہ میں ونود کی راہ میں حائل ہونے کی بجائے اس کو اس کے حال پر چھوڑ

دوں۔۔۔۔۔۔۔؟ لیکن اس خیال کے آنے کے فوراً بعد جیسے میرا ضمیر مجھے ملامت کرنے لگا۔
میں نے سوچا ونود بھی مصیبت میں ہے اور شانتا بھی، اس لیے مجھے ہر حال میں ان دونوں کی مدد کرنا چاہئے۔ یہ جذبہ وفا کی توہین ہے کہ میں ان دونوں کو ان کے حال پر چھوڑ دوں، چنانچہ ایک مرتبہ پھر میں نے ونود سے کہا:

"ونود۔۔۔ تم یہاں سے جاکر غلطی کر رہے ہو۔۔۔"

لیکن ونود نے میرے کہنے کی ذرا بھی پروانہ کی۔۔۔۔۔۔ اس نے جواب دیا:

"تم پاگل ہو گئے ہو کمار۔۔۔ میں اگر بھاگا نہیں تو مجھے پھانسی ضرور ہو جائے گی۔۔۔۔"

اور اتنا کہہ کر ونود شانتا کو لے کر کمرے کے باہر نکل گیا۔۔۔۔۔۔۔ میں حیران رہ گیا کہ کمرے میں موجود روح نے شانتا کو باہر کیسے جانے دیا؟ کیوں کہ مجھے پورا یقین تھا کہ کمرے میں شانتا کی عاشق روح ضرور موجود ہے۔

میں بھی گھبرا کر باہر نکل آیا اور پھر۔۔۔۔ یہ دیکھ کر میرے ہوش اڑ گئے کہ دور دور تک نہ شانتا کا پتہ تھا اور نہ ونود کا۔۔۔ کالکا بدستور فرش پر بے ہوش پڑا ہوا تھا۔ میں نے گھبرا کر شانتا اور ونود دونوں کو آوازیں دیں لیکن مجھے کوئی جواب نہیں ملا۔۔۔ مجھ پر دیوانگی سی طاری ہو گئی۔۔۔ میں دوڑتا ہوا حویلی کے پھاٹک تک آیا۔ لیکن پھاٹک بند تھا۔ میں نے دونوں کو باغ میں تلاش کیا لیکن باغ ہمیشہ کی طرح بالکل خالی پڑا تھا۔ ایک لمحہ کے لیے میرے ذہن میں خیال آیا کہ یہ بھی تو ممکن ہے کہ ان دونوں نے اسی کنویں میں خود کشی کر لی ہو جس سے شانتو کا بت بر آمد ہوا تھا۔۔ اس خیال کے آتے ہی میں نے کنویں کے چبوترے پر چڑھ کر ونود اور شانتا کو آوازیں دیں۔ لیکن میری آواز کنویں کی گہرائیوں میں گونج کر رہ گئی۔

ایک گھنٹے تک میں ان دونوں کو حویلی کے ایک ایک کمرے میں اور ایک ایک گوشہ میں تلاش کرتا رہا۔ لیکن ان کا پتہ چلنا تو درکنار مجھے ان کے قدموں کے نشان تک نہ ملے۔۔۔ ایسا معلوم ہوتا تھا جیسے ان کو یا زمین نے نگل لیا ہو یا آسمان نے اوپر اٹھا لیا ہو۔۔۔۔۔ میں نے ہمت کر کے وہ تہہ خانہ بھی دیکھ ڈالا جس میں ونود کو ہڈیوں کا انسانی پنجر ملا تھا۔ اور جہاں اس نے پروفیسر تارک ناتھ کی لاش

چھپائی تھی۔ لیکن یہ تہہ خانہ بھی بالکل خالی تھا۔ چمگادڑوں کے علاوہ اس میں کوئی ذی روح موجود نہیں تھا۔ ونود اور شانتا کی تلاش کے دوران کئی مرتبہ میری نگاہ شانتو کے بت پر پڑی۔ بت بدستور اپنی جگہ پر موجود تھا اور ہمیشہ کی طرح مسکرا رہا تھا۔۔۔ میں نے شانتا کی عاشق روح کو بھی آوازیں دیں لیکن روح نے بھی کوئی جواب نہیں دیا۔

میں کہہ چکا ہوں کہ یہ میری زندگی کی عجیب وغریب رات تھی۔

ساری رات میں دیوانوں کی طرح ونود اور شانتا کو تلاش کرتا رہا۔ میں نے غلط نہیں لکھا ہے، واقعی مجھ پر دیوانگی سی طاری ہو گئی تھی۔ اس تلاش میں ونود کے وفادار ملازم کالکا نے بھی میرا ساتھ دیا تھا، کالکا کی حالت مجھ سے بھی زیادہ خراب تھی۔ اس کی آنکھوں سے مسلسل آنسو بہہ رہے تھے۔

الغرض۔۔۔

اسی طرح صبح ہو گئی اور اس طرح تاریک رات کی جو دہشت میرے اعصاب پر حاوی ہو گئی تھی۔ وہ ایک بہت بڑی حد تک ختم ہو گئی صبح کی ٹھنڈی ہوا نے میرے تھکے ہوئے اعصاب کو ایک تازگی بخش دی۔ میں آرام کرنے کے لیے حویلی کے بڑے برآمدے میں صوفے پر بیٹھ گیا۔۔۔۔۔۔ اس جگہ سے مجھے شانتو کا خوب صورت بت بھی نظر آرہا تھا اور حویلی کا داخلی پھاٹک بھی۔۔۔۔۔۔

کالکا نے جو میرے قریب ہی فرش پر بیٹھ گیا تھا مجھ سے کہا: "مالک نے بی بی جی کے ساتھ اس منحوس کنویں میں چھلانگ لگا دی ہو گی ڈاکٹر صاحب۔۔۔۔۔۔"

"کچھ نہیں کہا جا سکتا کہ یہ دونوں کیا ہوئے؟" میں نے جواب دیا۔ "بہر حال ہو سکتا ہے کہ تم ٹھیک کہتے ہو اور ان دونوں نے اپنی مصیبتوں کا خاتمہ کرنے کے لیے خود اپنا ہی خاتمہ کر لیا ہو۔۔۔۔"

"دن اچھی طرح نکل آئے تو میں بستی جاؤں گا۔۔۔۔۔۔۔۔" کالکا نے کہا۔

"میں وہاں سے کچھ آدمی لاؤں گا جو کنویں میں اتر کر لاشوں کو تلاش کر سکیں۔"

"چلے جانا، اور ضرور چلے جانا۔۔۔۔۔۔۔۔" میں نے جواب دیا "کم از کم اس طرح ہماری الجھن تو دور ہو جائے گی، ہمیں یہ تو پتہ چل جائے گا کہ ان لوگوں نے خودکشی کی ہے یا نہیں؟"

"لیکن ڈاکٹر صاحب۔۔۔۔۔۔" کالکا نے کچھ سوچ کر کہا۔ "اگر ان دونوں نے کنویں میں چھلانگ نہیں لگائی ہے تو آخر یہ دونوں چلے کہاں گئے؟"

"سوال اہم ہے اور بہت اہم ہے، کیوں کہ یہ دونوں حویلی سے باہر نہیں گئے ہیں۔ اس لیے کہ جب میں ان کے پیچھے پیچھے حویلی کے پھاٹک تک گیا تھا تو میں نے دروازہ اندر سے بند پایا تھا اور تم جا کر خود دیکھ آؤ کہ یہ دروازہ اس وقت بھی اندر سے بند ہے"۔ میں نے تفصیل سے جواب دیا۔

کالکا اور میں کافی دیر تک ان دونوں کی گمشدگی پر تبادلہ خیالات کرتے رہے۔ اور آخر ہم دونوں اسی نتیجے پر پہنچے کہ ان دونوں نے یا تو خودکشی کر لی ہے اور یا یہ دونوں باغ کی نیچی دیوار پھاند کر فرار ہو گئے ہیں۔ اب چونکہ دن اچھی طرح نکل آیا تھا اس لیے کالکا نے مجھے پہلے چائے پلائی اور مجھ سے کہا:

"میں بستی جا رہا ہوں۔۔۔۔۔۔"

"میں بھی چلوں تمہارے ساتھ۔۔۔۔۔۔" میں نے پوچھا۔

"کیا کیجئے گا ڈاکٹر صاحب۔۔۔۔۔۔" کالکا نے جواب دیا۔ "پھر یہ بھی ہے کہ اگر آپ بھی میرے ساتھ چلیں گے تو یہ حویلی بالکل خالی ہو جائے گی۔"

کالکا کی دلیل بالکل مضبوط تھی۔ اس لیے میں نے اس کے ساتھ چلنے کے لیے اصرار نہیں کیا حالانکہ حقیقت یہ ہے کہ میں اب بری طرح دہشت کھا چکا تھا۔ میں اس تصور سے ہی پریشان ہو رہا تھا کہ کالکا چلا جائے گا تو یہ آسیب زدہ حویلی بالکل خالی ہو جائے گی اور اس طرح حویلی میں میری تنہائی مجھے واقعی دیوانہ بنا دے گی۔ کالکا جانے لگا تو ایک مرتبہ میرا دل چاہا کہ میں چیخ کر اس کو روک لوں لکن کوشش کے باوجود میں چلا نہ سکا۔ میں نے ایسا محسوس کیا جیسے آواز میرے حلق میں پھنس کر رہ گئی ہو۔ چنانچہ میں اسی طرح صوفے پر بیٹھا رہا۔۔۔ میرے سامنے کالکا نے پھاٹک کھولا اور پھر میری نظروں سے اوجھل ہو گیا۔ اب میں حویلی میں بالکل تنہا تھا۔۔۔

میں نے نظریں اٹھا کر شاتو کے بت کی طرف دیکھا۔ بت رات میں گرنے والی شبنم کے قطروں سے بالکل نہایا ہوا کھڑا تھا۔ اور اس وقت ہمیشہ سے زیادہ خوبصورت نظر آ رہا تھا۔ اتنا خوبصورت کہ

چند لمحات کے لیے میں اس کی خوبصورتی میں بالکل ڈوب کر رہ گیا۔۔۔۔ میں دیر تک اپنی نیم باز آنکھوں سے شانتو کے بت کی طرف دیکھتا رہا۔

میرے ذہن میں بار بار یہ خیال بجلی کے کوندے کی طرح لپک جاتا تھا کہ کہیں ایسا تو نہیں کہ شانتو نے اپنے سحر کے تحت ونود اور شانتا کو غائب کر دیا ہو۔۔۔ کہیں ایسا تو نہیں کہ شانتو اور شانتا کی عاشق روح میں کوئی سمجھوتہ ہو گیا ہو۔ میں بت کی طرف دیکھتا رہا اور طرح طرح کے خیالات کے سمندر میں غوطے کھاتا رہا۔ اسی طرح دو گھنٹے گزر گئے، حویلی میں قبرستان کا سا سناٹا پھیلا رہا۔ خوف کی وجہ سے میں اپنی جگہ سے ہلا تک نہیں۔ واقعہ یہ ہے کہ میں انتہا سے زیادہ خوف زدہ ہو چکا تھا اور اب مجھ میں اتنی بھی ہمت باقی نہیں رہ گئی تھی کہ میں برآمدے سے کسی کمرے میں جا کر آرام کرنے کے لیے لیٹ جاتا۔ گزری ہوئی ساری رات نے میرے سارے جسم کو توڑ کر رکھ دیا تھا۔

تقریباً دس بجے کالکا پانچ مزدوروں کو لے کر حویلی میں داخل ہوا۔ یہ مزدور کنواں صاف کرنے کا ہی پیشہ کرتے تھے۔ اس لیے ان کے پاس ضروری سامان بھی تھا۔ انہوں نے آتے ہی اپنا کام شروع کر دیا۔۔۔ میں بھی اپنی دلی بے چینی کے تحت منحوس کنویں کے قریب کھڑا ہو گیا۔

دو مزدور رسے کی مدد سے کنویں میں اتر گئے۔۔۔۔۔۔ اور ایک گھنٹے کے بعد انہوں نے اوپر آ کر کہہ دیا کہ کنواں بالکل صاف ہے۔ انہوں نے کہا:

"کنویں میں آدمی ملنا تو الگ رہا ہمیں کوڑا تک نہیں ملا۔ ایسا معلوم ہوتا ہے کہ ابھی چند دن قبل اسے صاف کیا گیا ہو۔۔۔۔۔۔"

ان مزدوروں نے ٹھیک ہی کہا تھا کیونکہ واقعی ابھی چند دن قبل ونود نے اس کی صفائی کروائی تھی اور اپنے لیے ایک مصیبت مول لی تھی۔ میں ابھی کچھ سوچ ہی رہا تھا کہ ان دونوں میں سے ایک مزدور نے کہا:

"یہ کنواں بہت پرانا معلوم ہوتا ہے۔"

"ہاں۔۔۔ بہت پرانا" کالکا نے جواب دیا: "لیکن تم نے خاص طور پر یہ بات کیوں کہی ہے۔"

"اس لیے کہ۔۔۔" مزدور نے کہا" مجھے اس کنویں میں پانی کے اندر دیوار میں ایک بند دروازہ نظر آیا ہے۔"

"بند دروازہ۔۔۔۔۔۔۔" میں نے حیرت سے پوچھا۔

"جی ہاں سرکار۔۔۔۔۔۔۔۔" مزدور نے جواب دیا:

"میں نے یہ دروازہ ٹٹول کر دیکھا بھی ہے ایسا معلوم ہوتا ہے یہ دروازہ لوہے کا ہے۔"

مزدور نے بالکل نیا انکشاف کیا تھا اسلیے میں نے ان دونوں مزدوروں کے علاوہ باقی سب کو اجرت دے کر رخصت کر دیا۔ اس کے بعد میں نے ان سے کہا:

"تم دونوں دوبارہ کنویں میں اترو اور یہ دروازہ کھولنے کی کوشش کرو۔۔۔۔۔۔۔"

"آپ تو بچوں کی سی باتیں کرتے ہیں۔ ہم یہ دروازہ کنویں سے پانی نکالے بغیر کیسے کھول سکتے ہیں۔ اور مان لیجئے کہ اگر ہم یہ دروازہ کسی طرح سے توڑ بھی دیں تو دروازہ کھلتے ہی پانی ایک ریلا مار کر اندر داخل ہو جائے گا۔ اور پانی کے ساتھ ہی ہم بھی کنویں کے کمرے میں یا سرنگ میں داخل ہو کر پھنس جائیں گے۔"

"تم ٹھیک کہتے ہو۔۔۔۔۔۔۔۔" میں نے کچھ سوچ کر کہا:"ہمیں پہلے اس کنویں کا پانی نکالنا چاہئے" اتنا کہہ کر میں نے کالکا کی طرف دیکھا اور کالکا نے کہا:"ونود بابو نے پانی نکالنے والا انجن منگوایا تھا۔ یہ انجن رکھا ہوا ہے کیوں نہ ہم اس کی مدد سے پانی نکلوا دیں۔"

ایک گھنٹے کے اندر پمپ کے ذریعے کنویں سے پانی نکالا جانے لگا۔

کنویں میں ایک دروازے کی موجودگی کی اطلاع اتنی سنسنی خیز تھی کہ میں عارضی طور پر سب کچھ بھول گیا تھا۔ میری تمام تر توجہ صرف کنویں پر مرکوز ہو کر رہ گئی تھی اور چونکہ پانی نکلنے کی رفتار بہت تیز تھی اس لیے کنویں کا پانی بہت تیزی سے کم ہو رہا تھا۔

پانی نکلنے کے دوران بھی ایک دو مرتبہ میں نے شانتو کے بت کی طرف دیکھا اور سچی بات تو یہ ہے کہ بڑی خوفزدہ نظروں سے دیکھا لکن ہمیشہ کی طرح بت بالکل ساکت و جامد کھڑا ہوا تھا۔ البتہ میں نے

یہ ضرور محسوس کیا کہ جیسے بت کی مسکراہٹ پہلے سے زیادہ پر اسرار ہو گئی ہے۔ تین گھنٹے کے بعد پانی اس حد تک کم ہو گیا کہ ہمیں دروازے کا ایک حصہ نظر آنے لگا اور جیسے ہی ہم سب کے دل دھڑکنے لگے۔ کنویں کا یہ بند دروازہ یقیناً حویلی کی گم شدہ تاریخ کے ورق پلٹنے جا رہا تھا۔

میں ابھی کنویں کی الجھن میں پھنسا ہوا تھا کہ اچانک میری نگاہ حویلی کے پھاٹک کی طرف اٹھ گئی، پھاٹک میں ایک موٹر داخل ہو رہی تھی۔۔۔ میں پھاٹک کی طرف لپکا۔۔۔ لیکن اس اثناء میں یہ موٹر میرے بالکل قریب آکر رک گئی۔ میں اسے پولیس کی موٹر سمجھا تھا لیکن جب میں نے اس میں اس وکیل کو بیٹھے ہوئے دیکھا جس کو میں نے ونود کے لیے مقرر کیا تھا تو جیسے میرے جان میں جان آگئی۔ وکیل نے موٹر سے اتر کر مجھ سے ہاتھ ملایا اور قبل اس کے کہ میں اس سے کچھ کہتا اس نے خود ہی مجھ سے کہا: "میں نے آج عدالت میں مسٹر ونود کی ضمانت کی درخواست داخل کر دی ہے۔"

"لیکن وکیل صاحب۔۔۔۔"

میں نے وکیل کو ونود کے فرار کی خبر سنانی چاہی لیکن وکیل نے میری بات کاٹ دی اور مجھ سے کہا:

"میں آج صبح مسٹر ونود سے ملنے جیل بھی گیا تھا۔"

اور جیسے میں سر سے پیر تک کانپ گیا کیونکہ وکیل نے مجھ سے مزید کہا:

"مسٹر ونود نے وکالت نامہ پر دستخط کر دئے ہیں، اور انہوں نے آپ کے لیے یہ پیغام دیا ہے کہ آپ شانتا کو سمجھاتے رہیں۔"

یہ ایک بالکل نیا انکشاف تھا۔۔۔ میں سکتہ کے عالم میں وکیل کے چہرے کی طرف دیکھتا رہا۔ میں وکیل سے یہ کہنا چاہتا تھا کہ رات کو ونود جیل سے بھاگ کر یہاں آیا تھا اور شانتا کو لے کر غائب ہو گیا ہے لیکن میری زبان پر جیسے تالا لگ گیا تھا۔ کوشش کے باوجود میں وکیل سے کچھ بھی نہ کہہ سکا۔

میں حیرت سے وکیل کو دیکھ رہا تھا۔

وکیل نے مزید کہا: "ونود جیل میں کافی پریشان ہے اس کو سب سے زیادہ فکر اپنی بیوی کی ہے۔ اس نے مجھ سے کہا ہے کہ میں ذاتی طور پر اس کی بیوی سے بھی ملاقات کر کے اس کو اطمینان دلا دوں،

کہ جلد ہی اس کی ضمانت ہو جائے گی۔"

میں وکیل کی شکل دیکھتا رہا۔ وکیل نے مجھ سے مزید کہا: "آپ شانتا کو بلا دیں۔"

میں نے سوچا کہ میں کیوں نہ وکیل کو ساری بات بتا دوں تاکہ وہ کسی غلط فہمی میں مبتلا نہ رہے۔ لیکن دوسرے ہی لمحے میں نے یہ خیال اپنے دل سے نکال دیا۔ اب میں بری طرح خوف و دہشت کے تانے بانے میں الجھ چکا تھا۔ وکیل نے کہا تھا کہ ونود جیل میں ہے جب کہ یہ ایک زندہ حقیقت تھی کہ ونود گزری ہوئی رات میں حویلی میں تھا۔ اس نے مجھ سے مار پیٹ کی تھی اور پھر وہ شانتا کو لے کر غائب ہو گیا تھا۔

حالات کی نزاکت کے پیش نظر میں نے وکیل سے کہا: "شانتا قصبہ کے ڈاکٹر کے یہاں گئی ہے اور کم از کم دو گھنٹے میں واپس آئے گی اس لیے میں شام کو اسے لے کر آپ کے دفتر آجاؤں گا۔"

"بہتر بہتر۔۔۔" وکیل نے مسکرا کر کہا: "میں بہر حال آج ونود کی ضمانت کی درخواست عدالت کے سامنے پیش کر دوں گا۔"

اب میں نے وکیل سے پوچھا: "ونود نے اور کیا کہا؟"

"جی کچھ نہیں"۔ وکیل نے جواب دیا

"لیکن وہ کچھ کھویا کھویا سا نظر آرہا تھا۔ میرا اپنا خیال ہے کہ وہ کسی حادثے سے بہت زیادہ متاثر تھا۔"

"کیا مجھے بھی آج عدالت آنا پڑے گا۔" میں نے سوال کیا۔

"نہیں کوئی ضرورت نہیں ہے۔" وکیل نے جواب دیا

"لیکن اگر عدالت نے ضمانت کی درخواست منظور کر لی تو کل آپ کی ضرورت پڑے گی۔"

"خیر۔۔۔" میں نے ایک لمبی سانس لے کر کہا۔

"میں آج شام کو آپ سے ملنے آؤں گا اور شانتا میرے ساتھ ہو گی۔"

میں اتنا بدحواس تھا کہ میں نے وکیل سے چائے کے لیے بھی نہیں کہا تھا، وہ موٹر پر بیٹھا رہا تھا اور میں اسی عالم میں اس سے باتیں کر رہا تھا۔ وکیل کے جانے کے بعد میں نے کالکا کو بھی ساری بات بتا دی اور پھر جیسے اس پر بھی سکتہ طاری ہو گیا۔ چند لمحات کے بعد اس نے کہا: "اس کا مطلب یہ ہوا کہ

مالکن کا اغوا کسی بھوت نے کیا ہے۔"

"ہاں۔۔۔۔۔" میں نے حلق میں اٹکا ہوا تھوک نگلتے ہوئے کہا: "اور اس کا مطلب یہ بھی ہے کہ یا شانتا مر چکی ہے یا اسی حویلی کے کسی پوشیدہ حصے میں موجود ہے۔"

"میں پاگل ہو جاؤں گا ڈاکٹر صاحب۔۔۔۔۔۔۔" کالکا نے جواب دیا۔

"بالکل یہی حالت میری بھی ہے۔" میں نے بڑے سرد لہجے میں اپنا جملہ پورا کیا اور پھر مزید کہا: "بہر حال کالکا۔۔۔ ہمیں حالات کا مقابلہ کرنا ہے، اس لیے میری طرح تم بھی اپنی ہمت نہ ہارو۔ بھگوان ہماری مدد ضرور کرے گا۔"

ایک لمحہ توقف کے بعد میں نے مزید کہا: "میں یہاں کنویں کے قریب موجود ہوں، تم ایک مرتبہ پھر حویلی میں شانتا کو دیکھ لو۔۔۔۔۔"

"بہت اچھا۔۔" کالکا نے بے دلی سے کہا اور میں کنویں کی منڈیر پر چڑھ گیا۔

موٹر پمپ کے ذریعہ کنویں کا پانی بڑی تیزی سے باہر نکل رہا تھا۔

میں نے ایک مزدور سے پوچھا: "کیا کنویں کا تمام پانی نکالنا ضروری ہے۔"

"جی ہاں۔۔۔۔" مزدور نے جواب دیا: "ہم اپنا کام جب ہی شروع کر سکتے ہیں، جب کنواں بالکل ہی صاف ہو جائے۔"

"اس کام میں کتنی دیر اور لگے گی۔" میں نے سوال کیا۔

"کم از کم دو گھنٹے۔۔۔۔۔۔" مزدور اتنا کہہ کر کنویں میں جھانکنے لگا۔

میرا دماغ اب بالکل شل ہو چکا تھا، گزری ہوئی بھیانک رات کے واقعات اور وکیل کے انکشاف نے ذہنی طور پر مجھے اتنا ماؤف کر دیا تھا کہ اب مجھ میں سوچنے اور سمجھنے کی تمام صلاحیت ختم ہو چکی تھی۔ چنانچہ میں آرام کرنے کے ارادے سے اس کمرے کی طرف بڑھا جو میری رہائش کے لیے مخصوص کیا گیا تھا اور جس میں ایک رات بھی مجھے آرام سے سونا نصیب نہیں ہوا تھا۔ تھکے تھکے قدموں کے ساتھ میں اپنے کمرے کی طرف بڑھ رہا تھا کہ غیر ارادی طور پر میری نگاہ شانتو کے بت کی طرف گئی اور پھر جیسے میرے قدم زمین پر جم کے رہ گئے۔ کیوں کہ شانتو کا بت چبوترے سے غائب تھا۔

مجھے شاتو کا بت غائب دیکھ کر کوئی حیرت نہیں ہوئی تھی، حیرت اس بات پر ہوئی تھی کہ شاتو کا بت آج تک کبھی دن کی روشنی میں اپنی جگہ سے نہیں ہٹا تھا۔ یہ پہلا موقع تھا کہ بت دن کی روشنی میں غائب ہوا تھا۔ میں سمجھ گیا کہ یا تو شاتو کوئی نئی شرارت کے لیے غائب ہوئی ہے یا اس وقت وہ کسی نئی سازش میں مصروف ہے، میں ابھی اسی جگہ کھڑا خیالات میں گم تھا کہ میرے قریب شاتو کی جانی پہنچانی آواز گونجی: "ڈاکٹر۔۔۔۔۔" شاتو کی آواز اس وقت ضرورت سے زیادہ نرم اور میٹھی تھی: "اپنے کمرے میں چلو۔ میں تم سے ایک فیصلہ کن گفتگو کرنا چاہتی ہوں۔"

"میں اسی طرف جا رہا تھا۔" میں نے ڈرے بغیر جواب دیا: "لیکن یہ بتاؤ کہ تم بات کیا کرنا چاہتی ہو۔"

"ایک بہت اہم بات۔" شاتو نے بدستور نرم لہجے میں کہا: "ایک ایسی بات جس کا تعلق تمہاری شانتا کی ذات سے ہے۔"

"میں تیار ہوں۔۔۔۔۔" میں نے دلیری سے کہا: "لیکن میں یہ پہلے سے واضح کر دینا چاہتا ہوں کہ میں تم سے کوئی سودے بازی نہیں کروں گا۔"

شاتو نے میرے اس تلخ جملے کا کوئی جواب نہیں دیا۔ چند منٹ بعد جب میں اپنے کمرے میں داخل ہوا تو شاتو وہاں پہلے سے موجود تھی، کیوں کہ اب مجھے اس کا وجود بالکل صاف نظر آ رہا تھا۔ میں شاتو کو اس سے قبل بھی کئی مرتبہ دیکھ چکا تھا، لیکن اس وقت کی شاتو میں اور گزرے ہوئے دنوں کی شاتو میں زمین آسمان کا فرق تھا۔ اس وقت شاتو کو دیکھ کر ایسا محسوس ہو رہا تھا جیسے اس نے بہار کی تمام لطافتوں اور رعنائیوں کو اپنے وجود میں سمیٹ لیا ہو اس کی ہلکی نیلی آنکھیں کسی پہاڑی جھیل سے زیادہ خوبصورت نظر آ رہی تھیں، یاقوتی لبوں پر ایک ہلکی سی مسکراہٹ پھیلی ہوئی تھی اور بکھری ہوئی لٹوں کے پیچھے اس کی پیشانی پر پہلی رات کے چاند کا گمان ہو رہا تھا۔

میں سچ کہتا ہوں میں شاتو کے اس حسن کو دیکھ کر مبہوت رہ گیا۔

میں نے شاتو سے بڑے ملائم لہجے میں کہا: "تم مجھ سے شانتا کے بارے میں کیا بات کرنا چاہتی ہو؟"

"دراصل میں اب اس ڈرامہ کو ختم کرنا چاہتی ہوں۔" شاتو نے بڑے اداس لہجے میں جواب دیا۔

"کیا واقعی۔۔۔۔۔" میں نے حیرت سے کہا۔

"ہاں۔۔۔۔۔۔" شاتو نے جواب دیا۔ "کیوں کہ میں تھک چکی ہوں۔"
"اس کا مطلب یہ ہوا کہ روحیں بھی کبھی کبھی تھک جاتی ہیں۔" میں نے شاتو کے حسن کا ایک گہرا جائزہ لیتے ہوئے کہا۔

"ہاں۔۔۔۔۔۔" شاتو نے بڑے اداس لہجے میں جواب دیا۔

"لیکن مجھے کسی سے کوئی شکوہ نہیں۔۔۔۔ مجھے شکایت ہے تو صرف اپنی بد نصیبی سے۔ میں یہ بھول گئی تھی کہ اس دنیا میں کڑوے پھل بھی ہوتے ہیں اور میٹھے بھی، میں واقعی بہت زیادہ تھک گئی ہوں، اس لیے کہ میں بہر حال ایک عورت ہوں اور عورت کو اپنا بوجھ تنہا اٹھانا پڑتا ہے، عورت کا بوجھ جب کہ وہ بالکل تنہا ہو، خود عورت کے ہی کندھوں کو اٹھانا پڑتا ہے۔"

شاتو ایک بڑے متاثر کن لہجے میں اپنے دل کا درد بیان کر رہی تھی، اور میں اس طرح خاموش کھڑا ہوا تھا جیسے مجھے کسی کے جنازے کا انتظار ہو۔ یہ ٹھیک ہے کہ اس وقت شاتو مسکرا رہی تھی بالکل اپنے بت کی غیر فانی مسکراہٹ کی طرح۔ لیکن یہ بھی ایک حقیقت ہے کہ اس وقت اس کی نازک چھاتی میں چھپا ہوا دل ایک یاس انگیز دھڑکن سنا رہا تھا۔

اچانک میں نے دیکھا کہ اس کی آنکھوں میں آنسو چھلک آئے اور پھر تو جیسے ان آنسوؤں کا تانتا سا بندھ گیا۔ آنسوؤں کے صاف قطرے اس کی سیاہ پلکوں پر موتیوں کی طرح ابھرنے اور غائب ہونے لگے۔۔۔۔۔۔ یقیناً اسے اپنی گزری ہوئی زندگی یاد آنے لگی ہوگی وہ زندگی جس میں اسے اپنے محبوب کا بھرپور پیار ملا تھا، اور جس کا ہر لمحہ آسودگی اور مسکراہٹوں سے لبریز تھا۔ یہ بھی ممکن ہے کہ شاید اس وقت شاتو کو اپنی زندگی کا پہلا پیار یاد آ گیا ہو۔ وہ پیار جس نے ماضی میں اس کو خوابوں کی دنیا میں پہنچا دیا تھا۔ شاتو اس وقت شاید یہ بالکل بھول گئی تھی کہ وقت کا سفر ہمیشہ جاری رہتا ہے اور وقت کسی کو بھی اپنا ہم سفر نہیں بناتا ہے۔

شاتو اب مسکرا رہی تھی، اور میں پوری شدت کے ساتھ محسوس کر رہا تھا کہ اس کی مسکراہٹ کے نیچے حسد اور کرب کا مہیب طوفان کروٹیں لے رہا ہے۔ اس کی اس مسکراہٹ میں واقعی تلخیاں اور

مایوسیاں بھری پڑی تھیں۔ میں آج سے قبل بارہا مسکراتی ہوئی عورتوں کو دیکھ چکا تھا۔ اور آج سے قبل میں نے یہ سوچا بھی نہ تھا کہ کبھی کبھی ایک مسکراتی ہوئی عورت کے سینے میں چنگاریاں بھی بھری ہوتی ہیں، میں شاتو کی اس مسکراہٹ کی جلن میں جیسے جھلس کر رہ گیا۔ میں نے سوچا شاتو واقعی ایک مکمل عورت ہے کیونکہ عورت اپنی وفاؤں کے مرکز سے بہت کم ہٹا کرتی ہے۔

شاتو مسکرا رہی تھی اور میں اس کی صدیوں پرانی محبت کو ایک شکست میں تبدیل ہوتے دیکھ رہا تھا کیوں کہ یہ مسکراہٹ، مسکراہٹ نہ تھی، یہ مسکراہٹ آنسوؤں کا ایک سیل رواں تھی اور عورت کی فطرت یہ ہے کہ جب وہ ہر طرف سے مایوس ہو جاتی ہے تو اس کی آنکھوں سے آنسو چھلک آتے ہیں۔

شاتو نے ابھی ایک ہی جملہ کہا تھا لیکن اسی ایک جملے نے مجھے پلک جھپکتے میں اس کا ہمدرد بنا دیا تھا، مجھے شاتو سے ہمدردی ہونے لگی تھی، ہمدردی کے اسی نئے جذبے سے متاثر ہو کر میں نے شاتو سے کہا:
"شاتو۔۔۔ مجھے بتاؤ تم کیا چاہتی ہو۔ میں تم سے سچ کہتا ہوں کہ اس وقت سے تم مجھے اپنا ہمدرد سمجھو لیکن بھگوان کے لیے اپنی آنکھوں سے آنسو نہ بہاؤ۔"
لیکن شاتو بدستور روتی رہی، البتہ اس کی مسکراہٹ اور زیادہ گہری ہو گئی۔

چند لمحات کے بعد میں نے شاتو سے مزید کہا: "میری بے چینی بڑھتی جا رہی ہے شاتو۔ مجھے اپنے دل کا حال بھی بتاؤ اور یہ بھی بتاؤ کہ شانتا کہاں ہے، میں تم سے وعدہ کر تا ہوں کہ اس وقت سے میں تمہارا ساتھ دوں گا اور اس کی پوری کوشش کروں گا کہ تمہارے دل کا درد مٹ جائے۔"

"میرے دل کا درد ونود کے بغیر نہیں مٹ سکتا۔۔۔۔۔" شاتو نے جواب دیا۔

"میں ونود کے ہی انتظار میں اب تک اس دنیا میں بھٹک رہی تھی، ونود نہ ملا تو میں ہمیشہ اس دنیا میں موجود رہوں گی، جب کہ اصولاً اب اس دنیا میں مجھے رہنے کا حق حاصل نہیں ہے۔"

شاتو نے مزید کہا: "میں تم سے کہہ چکی ہوں کہ اب میں اپنی کہانی ختم کرنا چاہتی ہوں، میں اب کسی واقعے اور کسی حادثے کو جنم دینا نہیں چاہتی۔ میری وجہ سے ونود کو بڑی تکلیف پہنچی ہے۔ میں اب اس کو مزید تکلیف پہنچانا نہیں چاہتی۔"

"اور تم یہ اب کہہ رہی ہو جب کہ ونود قتل کے الزام میں جیل میں بند ہے۔" میں نے شانتو سے ہمدردی کے باوجود طنزاً کہا۔

"ونود کو میں نے ہی جیل بھجوایا تھا اور میں ہی اس کو وہاں سے نکلوا بھی لوں گی۔" شانتو نے کہا: "آج عدالت میں ونود کی ضمانت کی درخواست پیش ہوگی، یہ میرا وعدہ ہے کہ اس کی ضمانت منظور ہو جائے گی۔ اس لیے تم کل دن میں شہر جا کر اس کی ضمانت داخل کر کے اس کو رہا کرا لینا۔۔۔۔اور۔۔۔۔۔"

شانتو کچھ اور کہنے جا رہی تھی لیکن میں نے وفور مسرت سے بیتاب ہو کر اس کی بات کاٹ دی اور کہا:

"اور۔۔۔۔اور پھر کیا ہوگا؟ ونود جیل سے رہا ہوتے ہی تمہارے سحر میں دوبارہ مبتلا ہو جائے گا۔"

"نہیں۔۔۔" شانتو نے جواب دیا:

"میں کہہ چکی ہوں کہ اب میں اسے پریشان نہیں کروں گی۔ میں اس سے ایک آخری ملاقات اور ایک آخری گفتگو کروں گی اور اس کے بعد حویلی سے چلی جاؤں گی اور تمہیں یہ وعدہ کرنا ہوگا کہ تم میری اس آخری ملاقات کا بندوبست ضرور کر دوگے۔"

"میں وعدہ کرتا ہوں۔۔۔۔" میں نے جلدی سے کہا: "اگر ونود کل جیل سے ضمانت پر رہا ہو گیا تو میں تمہاری اس سے تنہائی میں ملاقات ضرور کرا دوں گا۔۔ لیکن۔۔۔" میں نے مزید کہا: "تمہیں مجھے شانتا کے بارے میں بھی بتانا ہوگا کہ وہ اس وقت کہاں ہے؟ کیوں کہ ونود آتے ہی سب سے پہلے شانتا کو دریافت کرے گا اور میرے پاس اس سوال کا کوئی جواب نہیں ہے کہ شانتا کہاں ہے؟ شانتا کیا ہوئی؟"

"تم اطمینان رکھو۔۔" شانتو نے مجھے تسلی دی: "مجھے معلوم ہے کہ شانتا اس وقت کہاں ہے اور کس حال میں ہے، چنانچہ میں ونود کی اس سے بھی ملاقات کرا دوں گی۔"

"لیکن۔۔۔" میں نے کہا: "آخر تم مجھے اس سے کیوں نہیں ملانا چاہتی ہو۔"

"یہ مت پوچھو۔۔۔۔" شانتو نے جواب دیا: "کیوں کہ اگر میں نے اس وقت تمہیں شانتا کا پتہ بتا دیا

یا تمہاری ملاقات شانتا سے کرا دی تو میری کہانی ادھوری رہ جائے گی۔ مجھ پر اعتبار کرو میں کل ہی ونود اور شانتا کا ملاپ بھی کرا دوں گی۔"

"اچھا اتنا تو بتاؤ کہ شانتا کو کون لے گیا ہے۔۔۔؟" میں نے بیتاب ہو کر پوچھا۔

"اس کا عاشق۔۔۔" شاتو نے جواب دیا: "وہ ونود کے روپ میں آیا اور شانتا کو لے گیا۔"

"اور اس نے اپنی صدیوں پرانی تمنا پوری کر لی۔" میں بات کاٹتے ہوئے کہا۔

"یہ مجھے نہیں معلوم۔"

شاتو کے اس جملے نے مجھے ایک بڑی حد تک مایوس کر دیا تھا، اس لیے میں نے گفتگو کا موضوع بدل دیا اور شاتو سے کہا: "خیر۔۔۔۔۔ مجھے تمہاری ہر شرط منظور ہے، یہ بتاؤ کہ تم اور کیا کہنا چاہتی ہو۔"

"میں تم سے کنویں کے دروازے کے بارے میں بھی کچھ بات کرنا چاہتی ہوں۔"

☆☆☆

باب : ۱۲

روحوں کا ملن

"کنویں کا دروازہ۔۔۔۔۔۔" میں نے حیرت سے پوچھا: "تم اس کے بارے میں کیا جانتی ہو؟"

"میں کنویں کے بارے میں سب کچھ جانتی ہوں۔" شاتو نے جواب دیا: " اس لیے کہ یہ کنواں صدیوں تک میرا مدفن رہا ہے۔" چند لمحات تک خاموش رہنے کے بعد شاتو نے مزید کہا: "لیکن تم ابھی کنویں کا دروازہ نہ کھولو تو زیادہ بہتر ہے۔"

"کیوں۔۔۔۔۔۔۔" میں نے بے چین ہو کر سوال کیا۔

"مجھے صدمہ ہو گا۔۔۔" شاتو نے جواب دیا: "میں اس میں وجود کو ہی لے کر داخل ہونا چاہتی ہوں، میں اس سے آخری ملاقات اسی جگہ کرنا چاہتی ہوں۔"

"کیا تمہارے کہنے کا مطلب یہ ہے کہ اس کنویں میں کوئی باقاعدہ مکان موجود ہے۔"

"ہاں۔۔۔" شاتو نے کہا:

"اور یہ مکان میرے لیے ہی بنا تھا۔۔۔"

میں کہہ چکا ہوں کہ مجھے شاتو سے ہمدردی ہو گئی تھی، شاتو کے بدلے ہوئے لہجے میں، اس کی مایوس آنکھوں نے اس کے کمہلائے ہوئے لبوں نے اور سب سے بڑھ کر اس کے ناکام حسن نے میرے دل میں اس کی طرف سے ہمدردی بھرے پیار کی ایک جوت جلا دی تھی۔ شاتو اب خاموش ہو چکی تھی شائد اس لیے کہ اب اس کے پاس کہنے کے لیے اور کچھ نہیں رہا تھا یا شاید اس لیے کہ غموں کے بڑھتے ہوئے احساس نے اب اس کی قوت گویائی بھی صلب کر لی تھی، اس لیے میں نے اس سے

پوچھا: "پروفیسر تارک ناتھ کو کیا تم نے قتل کیا ہے۔"

"ہاں۔۔۔" شاتو نے جواب دیا۔

"کیوں قتل کیا تھا۔۔۔۔۔۔" میں نے پوچھا۔

"اس لیے کہ ماضی میں وہ میرا چچا تھا۔۔۔۔وہ میرا قاتل تھا، اس نے میری زندگی برباد کر دی تھی اور اسی نے ہمیشہ ہمیشہ کے لیے میری روح کی شانتی چھین لی۔" شاتو نے جواب دیا: "پروفیسر تارک ناتھ نے دوبارہ جنم لیا تھا اور میں چونکہ اس سے انتقام لینے کا فیصلہ کر چکی تھی اس لیے میں نے اس کو قتل کر کے اپنی صدیوں پرانی پیاس بجھالی۔"

شاتو شائد اپنی کہانی سنانے پر آمادہ ہو گئی تھی، ایسا معلوم ہوتا تھا کہ جیسے وہ واقعی موجودہ کہانی کو ختم کرنا چاہتی تھی۔ چنانچہ اس نے خود ہی کہنا شروع کیا:

"وقت نے ہم سب کو ایک جگہ جمع کر دیا ہے۔ شاید خود بھگوان بھی اب اس کہانی کو ختم کرنا چاہتا ہے۔"

"ہم سب سے تمہاری کیا مراد ہے۔" میں نے سوال کیا:

"کیا تم یہ کہنا چاہتی ہو کہ میں بھی ماضی کی اس دردناک کہانی کا ایک کردار رہ چکا ہوں۔"

"ہاں۔۔۔" شاتو نے جواب دیا: "تم بھی ماضی میں اس حویلی سے وابستہ تھے اور ڈاکٹر صاحب۔۔۔ شانتا تمہاری پچھلی زندگی میں بھی تمہاری محبوبہ تھی، تاریخ نے خود کو دہرایا ہے کیونکہ ماضی میں بھی تم شانتا کو حاصل کرنے میں ناکام رہے تھے اور اس زندگی میں بھی۔۔۔"

اب میں بے چین ہو گیا۔۔۔۔شاتو نے یقیناً ایک نئی بات بتائی تھی اس نے ایک نیا انکشاف کیا تھا، میں نے سوچا کیا واقعی تقدیر نے ہم سب کو کسی خاص مصلحت کے پیش نظر ایک جگہ جمع کر دیا ہے۔۔۔ کیا واقعی اس صدیوں پرانی کہانی کا انجام ہونے والا ہے؟؟

میں ابھی شاتو سے کچھ اور پوچھنے جا رہا تھا کہ اس نے خود ہی کہنا شروع کیا:

"شانتا اسی حویلی میں بہو بن کر آئی تھی اور شادی سے قبل تم دونوں ایک دوسرے سے محبت کرتے تھے لیکن چونکہ تم دونوں کی ذات ایک دوسرے سے الگ تھی اس لیے تم دونوں کی شادی نہ ہو سکی۔ اور تم اپنا کلیجہ مسوس کر رہ گئے۔ یہ ماضی میں بھی ہوا تھا اور حال میں بھی یہی ہوا۔"

شاتو اتنا کہہ کر چند لمحات کے لیے خاموش ہو گئی۔ شاتو کی خاموشی نے میری بے چینی کو اور بھی زیادہ بڑھا دیا۔ میں نے گھبرا کر پوچھا: "میری کہانی کو ادھورا نہ چھوڑو شاتو مجھے بتاؤ کہ میں کون تھا۔"

"یہ کچھ میں نہ بتا سکوں گی۔" شاتو نے بڑے پر سکون لہجے میں جواب دیا: "ماضی سے ناواقف ہونا ہی بہت اچھا ہے۔ مجھے دیکھو کہ چونکہ مجھے اپنا ماضی معلوم ہے اس لیے میں پریشان ہوں، بیتے دنوں کی یاد نے مجھے برباد کر کے رکھ دیا ہے۔"

شاتو نے مزید کہا: "اب میں جارہی ہوں۔۔۔۔۔ تم کنویں کا دروازہ ابھی بند ہی رکھنا۔ تم اب شہر جاؤ اس وقت تک ونود کی ضمانت کی درخواست عدالت میں پیش ہو چکی ہو گی۔ تم اس کی ضمانت داخل کرنے کی کوشش کرو۔ میں شام کو دوبارہ تم سے ملاقات کروں گی۔"

"میں کنویں کا دروازہ نہ کھلواؤں۔۔۔" میں نے کہا: "یہی تم چاہتی ہو ناں؟"

"ہاں۔۔۔۔" شاتو نے کچھ سوچ کر جواب دیا۔

"لیکن جن مزدوروں نے یہ پر اسرار دروازہ دیکھا ہے وہ گاؤں جا کر اس کی موجودگی کی خبر کر دیں گے اور اس طرح دروازہ کا وہ راز جس کو تم چھپانا چاہتی ہو راز نہ رہے گا۔"

"تم اطمینان رکھو۔" شاتو نے جواب دیا: "یہ مزدور شام تک اسی حویلی میں سوتے رہیں گے۔" اس نے مزید کہا:

"میں تم سے وعدہ کرتی ہوں کہ آج شام کو میں خود ہی یہ دروازہ کھول دوں گی، اور تمہیں اپنا مکان دکھادوں گی۔۔۔۔ وہ مکان۔۔۔۔۔۔ جو میرا مدفن رہ چکا ہے۔"

شاتو اتنا کہہ کر میری نظروں سے پلک جھپکتے میں اوجھل ہو گئی۔

شاتو چلی تو گئی لیکن اس مرتبہ وہ اس کمرے میں ایک لطیف خوشبو بھی چھوڑ گئی۔ میں دیر تک اس خوشبو کو محسوس کرتا رہا۔ میں سچ کہتا ہوں یہ خوشبو پھولوں کی نہ تھی، یہ خوشبو ایک ایسی خوشبو تھی جو پھولوں تک کو میسر نہیں ہوتی ہے۔ میں کمرے سے باہر نکلا تو کالکا شانتا کو تلاش کر کے واپس آچکا تھا۔ وہ بے حد تھکا ہوا نظر آرہا تھا۔ اس نے مجھ کو دیکھتے ہی کہا:

"مالکن کا کوئی پتہ نہیں ہے، ڈاکٹر صاحب۔۔۔۔۔ میں نے حویلی میں ہر جگہ انہیں تلاش کر لیا ہے۔"

اتنا کہہ کر کالکا کی آنکھوں میں آنسو چھلک آئے۔ میں نے بوڑھے ملازم کو تسلی دی۔ جواب میں اس نے کہا: "میرا دل کہتا ہے کہ وہ زندہ نہیں ہیں۔"

"نہیں کالکا۔۔۔۔۔" میں نے کہا: "مجھے معلوم ہو گیا ہے کہ وہ بالکل ٹھیک ہیں اور اس وقت وہ جہاں ہیں وہاں سے وہ کل دن میں واپس آ جائیں گی"۔ میں نے کالکا سے مزید کہا: "میں تمہیں ایک خوشخبری بھی سنانا چاہتا ہوں۔ تمہارے ونود بابو بھی کل شام تک جیل سے ضمانت پر رہا ہو کر آ جائیں گے۔"

"سچ۔۔۔۔۔۔۔" کالکا خوشی میں چیخ پڑا۔

"ہاں بالکل سچ۔۔۔۔" میں نے اتنا کہہ کر بت کے چبوترے پر نگاہ ڈالی، شاتو کا بت اپنی جگہ واپس آ چکا تھا۔

میں نے کالکا سے مزید کہا: "میں شہر جا رہا ہوں، آج عدالت میں ونود کی ضمانت کی درخواست پیش ہو گی اور امید ہے یہ درخواست منظور بھی ہو جائے گی۔ اس لیے مجھے ضمانتوں کا بھی انتظام کرنا ہے۔ تم حویلی میں ہی موجود رہنا اور میری عدم موجودگی میں کسی اجنبی کو حویلی میں داخل نہ ہونے دینا۔"

"اور مزدوروں کے لیے آپ کا کیا حکم ہے۔" کالکا نے خوش ہو کر پوچھا۔

"جب کنویں کا سارا پانی نکل جائے تو ان سے کام بند کروا دینا لیکن ان کو بھی حویلی سے نہ جانے دینا۔ میں شام کو آ کر ان کو اجرت دوں گا۔"

"کوئی اور حکم۔۔۔۔۔" کالکا نے پوچھا۔

"کنویں کا دروازہ کسی حال میں نہ کھلنے پائے۔" میں نے تاکید سے کہا۔

"بہت بہتر۔" کالکا نے سر جھکا کر جواب دیا۔

پندرہ منٹ کے بعد ہی میں اسکوٹر پر شہر کے لیے روانہ ہو گیا اور یہ بتانے کی ضرورت نہیں کہ میں تمام راستے صرف شاتو اور اس کے بیان کردہ انکشافات کی گہرائیوں میں غرق رہا۔ یہ ٹھیک ہے کہ ونود کی دوستی مجھے یہاں لائی تھی اور یہ بھی اپنی جگہ بالکل درست ہے کہ ونود اور صرف ونود کی خاطر میں نے حویلی میں ناقابل بیان مصائب کا سامنا کیا تھا لیکن یہ بھی ایک ٹھوس حقیقت ہے کہ اس

دوران شانتا بھی ہر وقت میرے ذہن کے کسی نہ کسی گوشے میں موجود ضرور رہی ہے۔ میں بھلانے کی کوشش کے باوجود اب تک شانتا کو، اس کی محبت کو اور اس کی پیار بھری مسکراہٹ کو نہیں بھلا پایا تھا۔ میں وکیل کے دفتر جانے کی بجائے سیدھا کچہری پہنچا۔ ونود کے وکیل عدالت کے کمرے سے باہر نکل رہے تھے۔ وہ چونکہ بے حد خوش نظر آرہے تھے اس لیے مجھے یہ سمجھنے میں دیر نہیں لگی کہ ونود کی ضمانت منظور ہو گئی ہے۔ وکیل نے مجھے دیکھتے ہی کہا:

"مبارک ہو ڈاکٹر صاحب۔ جج صاحب نے سرکاری وکیل کی کوئی دلیل نہیں مانی اور پوسٹ مارٹم رپورٹ کی بنیاد پر ونود کی ضمانت پر رہائی کا حکم جاری کر دیا۔"

وکیل خوش تھے کہ ان کی زبردست بحث اور قانونی دلائل نے ونود کو ضمانت پر رہا کرایا ہے۔ لیکن میں خوب جانتا تھا کہ ونود کی یہ مشکل کیسے آسان ہوئی ہے۔ مجھے پورا یقین تھا کہ یہاں بھی شاتو کی روحانی طاقت نے اپنا کرشمہ دکھایا ہے۔

میں نے وکیل کو جواباً مبارک باد دی اور پوچھا: "اب ضمانت کس کی داخل کی جائے۔"

"اس کا بھی میں نے انتظام کر لیا ہے۔" وکیل نے بدستور مسکراتے ہوئے کہا۔

"وہ کیسے۔۔۔۔۔؟" میں نے حیران ہو کر پوچھا۔

اور وکیل نے جواب میں جو کچھ کہا اس نے شاتو کے بارے میں میرے یقین کو اور بھی زیادہ پختہ کر دیا۔

وکیل نے کہا: "ابھی دو گھنٹے قبل ونود کی ایک رشتہ دار عورت یہاں آئی تھی اور اس نے مجھ سے دو آدمیوں کا تعارف کراتے ہوئے یہ کہا تھا کہ یہ دونوں آدمی ونود کی ضمانت کر لیں گے، عدالت سے چونکہ ضمانت کا حکم جاری ہو چکا ہے اس لیے میں نے اسی وقت ان دونوں آدمیوں کے ضمانت نامے داخل کرا دئے۔ میں اسی کام سے فارغ ہو کر اس وقت عدالت کے کمرے سے باہر نکل رہا تھا۔"

وکیل نے مزید کہا: "اور اس عورت نے میری فیس بھی دے دی ہے۔"

میری حیرت کی کوئی حد و انتہا نہ رہی، میں نے پوچھا: "کیا اس عورت نے اپنا نام بتایا تھا۔"

"جی ہاں۔۔۔۔" وکیل نے جواب دیا: "اس کا نام شاتو ہے۔ کچھ دیہاتی قسم کی معلوم ہو رہی تھی۔"

"اوہ۔۔۔۔۔" شاتو کا نام سن کر خود بخود میرے ماتھے پر پسینے کی بوندیں چھلک آئیں۔ میں نے

پوچھا: "آپ کو اس عورت نے کتنا روپیہ دیا۔"

"روپیہ نہیں ڈاکٹر صاحب، اس نے مجھے پانچ تولے سونے کا ایک ٹکڑا دیا ہے، بالکل کھرا سونا۔" وکیل نے کہا۔

"ونود کی ضمانت کنندہ کہاں ہیں۔۔۔۔۔۔؟" میری حیرت اور بڑھی۔

"وہ بھی اب جا چکے ہیں۔" وکیل نے جواب دیا: "لیکن ڈاکٹر صاحب۔۔۔ ایک بات پر خود میں بہت حیران ہوں۔ میری سمجھ میں نہیں آتا کہ جج صاحب نے، جو بڑے ہی سخت مزاج آدمی ہیں، تحصیل سے تصدیق کروائے بغیر ضمانت ناموں کو منظور کیسے کر لیا میں آپ سے سچ کہتا ہوں مجھے تو ایسا معلوم ہوا جیسے جج صاحب پر کسی نے سحر کر دیا تھا۔"

"کیا وہ عورت بھی عدالت میں موجود رہی تھی۔" میں نے پوچھا۔

"جی ہاں صاحب۔۔۔" وکیل نے کہا۔

"جب تک ضمانتیں منظور نہیں ہو گئیں وہ عدالت میں موجود رہی تھی اور جناب میں کیا بتاؤں جج صاحب سمیت عدالت میں موجود ہر شخص بس اسی کی طرف دیکھے جا رہا تھا اور کیسے نہ دیکھتا، وہ تھی ہی اتنی خوبصورت حالانکہ لباس کے اعتبار سے بالکل گنوار معلوم ہو رہی تھی۔"

شانو نے واقعی اپنا ایک وعدہ پورا کر دیا تھا۔

میں نے پوچھا: "اب ونود کب تک جیل سے رہا ہو جائے گا۔"

"اب شام تک اس کی رہائی کا پروانہ جیل پہنچے گا، اس لیے کل صبح یقیناً اس کی رہائی ہو جائے گی۔" وکیل نے جواب دیا۔

"بہر حال۔۔۔ میں ونود کو جیل میں اطلاع بھجوا دوں گا کہ اس کی رہائی کے احکامات پر دستخط ہو چکے ہیں۔"

"گویا۔۔۔۔۔" میں نے کہا: "اب میرے یہاں رہنے کی کوئی ضرورت نہیں ہے۔"

"جی ہاں۔۔۔۔۔" وکیل نے جواب دیا: "البتہ آپ کل صبح جیل ضرور آجائیں۔ میرا خیال ہے کہ صبح نو بجے تک ونود کی رہائی عمل میں آجائے گی۔"

یقیناً میری خوشی کی کوئی انتہا نہ رہی تھی۔ شاتو کے سحر کی بدولت میرا دوست رہا ہو گیا تھا اور اب شاتو کے اس وعدے کی تکمیل میں بھی کوئی شبہ باقی نہیں رہ گیا تھا کہ وہ شانتا کو بھی ونود سے ملا دے گی۔ میں اسی وقت شہر سے دوبارہ آسیب زدہ حویلی کی طرف روانہ ہو گیا۔

کہانی واقعی ختم ہوتی جا رہی تھی۔

میں جب آسیب زدہ حویلی پہنچا تو دن کے چار بج رہے تھے۔ حویلی میں سناٹا تھا۔ صرف کالکا پھاٹک کے قریب ایک اسٹول پر بیٹھا خالی خالی نظروں سے سنسان سڑک کی جانب دیکھ رہا تھا۔ میں نے اس سے پوچھا:

"مزدور کہاں ہیں۔۔۔۔۔"

"دوپہر کا کھانا کھانے کے بعد وہ ایسی گہری نیند سو گئے تھے کہ اب تک سو رہے ہیں۔" کالکا نے جواب دیا: "لیکن آپ یہ بتائیے کہ ونود بابو کے بارے میں کیا فیصلہ ہوا۔"

"وہ ضمانت پر رہا ہو گئے ہیں۔" میں نے کہا: "اور کل صبح دس بجے تک یہاں آ جائیں گے۔"

کالکا یہ خبر سن کر خوش ہو گیا۔ لیکن اس نے پوچھا: "لیکن مالکن کو نہ دیکھ کر ان کی کیا حالت ہو گی یہ میں تصور بھی نہیں کر سکتا ہوں۔"

"لیکن کالکا۔۔۔۔۔" میں نے اسے تسلی دی: "تم اطمینان رکھو شانتا بھی صبح تک آ جائے گی۔"

"مالکن ہیں کہاں؟" کالکا نے حیرت سے پوچھا۔

"مجھے معلوم ہے کہ وہ کہاں ہیں۔"

"پھر آپ مجھے ان کا پتہ کیوں نہیں بتاتے۔" کالکا نے تقریباً روٹھتے ہوئے کہا۔

"سب بتا دوں گا۔" میں نے اسے دوبارہ تسلی دی: "لیکن اتنا سمجھ لو کہ اگر میں تمہیں شانتا کے پاس لے جاؤں گا تو دوبارہ وہ بھوتوں کے ہتھے چڑھ جائے گی۔"

"جیسی آپ کی مرضی۔" کالکا نے گردن جھکا کر جواب دیا۔

"اب آپ مزدوروں کی مزدوری دے دیجئے تاکہ ان سے چھٹی مل جائے۔"

میں نے جیب سے نوٹ نکال کر کالکا کو دے دیئے اور اس سے کہا کہ وہ مزدوروں کو معاوضہ دینے کے بعد یہاں میرے پاس لے آئے۔ مزدور آئے تو میں نے ان سے کہا۔

"ایک بات تم سب لوگ کان کھول کر سن لو۔ اگر تم میں سے کسی نے کنویں کے اس دروازے کا تذکرہ گاؤں میں کسی سے کیا تو اتنا یاد رکھنا کہ اس حویلی کو بھوتوں کی حویلی کہا جاتا ہے۔"

"نہیں سرکار۔" دو مزدوروں نے ایک زبان ہو کر کہا۔ "ہمیں اپنی موت نہیں بلانی ہے۔ ہماری زبان جل جائے جو ہم اس کا تذکرہ اپنی زبان پر لائیں۔"

میں نے محسوس کیا کہ مزدور واقعی ڈرے ہوئے ہیں۔ میں نے ان سے کوئی اور بات نہیں کی اور وہ خاموشی کے ساتھ چلے گئے۔ مزدوروں کے جانے کے بعد میں نے شاتو کے بت کی طرف دیکھا۔ اور یہ یقیناً میری نظروں کا فریب تھا کہ مجھے اس وقت یہ بت روشنی میں نہایا ہوا نظر آرہا تھا۔ شام چونکہ قریب آرہی تھی، اس لیے میں اپنے کمرے میں چلا گیا۔ تاکہ شاتو وہیں آجائے اور ہم دونوں کی گفتگو میں کوئی تیسرا مخل نہ ہو، اب مجھے شاتو سے ملنے کی بڑی جلدی تھی۔ حالانکہ صرف ایک دن قبل تک اس کا تصور ہی میرے دل و دماغ میں نفرت کی ایک آگ سی جلا دیتا تھا۔

مجھے اپنے کمرے میں داخل ہوئے مشکل سے دس منٹ ہوئے ہوں گے کہ شاتو آگئی۔ میں نے کہا:

"میں تمہارا شکریہ ادا کرتا ہوں، شاتو۔۔۔۔۔"

"اس میں شکریہ کی کیا بات ہے۔" شاتو نے جواب دیا: "وہ میرا فرض تھا، اب تمہیں بھی اپنا وعدہ پورا کرنا ہوگا۔"

"ہاں۔۔۔" میں نے جواب دیا: "تم اطمینان رکھو۔۔۔" چند لمحات کے توقف کے بعد میں نے کہا: "اب تم مجھے کنویں کے دروازہ کا راز بتا دو۔"

"ضرور۔۔۔۔۔" شاتو نے جواب دیا۔ "تم میرے پیچھے آؤ۔"

شاتو اتنا کہہ کر کمرے کے باہر نکلی اور میں اس کے پیچھے پیچھے چلنے لگا۔ میں سمجھتا تھا کہ وہ کنویں کی طرف جائے گی لیکن۔۔۔ وہ راہداری سے گزرتی ہوئی حویلی کے ایک کمرے میں، جس میں پرانا ساز و سامان بھرا ہوا تھا داخل ہو گئی۔ یہاں پہنچنے کے بعد اس نے ایک جگہ دیوار پر ہاتھ مارا۔۔۔ دوسرے

ہی لمحہ دیوار میں ایک شگاف پیدا ہوا، جو بتدریج بڑا ہو کر ایک دروازے میں تبدیل ہو گیا۔ شاتو اس دروازے میں داخل ہو گئی۔ اندر سیڑھیاں تھیں جو نیچے جا رہی تھیں۔ میں بھی ڈرے بغیر ان سیڑھیوں تک پہنچ گیا۔ تقریباً چالیس سیڑھیاں اترنے کے بعد ایک راستہ دائیں جانب نظر آیا اور جب یہ راستہ بھی، جو تقریباً سو گز لمبا تھا، ختم ہوا تو میں ایک بڑے کمرے میں پہنچ گیا۔

اچانک شاتو چلتے چلتے رک گئی اور اس نے کہا: "یہی وہ کمرہ ہے جہاں میں ونود سے چھپ چھپ کر ملا کرتی تھی۔ ہم دونوں گھنٹوں ایک دوسرے سے باتیں کیا کرتے تھے اور محبت کا وہ راگ سنا کرتے تھے، جس کی صدائے بازگشت آج بھی حویلی کی فضاؤں میں موجود ہے۔"

اس کمرے کے بعد ہم ایک دوسرے کمرے میں داخل ہوئے یہ کمرہ چھوٹا تھا، یہاں پہنچ کر بھی شاتو رک گئی اور اس نے کہا: "اب ہم کنویں کے بالکل قریب ہیں بلکہ یوں سمجھ لو کہ زیر زمین حویلی کا یہ آخری کمرہ ہے۔"

شاتو کی آواز اچانک روہانسی ہو گئی، اس نے کہا: "اور ڈاکٹر۔۔۔ یہی وہ کمرہ ہے جہاں میں نے اپنی مادی زندگی کی آخری سانس لی تھی، اس کمرے کے آخری گوشے میں لکڑی کا ایک تخت بچھا ہوا ہے۔ تم اس تخت کے قریب جاؤ تو یہ دیکھ کر ڈر نہ جانا کہ اس تخت پر اب بھی میں لیٹی ہوئی ہوں۔ میری لاش صدیوں سے وہاں پڑی ہوئی ہے۔"

میں تخت کے قریب گیا تو واقعی شاتو کا مردہ جسم تخت پر سو رہا تھا۔ میں نے سونے کا لفظ جان بوجھ کر استعمال کیا ہے، کیونکہ شاتو حقیقتاً سوتی ہوئی نظر آ رہی تھی۔

اب کمرے میں شاتو کا جسم بھی تھا اور روح بھی۔۔۔ اور مجھے دونوں وجود نظر آ رہے تھے۔ شاتو نے میرے قریب آ کر کہا: "اسی تخت پر میرا قتل ہوا تا کہ میں راج کمار ونود کے راستے سے ہٹ جاؤں اور اس کے بعد اس زیر زمین عمارت کو بند کر دیا گیا۔ تا کہ میرے قتل کا راز کسی دوسرے کو نہ معلوم ہونے پائے۔ افشائے راز کے خوف سے میری آخری رسومات بھی ادا نہیں کی گئیں اور میں اسی تخت پر پڑی رہی لیکن ڈاکٹر۔۔۔ جس طرح انسان مر جاتا ہے اور اس کا کردار کبھی نہیں مرتا ہے۔ اسی طرح میں بھی نہیں مری، مر جانے کے باوجود زندہ رہی، اس لیے کہ میری روح اس دنیا میں موجود رہی۔"

چند لمحات کے بعد شاتو نے کہا: "بس یہی میری کہانی ہے۔۔۔۔ اب مجھے بتاؤ کہ تم کو مجھ سے ہمدردی ہوئی یا نہیں ہوئی۔"

"تم واقعی ہمدردی کی مستحق ہو۔" میں نے جواب دیا۔

"لیکن شاتو یہ تو بتاؤ کہ ونود کو حاصل کر کے بھی تم کیا پاؤ گی؟ تم مردہ ہو اور تمہارے پاس صرف روح ہے اور وہ زندہ ہے اس کے پاس روح بھی ہے اور جسم بھی۔"

"یہ میں ونود ہی کو بتاؤں گی۔" شاتو نے کہا۔

"خیر۔۔۔" میں نے کہا: "اب یہ بتاؤ کہ شانتا کہاں ہے؟"

"وہ مر چکی ہے ڈاکٹر۔" شاتو نے آہستہ سے کہا: "اس کی لاش بھی برابر والے کمرے میں موجود ہے۔ حویلی کی روح نے اس کو ہمیشہ ہمیشہ کے لیے حاصل کر لیا ہے۔"

شانتا مر چکی ہے؟" میں چیخا۔

"ہاں۔۔۔۔" شاتو نے جواب دیا۔

"اور اب اسے سکون مل چکا ہے۔ موت ایک بہت بڑے سکون کا نام ہے ڈاکٹر۔"

اور شاتو کے اس انکشاف نے جیسے مجھ پر ایک سکتہ سا طاری کر دیا۔ مجھے اعتراف ہے کہ میں شانتا کی گمشدگی کے بعد سے اس کی سلامتی کے بارے میں مشکوک تھا اور میں اس خبر کو سننے کے لیے پہلے سے تیار تھا۔۔ لیکن بہر حال شانتا میری محبوبہ تھی اس کی موت کی خبر نے جیسے میرے اعصاب کو ہلا کر رکھ دیا۔ میں نے کہا: "ونود پاگل ہو جائے گا شاتو۔۔۔ وہ شانتا کی موت کا صدمہ برداشت نہیں کر سکے گا۔"

لیکن اب شاتو خاموش ہو چکی تھی، اس نے میری بات کا کوئی جواب نہیں دیا۔ میں نے کچھ دیر کی خاموشی کے بعد اس سے کہا: "آؤ اب باہر چلیں"۔ اور شاتو وہاں سے روانہ ہو گئی۔

میرے لیے اب ایک ایک منٹ پہاڑ ہو رہا تھا۔ کالکا نے مجھ سے پوچھا بھی کہ میں بالکل خاموش کیوں ہو گیا ہوں لیکن میں نے نہ تو اپنی خاموشی کا سبب بتایا اور نہ شانتا کا انجام۔۔

دن اسی طرح گزر گیا اور رات بھی۔۔۔ صبح دس بجے ونود حویلی میں داخل ہو گیا۔۔۔ میں حویلی کے

پھاٹک پر ہی اس کا استقبال کرنے کے لیے موجود تھا۔ وہ مجھ سے لپٹ گیا اور اس نے پوچھا: "شانتا کہاں ہے؟"

"وہ سو رہی ہے۔" میں نے جواب دیا۔

"کیا اس کو میرے آنے کی خبر نہیں تھی۔" ونود نے بے چین ہو کر پوچھا۔

"وہ بیمار ہے ونود۔" میں نے جواب دیا۔

کالکا نے ہم دونوں کی یہ گفتگو سنی تو اس کی آنکھوں میں آنسو چھلک آئے لیکن وفادار ملازم خاموش ہی رہا۔

ونود پاگلوں کی طرح شانتا کے کمرے کی طرف دوڑا۔ لیکن راستے میں ہی وہ رک گیا کیوں کہ دروازے پر شاتو اس کا راستہ روکے کھڑی تھی۔

"بدمعاش عورت۔" ونود چلایا۔

"تو میرا جو کچھ بگاڑ سکتی تھی وہ بگاڑ چکی ہے اس لیے میرے راستے سے ہٹ جا۔"

شاتو نے جواب دینے کے بجائے میری طرف امید بھری نظروں سے دیکھا گویا آنکھوں ہی آنکھوں میں مجھ کو میرا وعدہ یاد دلا رہی ہو۔ میں نے مشتعل ونود سے کہا: "تمہیں شاتو کے بارے میں ایک شدید غلط فہمی ہوئی ہے۔ میں تمہیں یقین دلاتا ہوں کہ شاتو کی وجہ سے ہی تم اتنی جلد ضمانت پر رہا ہو گئے ہو، ورنہ پتہ نہیں تم کب تک جیل میں رہتے۔۔۔"

"میں یہ کچھ نہیں جانتا۔۔۔" ونود چیخا۔

"میں سب سے پہلے شانتا سے ملنا چاہتا ہوں۔"

اور مجبور ہو کر شاتو نے ایک مرتبہ پھر ونود پر سحر کر دیا۔ اس کے بعد وہ ہم دونوں کو لے کر آگے بڑھی۔ اسی طرح دیوار میں ایک دروازہ نمودار ہوا۔ اور ہم کنویں والے تہہ خانے میں داخل ہو گئے۔

اور تہہ خانے میں کیا داخل ہوئے کہ یہ داستان ہی ختم ہو گئی۔ شاتو ونود کو لے کر اس کمرے میں آئی جس میں شانتا کی لاش پڑی تھی۔ ونود مردہ شانتا کو دیکھ کر اس سے چمٹ گیا اور دیوانوں کی طرح اپنے بال نوچنے لگا۔ شاتو نے اب اپنا سحر ختم کر دیا تھا۔

میں نے مختصر لفظوں میں ونود کو شاتو کی کہانی سنا دی۔ اب ونود نے پر سکون ہو کر شاتو کے خوبصورت لیکن غم کے مارے چہرے کی طرف دیکھا۔

شاتو بالکل خاموش رہی۔ اور پھر نے اس نے بڑے ڈرامائی انداز میں ایک خنجر ونود کی طرف بڑھاتے ہوئے کہا:

"میرے ساتھ چلو ونود۔ اس دنیا میں نہ اب کچھ تمہارے لیے باقی رہ گیا ہے اور نہ میرے لیے۔"

اور۔۔۔۔۔۔۔۔۔۔۔

میرے دیکھتے ہی دیکھتے ونود نے یہ خنجر اپنی چھاتی میں اتار لیا۔

کہانی ختم ہو گئی۔۔۔

میرے سامنے ونود کی بھی لاش پڑی تھی اور شانتا کی بھی۔۔۔ میں ٹوٹے ہوئے دل کے ساتھ اس تہہ خانے سے باہر نکلا تو شاتو کا بت بھی اپنی جگہ کھڑا ہوا تھا۔۔۔ لیکن۔۔۔

اب اس بت کی مسکراہٹ غائب ہو چکی تھی۔۔۔

اب یہ بت زندہ عورت کا نہیں معلوم ہو رہا تھا!!

☆☆☆

(ختم شد)

مکرم نیاز کی دو کتابیں

راستے خاموش ہیں

(منتخب افسانے)

فلمی دنیا: قلمی جائزہ

(تبصرے / تجزیے)

بین الاقوامی ایڈیشن درج ذیل معروف بک اسٹورس پر دستیاب ہیں

Amazon.com

Walmart

Barnes & Noble

تاریخ حیدرآباد دکن پر
مکرم نیاز
کی مرتب کردہ کتاب

حیدرآباد دکن: کچھ یادیں کچھ جھلکیاں

بین الاقوامی ایڈیشن درج ذیل معروف بک اسٹورس پر دستیاب ہے

| Barnes & Noble | Amazon.com | Ebay.com |

www.ingramcontent.com/pod-product-compliance
Lightning Source LLC
LaVergne TN
LVHW010215070526
838199LV00062B/4587
* 9 7 8 9 3 5 7 0 1 5 0 3 5 *